炊烟袅袅

江岸 著

河南文艺出版社
·郑州·

图书在版编目（CIP）数据

炊烟袅袅/江岸著. —郑州：河南文艺出版社，2020.8（2022 .5重印）

（文鼎中原）

ISBN 978-7-5559-1032-9

Ⅰ.①炊…　Ⅱ.①江…　Ⅲ.①小小说-小说集-中国-当代　Ⅳ.①I247.82

中国版本图书馆 CIP 数据核字（2020）第 115175 号

策　　划　李　勇
责任编辑　张　阳
书籍设计　小　花
责任校对　殷现堂
丛书统筹　李勇军

出版发行　河南文艺出版社
本社地址　郑州市郑东新区祥盛街 27 号 C 座 5 楼
邮政编码　450018
承印单位　河南龙华印务有限公司
经销单位　新华书店
纸张规格　890 毫米×1240 毫米　1/32
印　　张　10.5
字　　数　208 000
版　　次　2020 年 8 月第 1 版
印　　次　2022 年 5 月第 2 次印刷
定　　价　50.00 元

编委会

目　　录

第一辑　岁月沧桑

第二辑　人间真情

第三辑 动物情深

第四辑 魔幻传说

第一辑　岁月沧桑

炊烟袅袅

老人一辈子没结过婚。自从瞎眼老娘卧床不起，就没人为他摸索着做饭了。后来老娘驾鹤西去，连教他怎么做饭的人也没有了。他几乎为自己做了大半辈子饭。黄泥湾的很多男人不会烧锅，但是老人会。别的男人年轻的时候都是由娘烧锅，结婚了，都是由老婆烧锅，老人没有这个吃现成饭的福气。

老人知道，现在村里不少人家都用电饭锅煮饭，用煤气灶炒菜。老人一直用柴。几乎烧了一辈子锅，老人知道什么柴好烧，烧什么柴省事。最好的当然是劈柴。在灶膛里架上三五块劈柴，待火苗噼噼啪啪燃起，就不必管灶膛里的火了，只管在灶台上忙活，这几块劈柴准能将一锅饭煮熟，将菜炒好。顶多在得空的时候，将烧了半截的劈柴往灶膛里推一推，火势便又大起来。烧松枝也不错。将一两枝干松枝从柴捆里抽出来，折断，塞进灶膛里。干松枝上带有松毛，极易点燃，松毛很快燃尽，之后干松枝就燃起蓬勃的火势。只是在做饭的间隙，还要往灶膛里再塞进去一些干松枝，才能保证火势不减。这多少有些麻烦，耽误灶台上的活计。最差的是直接烧松毛，需要一把一把接连不断地往灶膛里塞，稍微慢一些，灶膛里的火就弱了，甚至熄灭。

这几年，老人年龄大了，不要说没力气上山打柴，就是上山扒松毛，也能累出一身臭汗。仿佛将吃奶的劲儿都从骨头缝里使出来，才能挣扎着将一担松毛挑下山。所以，老人现在烧锅，既没有劈柴，也没有干松枝，就是松毛贮存得也不多，不够他用的。有时候，老人挽着一个竹筐，到山脚下捡一些干枯的树枝、朽烂的树根、打山上滚落下来的松球，勉强维持着将饭做熟。

一天傍晚，老人准备烧锅做饭，发现什么烧的都没有了。老人想了一想，悄悄溜到村里的晒场上，趁着夜色的掩护，慌慌张张地从稻草垛上扯下一捆稻草，蹒跚着将那捆稻草拖回了家。

稻草可是咱农村人的宝贝。老人记得，年轻的时候，生产队里的稻草要捆好，要严严实实堆成垛，稻草垛顶上要盖一层层稻草，防止日晒雨淋。到了冬天，野草干枯，树叶掉落，不能到野外放牛了，要用这些稻草当牲口的饲料呢。一头成年的黄牛、水牛，一夜就要吃掉一捆稻草。用不完的稻草，人们会在田间地头将其堆成山，上面压上厚厚的泥土，点燃了，这些草木灰和烧焦的泥土混合成农家肥，叫秋粪。用这种秋粪浇上人畜粪便，再拌上麦种，撒到田里，来年的麦苗便黑油油的，要多喜欢人就有多喜欢人。

老人用偷来的这捆稻草，烧了一顿夹生的饭。这稻草，烧起来真不怎么样，点燃了，呼啦一下就燃尽了，火劲太小了。要是有柴，谁会烧烂稻草呢？老人一辈子手脚干净，没做过贼，偷了一捆稻草做饭，难受了半夜。不知道是饭没煮熟，吃了不舒服，还是愧疚自己做了贼，老人半夜没睡着。

第二天一大早，侄儿根子把老人堵在了家里。他一进门就问，三爹，你扯俺家稻草了？

老人一下子慌了神儿，假装没听清楚，支支吾吾地说，你说啥？

稻草撒了一路，俺顺着撒下的稻草，找到你这儿来的。根子笑着说。

一捆稻草值多少钱？俺赔你。老人感觉自己的耳根子忽然发起烫来。

根子大笑着说，三爹，你要稻草，早说啊，俺给你挑过来。俺家的稻草，以后全部送给你吧。

怎么，你自己不要了？老人吃惊地问。

现在种田都是请拖拉机，俺家又不喂牛。另外，村里开会早传达了，政府为了防止污染空气，不允许俺们烧秸秆，如果发现火点，不仅罚款，还要逮人。现在，我们都愁稻草没办法处理呢，总堆在晒场上也不是个事儿啊。根子解释道。

哦，这就好，这就好。老人喃喃地说。

仿佛一夜之间，村里晒场上一垛垛稻草都长了腿似的，跑到了老人的房前屋后。老人的家变成了一个小小的蘑菇，长在铺天盖地的稻草堆里。

根子读初中的小儿子看了这一景象，笑得上气不接下气。根子瞪他一眼，骂道，你笑什么，喝笑蛤蟆尿了？

小家伙依旧大笑，说，我怎么觉得三爷爷变成了发配沧州的林冲，替大军看守草料场呢。

做饭的时候到了，整个村里的人都能听到老人被燃烧稻草的浓烟呛出来的咳嗽声，都能看到蓝汪汪的炊烟袅袅不断地从老人的屋顶冒出来。

（原载《小小说选刊》2019 年第 1 期）

歌声嘹亮

抗日战争进入相持阶段，新四军第五师在豫鄂边和敌人进行了艰苦卓绝的斗争。一次反"扫荡"中，第五师某团突破敌人的重重包围，深入到敌后山区黄泥湾休整。一路上，虽说难免损兵折将，倒也收容了一些兄弟部队被打散的战士，他们被临时安排在各个连队里。

一日，团部接到地下交通站送来的秘密情报，说是在兄弟部队混进了伪装成新四军模样的小鬼子，这些小鬼子会说中国话，不易辨识，危害极大，上级要求各部队小心查访。

团长说，这好办。咱中国人大多是山西大槐树的后人，小脚指甲是分成两瓣的。让这些新来的家伙脱下鞋子看一看，不就行了？

政委笑了，说，我是不是中国人？可我的小脚指甲就是整板的。不光是我，我们豫南人都是这样。我们不是山西大槐树人的后裔，我们的先祖是江西瓦屑坝筷子巷人。

团长说，那怎么办？咱们得想个办法呀。

政委低头沉默了一会儿，忽然抬起头来说，我有主意了！把他们分开，让他们分别唱抗战歌曲。凡是能唱的，肯定是我们新四军战士；凡是啥也唱不了的，就有问题了。

团部召开连以上干部紧急会议，传达了上级的指示，要求各连队将沿途临时收容的士兵分开，逐个让他们唱抗战歌曲，以辨真伪。

很快，不同的歌声在黄泥湾各个角落分别唱起来：

光荣北伐武昌城下，血染着我们的姓名；孤军奋斗在罗霄山上，继承了先烈的殊勋……

铁流两万五千里，直向着一个坚定的方向！苦斗十年，锻炼成一支不可战胜的力量……

我们都是神枪手，每一颗子弹消灭一个敌人；我们都是飞行军，哪怕那山高水又深……

通过唱歌，很快分辨清楚了，半道上收容的多数士兵都会唱抗战歌曲，只有五个家伙啥也不会。为避免打草惊蛇，这五个家伙被悄悄地押送到了团部。一到团部，就被五花大绑起来。

凭什么绑我们？一个家伙气势汹汹地质问。

凭你们是他娘的小鬼子！团长轻蔑地说。

你们有什么根据？就凭我们天生不会唱歌？

　　　　　　　　　　　　　　炊烟袅袅

你满天下打听打听去，哪有新四军战士不会唱抗战歌曲的？政委慢悠悠地说。

你们这样做，我们死不服气。

那好，听我的命令，把他们的裤子扒了！政委说。

果然，这五个家伙里面穿的根本不是新四军粗布短裤，而是屁股上兜着尿片似的白布。

政委不放心，害怕有漏网之鱼，让各连队把半道收容的会唱抗战歌曲的士兵都带到团部来，他要亲自过一遍筛子。会唱《新四军军歌》《八路军军歌》等歌曲并不稀奇，部队没有战斗任务的时候，哪天不唱这几首歌？耳濡目染，听也听会了。

政委问一个士兵，你是哪里人？

报告政委，俺就是本地人。

政委唱道，八月桂花遍地开，鲜红的旗帜竖呀竖起来，突然一指这个士兵，说，你接着唱。

这个士兵立即唱道，张灯又结彩呀，张灯又结彩呀，光辉灿烂闪出新世界……

政委问另一个士兵，你是哪里人？

报告政委，俺是河北人。

政委唱道，张老三，我问你，你的家在哪里？

没等政委命令，这个士兵立即唱道，我的家在山西，过河还有三百里……

政委问第三个士兵，你是哪里人？

报告政委，俺是东北人。

政委刚开始唱"我的家在东北松花江上"，这个士兵就跟着唱起来，那里有森林煤矿，还有那满山遍野的大豆高粱……歌未唱完，眼睛里已然扑腾出泪花来。

还有一个人，连队没办法验证真伪，因为他是个哑巴，压根儿就不可能唱歌。连长把这个情况悄悄报告了团长和政委。

团长说，这可咋整？

政委说，这也不难。我从军以前，在大学念书，正好学过日语，还会唱日本歌呢。我去他们连队看看吧。

政委亲切地和战士们握手，大家围坐在一起，天南海北地闲聊着。那个哑巴士兵也笑嘻嘻地挤坐在大家中间。政委注意到，哑巴士兵似乎很紧张，就不动声色地继续和大家聊天，谈笑风生。不知聊了多长时间，哑巴士兵终于放松下来。政委突然唱起歌来，大家不再说话，静静听政委唱歌。只是谁也听不懂政委唱的是什么，大家从未听过这样的歌，调子软绵绵的，听起来怪怪的……唱着唱着，政委不唱了，一指哑巴士兵，喝道，把他抓起来！

他怎么了？连长迷糊地问。

大家也是一头雾水。

政委笑着说，这个小鬼子，是个假哑巴，他肯定是因为不会说中国话，只好装哑巴。他听到我唱日本歌，憋不住了，听着听着，竟然不由自主地用手在腿上打起了拍子。不信，扒掉他的裤子看看。

几个战士抓住哑巴士兵，往下扒他的裤子。这个家伙凶猛地挣扎着，突然用日语骂了一句，八格！

大家七手八脚扒掉这个假哑巴的裤子，千真万确，他的屁股上也裹着一条屁片似的白布。

（原载《山东文学》2018 年第 1 期）

死亡弯月

年过五十，工友们都把卢守贵喊老头。喊什么倒不当紧，找工作可就费了老鼻子劲儿了。老板有顾虑也是对的，毕竟建筑工地上都是爬高上低的活儿，还是用年轻人稳妥一些。

过年的时候，回到黄泥湾，卢守贵惊讶地发现，比他还大好几岁的邻居罗延成家居然又盖了一栋小楼，两个儿子一人一栋。很显然，他在外面混得很滋润。

这就不能不让卢守贵纳闷了。

论相貌，罗延成头发花白，满脸褶子皮，比他卢守贵更像个老头；论文化，罗延成小学都没念完，卢守贵好歹是初中毕业生；论技术，罗延成只能干些粗活，卢守贵在建筑工地上样样活计拿得起放得下……自己怎么就混得不如他呢？

有事没事的，卢守贵就蹭到罗延成家，死乞白赖地套近乎。他赔着笑脸，掏纸烟敬罗延成，还帮他点上火。吸空了一盒又一盒烟，他也没从罗延成嘴里套出自己想听的话来。聊别的，罗延成谈得头头是道，嘴角起白沫儿，只要一问他

炊烟袅袅

在哪个地方发财，具体做什么行当，他们之间的聊天就即刻冷场，罗延成要么默默吸烟，装聋作哑，要么转移话题，说起别的事情来。

罗延成越是守口如瓶，卢守贵越要洞察他的秘密。套不出他的话来，卢守贵简直茶不思饭不想！女儿出嫁了，可是儿子还在读高中，自己是家里的顶梁柱，挣不到钱怎么支撑这个家呢？

过完正月十五，打工的人潮又要往各地涌流了。卢守贵还没想好，今年到底要去哪里，去干啥。这天，他让老婆炖上肉焖上鸡，再炒几个菜。

今天有客人来？老婆问。

我要请罗延成喝酒。他说。

咱们和他非亲非故的，请他喝什么酒？

我今年想跟他一起外出……

刚开始喝酒的时候，卢守贵什么也不提，只是一杯又一杯地敬酒。他想，只要罗延成喝高了，嘴上肯定就没有把门的了，到时候，还不像警察审问犯罪嫌疑人一样，问什么他交代什么？谁知酒至半酣，罗延成却放下了酒杯，不喝了。

兄弟，我知道你的用意，不是我不带你，这个活儿你干不了！罗延成笑眯眯地说。

你能干，我怎么就干不了？只要你答应带着我，我一定干好！卢守贵死死地盯着他的眼睛说。

你铁了心要跟我干？

王八吃秤砣！

两人结伴到了义阳市，找一间偏僻的出租房住了下来。第二天一早，吃了早饭，罗延成带着卢守贵上了街。来到一处街口，他叮嘱卢守贵在街边坐着，待会儿他去找工作，无论他发生了什么事儿，都不要惊慌，只管看着就是了。

卢守贵听话地在街边行道树旁坐下，远远看着罗延成。罗延成在街边站了好一会儿，突然横穿马路。一辆轿车笔直冲过来，朝他撞去。卢守贵惊恐地叫了一声，赶紧站起来，向罗延成跑去。等他跑到马路中间，轿车已经停了下来，司机从车里钻了出来，罗延成斜躺在轿车前面呻吟……

回到出租房，罗延成得意地问，你看清楚了吗？今天，我挣了一千元。这就是我的工作。这个工作，你敢干吗？

卢守贵目瞪口呆，吞吞吐吐地问，你不是真的被车撞了吗？

我说你干不了吧，你偏要跟我来。

卢守贵咬着嘴唇，低下了头。

要不，你再到建筑工地上找个活儿吧。

卢守贵想起了儿子今后读大学的高昂学费，慢慢抬起头来。

当天晚上，罗延成竹筒倒豆子一般，把自己积累的经验全部传授给了卢守贵：首先要选择没有摄像头的街口，免得留下证据；其次要选择上下班高峰期，免得车速太快；第三要选择相对高档的轿车，免得司机没钱；第四要选择和司机私了，不要上医院和交警队，免得今后都认识你……他甚至不厌其烦地把奔驰、宝马、奥迪、路虎等市内经常出现的名车标志——在纸上绘了出来，让卢守贵务必烂熟于心。否则，遇到杂牌车，司机穷得像鬼，榨不出多少油水来！

第二天，卢守贵怀里像揣了一窝活蹦乱跳的兔子，傻傻地站在街边，死活不敢迈步朝马路中间去。

临近中午，到了下班高峰，车辆陡然增多了。卢守贵看到，罗延成要横穿马路了。一辆轿车眼看要撞上他，却忽然向左拐弯，躲开了他，轿车后面，一辆大货车跟过来，为了躲避轿车，紧急向右拐弯，将罗延成卷到了右轮下面……

在交警队处理罗延成后事的时候，卢守贵听说，大货车、大客车向右拐弯的时候，由于司机视线受阻，车辆右侧是非常危险的地带，叫死亡弯月。

（原载《小说选刊》2018年第5期）

秋后算账

长大以后，姜学海依然清楚记得童年时代生产队傍晚分粮分油的情景。

晒场是铺垫了厚厚的黄泥巴碾压出来的。小麦、水稻、黄豆等庄稼收割以后，挑到晒场，堆放在角落里，顶上盖厚厚一层稻草，防止雨淋。头天夜晚瞅准了第二天是响晴天，生产队长就派人去晒场将庄稼捆解开，铺排开来，经过中午骄阳的曝晒，下午打场。打麦子、黄豆用连枷，一排排连枷被高高抡起，向铺在晒场上的麦穗或黄豆棵拍去，煞是壮观。打稻则套上牛，拉上石磙，一圈圈碾压。什么时候感觉粮食都从庄稼秆上脱落了，就翻叉、扬场，把粮食分离出来，归拢成堆。挖红薯也必须是响晴天。前面有人挖，后面有人捡，都归拢到地头。

油菜要像割麦子、割稻子一样割下来，挑到晒场，晒焦以后用连枷打，黑黝黝的细小的菜籽就滚落出来。花生、芝麻是要拔的，拔了棚好，晒干以后，花生摘到箩筐里，芝麻要用棒槌敲到筐箩里——叫倒芝麻。山上还有油茶果，摘了以后堆在屋角，过一段时间自己就裂开了，露出黑褐色的茶籽来。菜籽、花生、芝麻、茶籽都要挑到油坊，榨成油。

粮食和油料打下以后，要分到各家各户。夏天粮油打下来，先粗分一下；待秋天分粮分油的时候，再一起决算。通常队长、会计和保管要熬半个通宵，给每家每户算账，第二天红着眼珠分配。小麦、稻子、黄豆一般在晒场分，红薯在地头直接就分了，油料则在生产队保管室门口分。分到了粮油的人家，就喜眉笑眼地挑回家。

大人越忙乱，姜学海这些小孩子就越是在人缝里穿来插去，一刻也不闲着。大人心里都美着呢，也懒得管他们。

每次分粮分油分到半截，总会风云突变。姜学海的远房三叔和三婶分到了自己的一份，把箩筐或油壶挪到一边，拄着扁担开骂。三叔的脸憋得通红，愤愤骂几声，不等三叔骂声落地，三婶尖细的骂声就响了起来。另有三五个妇女附和着三婶，也纷纷骂起来。这时候的黄泥湾往往热闹得像一台戏，晚霞一片艳红，为演员们搭起了壮丽的舞台。

虽然三婶们只是指桑骂槐，但是，早有人从人缝里扯出自己的孩娃，挑着担子慌慌走掉。在这些落荒而逃的人里面，每一次都少不了姜学海的爹娘。姜学海实在不明白爹娘为啥那么害怕三婶，三婶也没有三头六臂，也不是青面獠牙，她有一张刀子般的嘴，娘的嘴难道是吃干饭的吗？姜学海被娘扯得跟跟跄跄的，跟娘一起逃离，回家以后，膀子疼得不得了。

姜学海后来慢慢明白了当年的情由。三叔、三婶没有生养，他们俩都是棒劳力，在整个生产队，是平均工分最高的家庭；爹和娘虽然工分和三叔、三婶不相上下，但有七个儿女，大的读中学，小的还趴在娘怀里吃奶。生产队分粮、分油，主要凭工分，但也兼顾人头。严重的缺粮户，还可以向会计打个借条，支取来年的粮食，寅吃卯粮。这样一来，三叔、三婶分到的粮油远远没有姜学海家分的多，没当场气死就算不错，还能不让人家骂几句？

再后来，分田到户了，这样的矛盾迎刃而解。人欢马叫的分粮分油场景再也没有了。

姜学海辍学后，随打工大军流进了城市。他机灵，脑子活，在苏州做了包工头，立住了脚。

爹已经下世了，娘还健在。春节前夕，姜学海开着轿车回到黄泥湾，陪娘过年。他发现，村里有几户人家依然非常贫寒，特别是三叔、三婶，因为年迈体弱，没有经济来源，过年的东西要啥没啥。姜学海想给他们几家办些年货，再给他们留点儿钱，和娘一说，娘极力反对。

姜学海陪娘拉呱，娘说，当年我被你三婶生的骂成熟的了。

娘，您说，是谁把我们兄弟姐妹抚养成人的？

这孩子，这还用问吗？娘嗔怪地瞪他一眼。

是您和爹亲手抚养的不假，但是您想过没有，凭你俩挣的工分，能养活我们全家？是不是我舅、我姨贴补我们家了?

没有的事儿，他们比咱家还穷。

那肯定是我姑姑、伯伯和叔叔贴补我们家了。

哪儿啊，那时候都是各人顾各人。

那您说，到底是谁养活了我们？

娘眨巴了半天眼睛，最终说，应该还是生产队吧，那时候不少照顾咱家。

生产队的粮食从哪里来的？说穿了，还不是因为三叔、三婶他们的劳动？生产队打了粮食，才养活了我们。

经姜学海这么拐弯一说，娘总算想通了。

（原载《小说界》2016 年第 3 期）

名门之后

如果你在黄泥湾碰到一位头发花白、衣衫破旧的老汉，如果这位老汉口吐莲花、滔滔不绝地主动和你攀谈，你一定是遇到了黄显魁，他一定会话锋很快一转，向你谈他的闪闪发光的家族。

的确，他们黄家是黄泥湾的名门望族，闪耀乡里——

我们老黄家出了三位将军，师级、厅级干部六人，县处级就更多了。黄显魁微笑着说。你能感觉到他话语的亲切随和，他在谈到这些情况的时候，一向谦卑大度，不事张扬，好像这些事情多么不值一提的样子。

你的眼神和脸色一定会流露出丝丝缕缕的狐疑来。没有人肯相信他的话。在黄泥湾这个弹丸之地，大别山深处一个偏僻村庄，如果有人说，这里有三个五保户、六个老光棍、一群文盲，你会相信的。但是，你还不能不信，因为接下来，黄显魁会如数家珍地说出每一位将军、每一位师级厅级干部甚至每一位县处级干部的名讳和就职单位来。这个时候，他明显有些沉不住气了，本就佝偻的腰身向你倾斜过来，语速

炊烟袅袅

加快，语调激切，嘴角堆积一些白沫，并向你脸上喷射些许唾沫来。他竭力向你说明，他所说的一切都是有根有据的，不是他的凭空想象。

你没准儿把他当成了老疯子。一转身，甚至还没离开黄泥湾的地界，早把他的一番话忘到九霄云外了。也许你好奇心很强，试图求证他话语的真伪。结果你被告知，这个老汉所说的每一点每一滴都是真的。你在黄泥湾打听，你去竹园乡打听，你还可以去殷城县打听，得到的结果都是一模一样的。人们甚至会补充许多生动的细节，向你证明这个结论。这个时候，你恐怕要被震撼了。

在整个殷城县，黄泥湾的黄氏家族可以说家喻户晓。这个早年闹革命的山区村庄，黄姓子弟十数人参加了红军，虽然多数人倒在了前进的路上，依然有几位活了下来，其中有两位成了共和国的将军。一位将军的儿子子承父业，后来也拥有了将军的军衔。他们把留在老家的子侄们大都带到了山外，有人从了军，有人从了政。整个家族飞黄腾达起来。拥有如此令人瞩目的家族，黄显魁老汉怎能不当作谈资呢？

为什么他自己那么落魄，还是一个穷苦的农民呢？你一定会追问。

当年，公社考虑到黄家的威望，还培养他入党，让他当过几年大队党支部书记呢。他那时候年轻，仗着后台硬，经常和上级叫板，黄泥湾的各项工作都推不开。公社党委经慎重研究，才把他撸了下来。

即使让他当大队支书，不还是一个农民吗？他怎么没有像其他黄姓子弟一样去山外从军从政呢？你也许会刨根问底。

嗨，谁让他家是单门独枝呢？他和其他黄姓人家虽说共着祖宗，但毕竟早就出了五服，所以就剩在了农村。

于是你就彻底洞察了一切，遗憾地摇摇头，笑了。

其实，你并不知道，黄显魁老汉的两个儿子一个女儿长大以后，特别反感他们的老子逢人就夸耀家族的荣誉，无数次当众抢白他。

老黄家有多少将军，关你屁事？

人家是师级厅级、县处级，你是什么级？

你一个大耳朵百姓，真是咸吃萝卜淡操心！

黄显魁振振有词，说，一笔难写两个黄，怎么的？有时子女们的话实在太难听了，让他张口结舌了，他会劈头盖脸地揍他们，并在他们跑开的时候，脱下脚上的破布鞋，远远地扔出去，试图砸中他们。

也难怪他们恼火，父亲嘴里的那些高贵的远房太爷、爷爷、伯伯，没有一个肯伸出援助之手，把他们拉出农村这个火坑。其实，他们的父亲也没少往京城、省城跑，更没少往县城跑，背去一袋子一袋子板栗、红薯和萝卜，回来总是两手空空，啥问题也不解决。即便如此，也挡不住他继续夸耀他们黄姓家族。

黄显魁的大儿子远走新疆，去南疆摘棉花，后来留下来，当了农民工；小儿子南下广州，在餐馆打工，后来学会了炒菜，当了厨师；女儿在温州鞋厂打工的时候，认识了贵州农村的一个小伙子，嫁给了他，小两口一直在温州谋生。

黄显魁不管是在新疆、广州还是温州，不管见到谁，三句话过后，必然会说，我们老黄家在当地不得了，出了三位将军……

儿女们听到了，瞬间爆发，吼他，你不提这些会死啊？

他在儿女们那里待不了两个月，极力要回老家。孩子们早就被他搞得在邻居中抬不起头来，便不怎么挽留。老伴依恋孩子，舍不得离开，他形单影只回来了。

你来到黄泥湾，碰到一位头发花白、衣衫破旧的老汉，主动和你攀谈，三句话之后，话锋一转，微笑着说，我们老黄家出了三位将军……没错，这个老汉就是黄显魁。

（原载《天池》2016 年第 10 期）

认猪归宗

村村通公路修到黄泥湾，确定从舍地穿过。舍地过去是黄泥湾的乱葬岗，主要埋葬倒毙路口的流浪汉、夭折的孩子、难产而死的女人，是孤魂野鬼群聚的所在。公路穿过舍地，可以节约部分占地费和拆迁费。

那天早晨，施工队来到舍地，却看见一个汉子跪在一座土丘旁烧纸，汉子还念念有词：太爷啊，重孙给您老人家送些纸钱，您把钱领走，该吃吃该喝喝……

大家面面相觑。施工队长老彭走到汉子身边，说，兄弟，起来抽根烟。老彭说着，掏出一盒烟，自己叼一根，递一根过去。汉子站起来，双手接过烟。老彭叭一声撤着打火机，先替汉子点了烟，又将自己的烟点上了。

兄弟，今天是什么日子？你还挺有孝心，来给太爷烧纸。老彭笑着问。

我看这里修路，怕太爷受惊吓，所以过来烧些纸，祷告一下。汉子忙不迭地回答。

真不巧，施工线路正好经过你太爷的坟地，这可怎么办呢？

这是哪个王八羔子设计的线路？请你们修路拐个弯吧，不能动我太爷的坟。

老彭深深吸了一口烟，为难地说，施工队没有更改图纸的权利。再说，我这几十号人，还等着干活挣钱养家糊口呢。

那是你们的事，我也没办法。汉子呸地一口吐掉刚吸了半截的烟，不管不顾地一屁股坐了下去。火纸还在慢慢燃烧着，他旁若无人地念叨着：太爷啊，钱不够花了，您托梦给我，我再来给您老人家送钱……

施工队的人东一个西一个歪倒在山坡上，眼巴巴地盯着老彭。老彭掏出手机，不知和谁通电话。

日上三竿时分，黄泥湾村的村主任老崔陪同一个头发花白的老汉匆匆赶到了现场。老汉径直向偎在坟头的汉子走去。老彭迎上来，和老崔握手。老崔低声说，老汉曾经是这个村民组的组长，对这里的情况最清楚，让他解决问题吧。

老二，你给我站起来！老汉厉声吆喝。

汉子扭头看看老汉，瞪他一眼，嚷道，我的事儿，你管不着。

我吃饱了撑的管你的事儿！老汉骂道，但是，你狗日的在舍地认个太爷，等于给我认个爹。我的老脸都被你丢尽了！你太爷埋在咱家祖坟里，啥时跑到这里来了？

汉子不服气地说，我可能记错了，反正不是我太爷，也是我家祖宗。

老汉转过脸，对大家说，这个不争气的东西是我大哥的孙子。我们家的先人埋在哪里，谁也没有我清楚。你们只管修路，别理他！

施工队的人还在愣神儿，老彭喊了起来，还不赶紧干活？今天的工钱不要了？大家这才挥动挖锄、铁锹，纷纷干起活来。

汉子旋风般从地上跳起来，冲进施工的人堆，劈手夺过一把铁锹，高高举过头顶。汉子吼道，都给老子停下来，谁敢再动一下，老子废了他！

大家都停止干活，呆呆地看汉子。老汉走到汉子面前，冷笑两声，说，今天你当着大伙的面声明一下，从此不姓熊了，我就让你乱认祖宗。

声明就声明，有什么了不起！汉子嚷道，从今天起，我不再姓熊了！

老汉说，好！既然你不再是我熊家子孙，你认的祖坟就不是我熊家的祖坟了。你说吧，这座坟是你的祖坟，你要多少钱，才能让人家修路？

少了十万免谈。汉子的头一梗。

老彭急了。这祖孙俩一唱一和，唱的哪一出？正要上去理论，老崔暗暗扯了他一把，冲他摇摇头。

老汉说，我今天当家把这座坟刨了，如果真是你祖宗，他们不给你十万，我给你十万！说着，老汉夺过汉子手中的铁锹，向坟堆走去……

大家七手八脚，把坟掘开了。里面既没有破烂的棺材板，也没有腐朽的衣物，隐约可见几根森森白骨。老汉跳进墓坑，拂开尘土，骨架完整地显露出来。

老汉仰起脸，大声问道，老二，你仔细看看，能看出你祖宗是啥吗？

大家纷纷探头往下看，都迷惑了。那副骨架，看起来比牛马小，比羊狗大，绝对不可能是人类的，到底是什么呢？

汉子也挤在人缝里看，突然抽出身来，一溜烟儿跑开了。

大家把老汉拉了上来。老汉冲汉子的背影嚷，你不认祖宗了？十万元不要了？

大家哄一声笑了。

老汉拍拍手上的土，慢悠悠地说，我年轻的时候，家里养的一头猪死了。我们准备燀了毛吃肉，正巧被公社的兽医知道了，他说这头猪发了瘟，要深埋。还是我和我大哥抬过来埋的。我大哥要是还活着，看见他的孙子认瘟猪当祖宗，不活剥了他才怪呢！

（原载《短篇小说》2016 年第 11 期）

喝晃汤

　　无论如何，大过年的，总得让老婆、孩子高高兴兴吃上一顿猪肉，一家人总得围在一起热热闹闹包一次饺子！

　　可是，有一年，快过年了，周全明还没有想好，怎样弄到过年要吃的那几斤猪肉。

　　有十多年了吧，他家过年就没有杀过年猪。黄泥湾这十几户人家，虽然不是家家户户每年都杀年猪，但多数家庭隔个三年两载都要杀一头。整个湾子十多年没杀过年猪的，只有周全明一家。他上有偏瘫老娘，下有六七个嗷嗷待哺的孩子，仅凭他和老婆两人在生产队挣工分，粮食都不够吃，还能吃猪肉？如果不是生产队照顾缺粮户，允许他家向集体借粮，他家每年都会饿半年肚皮的。

　　好在黄泥湾有一个老辈子传下来的好传统，没有杀年猪的人家，可以向杀年猪的人家赊一块肉来吃，等到自己家杀年猪了，再还上就是了。每一年，周全明点头哈腰地从别人手里接过称好的猪肉，满面笑容地说，今年吃你家的，明年吃我家的。这句话，被他重复说了十多年，但是他家的猪肉什么时候能吃上，还是一个未知数。后来，他再开口赊肉的时候，要么热脸贴了人家凉屁股，人家干脆不理睬他；要么他想赊五斤，人家只肯给三斤，而且还是猪后裆处的囊膪。

周全明几乎欠了整个湾子所有人家的猪肉，今年找谁借呢？找谁借，都难以启齿。

他到姐姐家串门，他姐不忍心，悄悄塞给他五元钱，说，你到公社食品站去买几斤猪肉，给孩子们过年吃吧。

周全明攥紧五元钱，手心里汗津津的，走到食品站的时候，竟将一张钞票都捂湿了。食品站排着长龙似的买肉的队伍，他只好站在队尾，焦急地看着案板上的半扇猪肉被一点点肢解，一点点被人买走。

突然，一个年轻人径直走到肉案前，也不言语，卖肉的赵师傅却挥刀砍下一大块好肉，递给年轻人。

我们排半天队了，凭什么他不排队？

还讲不讲先来后到……

人群里响起纷乱的抗议声。

赵师傅叭一声把刀砍在肉案上，双手往腰间围裙上一抹，傲慢地说，他是我儿子。谁喊我一声爹，我也给他砍一块肉！

大家顿时沉默下来。

周全明慢慢走到肉案前，对着赵师傅清晰地喊了一声，爹！

赵师傅愣了，所有等待买肉的人都愣了。

周全明不由分说，从肉案上拔起刀，三刀五刀下去，砍下一大块好肉，拎起来，大步流星地走了。

分田到户那一年，周全明家田地分得多，打下的粮食堆积如山。他家不仅能吃饱饭了，而且过年要杀年猪了！

黄泥湾人把猪血叫晃子，杀了年猪，往往要开一两桌席面，把每家家长请来坐席，俗称喝晃汤，席上的主菜是猪肉、猪肠、猪心肺、猪血放在一起乱炖，就是晃汤。另外还要给每家每户送一海碗炖好的晃汤。这种杂烩为什么不叫别的名字，而叫晃汤，可能和猪血最廉价有关。这应该是一个乡间的谦辞。

周全明家终于杀了年猪，请来了众乡邻喝晃汤。全湾子的狗都挤了进来，在桌子底下打架，争啃人们丢下的骨头。

酒至半酣，有人笑道，老周，你家的猪拱进萝卜地里了吗？

还有一个更促狭的人，竟然抱起自己家的狗，对着席面说，睁开你的狗眼看看，这桌子上还有什么？够不够人吃的，你们还想抢？

虽然是开玩笑，但是周全明的脸立马红到了耳根。他讪笑着，支支吾吾地说，俺家该大伙儿十多年的肉账呢，还清以后，一头猪就剩下头蹄和下水了。明年一定让大家吃个痛快，保证一块萝卜不下，全炖好肉。

你还让我们等到明年？我看见你家厨房里还挂着一块好肉呢，怎么不炖上？肯定是留到过年自己吃吧！有人不依不饶。

周全明解释道，这块肉，是留下来还给公社食品站卖肉的赵师傅的。

赵师傅已经退休了。周全明敲开他家大门时，他问，你找谁？有事吗？

周全明毕恭毕敬地说，我就找您，今天专门过来还几年前借您的猪肉。说着，双手递过猪肉，深深鞠了一躬，转身走了。

赵师傅接过沉甸甸的猪肉，死活想不起来周全明是谁，更想不起来自己何时借给他这么一大块猪肉。

（原载《百花园》2017 年第 9 期）

团圆饭

王宏生在大年三十凌晨回到了黄泥湾。那时候，东方天际还未露出鱼肚白，四周一片漆黑。他深一脚浅一脚地摸回来，引起村庄零乱的狗吠。老婆田玉花提前收到他发来的短信，悄悄从热被窝里爬起来，给他开了门，没有惊动睡梦中的爹娘和一双儿女。

王宏生背着一个干瘪的背包，怀抱一个六七岁的女娃。女娃被紧紧地裹在他的黑呢大衣里，闭着眼睛，小嘴半开半合，打着细微的鼾声。

田玉花惊讶地瞪大了眼睛，嘴巴夸张地咧成了水瓢。

王宏生轻轻地嘘了一声，顺手关了客厅的灯。

他们家的小楼是几年前盖的，总共两层半。一、二层住人，上面半层阁楼没有装修，搬进来之后堆放一些杂物。田玉花早把阁楼清理过了，铺的盖的都已准备停当。两口子蹑手蹑脚钻进了阁楼。王宏生把怀里的女娃安顿好，转身一把抱住了田玉花，没头没脑地亲她。

天蒙蒙亮的时候，田玉花慢慢从阁楼里拱出来，轻轻关上阁楼的门。她溜到一楼，发现爹已经起来，在客厅里摆弄鞭炮。田玉花这才听到了村庄各处连绵不断的鞭炮声，刚才居然一直没注意。大年三十早晨放一挂鞭炮，是祖祖辈辈沿袭下来的习俗。

山里人在中午吃全家团圆的年饭。吃罢早饭以后，家家户户就开始忙年饭。王家人忙年饭，却一直不得消停，老有人上门打扰。田玉花和爹娘只好停下手中的活计，应酬一番。

宏生哥回来了吗？

宏生兄弟在家吗？

俺找俺宏生叔……

前来打听王宏生的，全是村里的青壮年男人。他们在家里喝杯茶，抽根烟，又纷纷落寞地走了。

这些人都是王宏生近年带到城里打工的老邻居。他到城里工地打工，学会了粉刷的手艺，后来就带出一个工程队，承包楼房内粉、外粉的活计。进了腊月，活儿干完了，王宏生让他们先回一步，拍着胸脯承诺，年前兑现工钱。这几天，他们天天都过来看一看，问一问。马上要过年了，可宏生怎么还没影儿呢？

每送走一位来客，田玉花总是快速躲进厨房。也不知是被油烟熏着了还是被寒风呛着了，她的眼角总往外涌泪花。她不忍看爹娘脸上焦虑的神色，不忍听两个孩子趴在门框上翘望爸爸时发出的叹息，总是赶紧揉揉眼睛，去锅灶上忙碌。

上午十一点左右，村庄里又响起了此起彼伏的鞭炮声。放过鞭炮之后，家家户户就要开年饭了！

哈哈哈，钱到账了，终于到账了……王宏生旋风般从阁楼上冲下来。他的身后，随即响起脆生生的哭喊声，我要爸爸，我要妈妈，我要回家……王宏生的笑声和孩子的哭喊声回荡在隆隆的鞭炮声中。

爹娘显然吓傻了，两个孩子却狂喜地冲他跑过来。

王宏生顾不得和爹娘解释，更顾不得和儿女亲热，一个接一个打电话：

双喜，赶紧过来……

拴柱，到我家来一趟……

冬生，我在家等你……

大家纷纷赶到，将王家的客厅挤得水泄不通。王宏生拿出一张银行卡，喜滋滋地说，我刚刚收到银行提示短信，咱们的工钱到账了！你们一起去镇上银行，把各自的工钱转走！

一个年轻人双手接过银行卡，欢天喜地地说，走啊，到镇上转钱去啊。一群人跟着他，走出了王家大院。年轻人扭回头说，宏生哥，中午和大伯少喝点儿酒，晚上到我家，咱哥儿几个一起喝。

大家都走了，王家大院猛然安静下来。

爹放鞭炮的时候，娘从阁楼上抱下来一个兀自啼哭的女娃。

这个女娃是谁？爹狐疑地问。

她是我们老板的女儿，叫甜甜。王宏生说着，从娘怀里接过女娃，哄着女娃说，甜甜乖，甜甜不哭，甜甜是叔叔家的小客人，咱们一起过年好不好？叔叔马上给你爸爸打电话，咱们吃完年饭，你爸爸妈妈就会来接甜甜的。

王宏生打通电话，让甜甜和爸爸妈妈说了几句话，甜甜才不哭了。

田玉花麻利得像一阵风，把早就准备好的年饭端上了饭桌。

一家人围坐在桌边，开始吃一年一度的团圆年饭。王宏生刚端起酒杯，忽然听到呜哇呜哇的警车声在村口响起，他的手不由自主地抖了一下，酒洒到了桌子上。

（原载《小小说选刊》2016 年第 21 期）

好运来

有些人的命运是属南瓜的，越老越甜。黄泥湾的何家旺大概就是这种人。

年轻的时候，何家旺的生活简直像噩梦一般凄苦。由于家里穷，他三十大几的人啦，还是光棍一根。后来好不容易娶到一个寡妇，女人怀孕了，却在生产时大出血，死掉了。女人给他留下一个宝贝儿了，儿子在八岁那年得了急性脑膜炎，死在了送医院的半路上。

何家旺一个人苦熬苦撑，活到五十多岁的时候，好运突然来了。这一切，还要从前年夏天一个傍晚说起。

洗脂河流经黄泥湾。那个傍晚，何家旺在河岸放牛。牛在岸边吃草，他坐在柳荫下乘凉。三个十多岁的男娃来到河边，脱了衣裤，跳进河里。三个娃儿可能都是旱鸭子，只在浅水滩里戏水，打水仗，玩得热火朝天。浅水滩靠近深水潭，娃儿们玩得得意忘形，一不小心，一个娃儿滑进了深水潭，在水里乱扑腾。另外两个娃儿去救他，也纷纷滑了进去。何家旺想都没想，一路狂奔过去，一个猛子扎进深水潭，将一个娃儿托上了岸；他又一个猛子扎进深水潭，托起第二个娃儿；等他托起第三个娃儿，已经精疲力竭，自个儿陷在深水潭的漩涡里，挣扎不出来了。获救的娃儿在岸上大声呼救，唤来一个骑车路过的小伙子，跳下深水潭将他捞了上来。

这个年轻人是竹园镇政府的工作人员，姓罗，平时喜欢舞文弄墨，了解何家旺救人的经过，写了一篇通讯，在省报发表了。

何家旺作为年度见义勇为先进个人，先后受到县、市、省表彰。各级电视台、报纸、网络上都有他的先进事迹，他成了家喻户晓的名人。

这个时候，何家旺的好运只算有了一个良好的开端。此后，他意想不到的好运才跟着来了。

秋季的一天，镇党委书记老胡在村支书老崔的带领下，提着牛奶和水果，直奔他家而来。原来，胡书记得知老英雄无儿无女、孤身一人之后，替他物色了一个小伙子，准备过继给他当儿子。只要他同意，明天中午就在镇上酒店里认亲，此后到民政部门办理收养手续，到公安部门给孩子办入户手续，一切开支都由胡书记一手负责。他明天只需要坐在上席，听孩子亲口喊一声爹，就白捡一个儿子，也算晚年有靠了。

崔支书哑着嘴说，老何，据我所知，这孩子是胡书记姐姐的儿子，胡书记的亲外甥，这往后啊，你和咱胡书记可就成了亲戚了。

何家旺一时蒙了，不知道说什么好，咧着嘴呵呵地傻笑。

第二天中午，在镇上酒店里，与胡书记并肩坐在上席的何家旺见到了他的养子。孩子大声喊了他一声爹，他甜甜地答应了。

何大哥，这个孩子你还满意吧？胡书记满面春风地问。

何家旺岂止是满意，简直太满意了！这孩子个头高，皮肤白净，鼻梁上架着一副眼镜，又帅气又斯文。他何某人何德何能？居然在将老之际白捡一个这么好的儿子。他无法用语言回答，只是连连点头，眼角噙满泪滴。

不几天，何家旺的户口本就被崔支书还了回来，上面多了一个新名字：何小龙。曾用名一栏里，写着曹玉龙。这就是说，这个曾经的曹玉龙以后就是何小龙，是他何家旺的儿子了！捧着户口本，何家旺又掉了泪。

遗憾的是，何家旺只在镇上酒店里与何小龙匆匆见过一面。吃过饭以后，何小龙慌忙告辞了。胡书记和崔支书向何家旺敬了一杯又一杯酒，再三向他道喜，将他灌醉了。他都没来得及仔细看看儿子，甚至没有摸一摸他的手，摸一摸他的衣袖。打那以后，他竟无缘再见儿子一面。后来的事情都是崔支书转告他的：何小龙在镇高中读高三，学习空前紧张；何小龙参加了高考，发挥很正常；何小龙考上了大学，收到了大学录取通知书。

即使砸锅卖铁，何家旺也要给儿子何小龙凑一笔学费。可是何小龙再不露面，连他去读大学之前迁移户口，还是崔支书来何家旺家里取的户口本，又是崔支书还回来的。何小龙的户口被注销了，原因一栏填写着：考取大学，迁移。拿着这个依然只有他一个人的户口本，何家旺愣怔了半天，感觉心脏被人陡然切掉一块，心里空落落的。

去年秋天，崔支书陆陆续续往何家带来几拨人，这些人都提着礼物，说着胡书记前年秋天对他说过的同样的话，要过继给他当儿子或闺女。他破旧的家里来客车水马龙，川流不息。何家旺还没有从何小龙身上缓过劲来，没说同意，也没说不同意。

有一天，给他写过报道的镇政府工作人员小罗专门来拜访他，愤愤地揭开了谜团。原来，凡是见义勇为的英雄人物的子女参加高考，可以加分。这就是他们趋之若鹜争当孝子贤孙的根本原因。

何家旺终于明白过来，坚决拒绝再收养任何孩子。从此，他的好运也就彻底走完了，曾经门庭如市的热闹不复存在，重新变得门可罗雀。

（原载《天池》2017 年第 1 期）

完公粮

　　黄泥湾人把向上级缴公粮叫完公粮。自古以来，农民把向国家缴纳皇粮当作是头等大事，马虎不得。往年，生产队总是在庄稼收获之后，打场，扬净，晒干，派十几个青壮男劳力挑着小麦或稻谷，到公社粮管所完公粮。男人们挑着沉重的担子，颤悠悠地走在盘山道上，还不忘扯着粗壮的嗓子不时吆喝几声，或者唱几句山歌助兴。那兴高采烈的样子，仿佛不是在做重体力活，而是正月十五走村串户玩花灯一般。

　　这年的小麦尚未收割，忽然开始了估产，而且要层层上报。广播里和报纸上经常报道山外的消息，很多地方都放卫星了，有的地方小麦亩产上万斤，有的甚至数万斤，令黄泥湾人咋舌。后来，大队召开各生产队队长会议，号召大家放卫星。会议开了好几次，收效甚微。特别是黄泥湾生产队的老队长赵德山，在大队召开反瞒产会议、各生产队队长相继放了卫星之后，报的产量依然还是不到亩产千斤。大队书记骂他是"小脚女人"，怒气冲冲地当场宣布撤他的职。黄泥湾生产队的会计赵玉良也参加了反瞒产会议，见状，吓得挤在人堆里不敢抬头。

赵玉良，你是会计，你说说吧。大队书记点他的名，让他表态。

赵德山是赵玉良的堂爷，他一向尊称他为老山爷，对他俯首帖耳。听到大队书记点他的名，他慢腾腾站起来，扭头看看老山爷，见老山爷的脸从未有过的黑，黑得像烧了多年的锅底，他不知如何是好了。

你倒是说话啊，不准看别人的脸色。大队书记怒气未消。

赵玉良吭吭哧哧地说，我们黄泥湾大概和别的生产队差不多。

差不多？到底是差还是多？

不差呢，恐怕要多一些。

多多少？

也就三五百斤。

到底是三百斤，还是五百斤？

五百斤吧。

别的生产队长报的最高产量是亩产九千七百斤，黄泥湾比他们多五百斤，那就是一万零二百斤了。

大队书记兴奋地说，好嘛，咱们大队终于有亩产万斤的生产队了。这就对了嘛！

停了停，大队书记又说，赵玉良同志年轻有为，敢想敢干，我宣布，他接任黄泥湾生产队队长。

当了队长的赵玉良做梦也没有想到，小麦开镰收割了，公社要到黄泥湾来开现场会。得知这个消息，他吓得一屁股坐在田埂上，老半天没起身。他以为吹牛吹过了也就算了，上级居然当了真。恐怕只有把田里的泥巴都挖出来充数，才能达到亩产万斤以上。

为了开好现场会，赵玉良绞尽了脑汁：他让社员把几洼几沟的小麦都收拢过来，铺排在一块麦田里；晒场上，麦子堆积如山，一群壮劳力络绎不绝地往仓库挑；到了仓库，却不将麦子倒下，大家从仓库临时挖的隐蔽的后门钻出来，绕一个圈子，又原封不动地挑到晒场，在参观人群眼皮底下晃一趟，又挑往仓库；仓库里，一个个装麦子的茓子里面都填满麦秸，高高的顶端盖一层薄薄的麦子……

丰收了，丰收了，黄泥湾真是特大丰收！

丰收了的黄泥湾当然应该为国家多做贡献。上级下达给黄泥湾的上缴小麦的任务，居然是过去的五倍之多。黄泥湾生产队即使不留一粒麦种，即使不给社员留一粒口粮，也凑不够上缴的任务。

赵玉良枯坐半夜，无计可施，他悄悄写了绝命书，委托老山爷向公社、大队说明他乱放卫星、弄虚作假的实情。他将遗书放在桌子上，挽着一根麻绳，跌跌撞撞地摸黑出了门。

赵玉良的女人半夜醒了，一摸，身边没有人。她慌忙起床，屋里屋外地找，没有赵玉良的影子。她见桌子上有一张写满字的纸，她不识字，拿着纸，去拍老山爷的门。老山爷手持煤油灯，披衣出来，接过纸张一看，大叫一声，糟了！立即扔掉煤油灯，往外面冲。

生产队平日里上工敲的铁钟在寂静的午夜里被老山爷当当当敲响了，惊醒了许多梦中人。人们纷纷从家里跑出来，聚到挂钟的那棵歪脖子柿树下。

怎么了？出什么事儿了？大家互相打听。

老山爷停止了敲钟，苍老的声音拖着哭腔，嚷道，玉良要寻死，大家赶紧四处找一找。

人们举着火把，三三两两结成一伙，往村庄的各个方向寻找赵玉良。村口旁，后山上，池塘边，都晃动着火把微弱的火光。终于有人在仓库门框上看到了笔直挂着的赵玉良，赶紧将他放了下来，幸好还有半口气。

大家聚拢在仓库门口，泥塑木雕一样呆立着。

良久，老山爷说，该留麦种留麦种，该分口粮分口粮，公粮嘛，还照去年的数完！上面追查下来，就说是我让这样搞的。我快七十岁了，该死屎朝上！

那一年，黄泥湾前往公社粮管所完公粮的队伍走在盘山道上，大家默然行走着，竟无人肯吱一声，仿佛在出殡。

（原载《金山》2017年第2期）

顺风车

王强是黄泥湾有史以来第一个走出山村的大学生，毕业以后，他在义阳市某局就职。他的人生辉煌在黄泥湾得到进一步放大，始于他参加工作那年春节的荣归故里。一辆蓝色的桑塔纳轿车把他送回了故乡，停在他家破落的院子外面，在故乡引起了轰动。

这可是咱黄泥湾的孩娃坐小轿车从城市回来了！

咱黄泥湾终于也有人坐上小轿车了……

围观这辆锃明瓦亮的小轿车，乡亲们瞪大了眼睛，咧大了嘴巴，喜悦、兴奋、羡慕的神情交替浮现在黑黢黢的脸上。

可是，乡亲们并不知道，王强即使在城市，也很少坐小轿车。单位总共有两辆车，一辆是这辆蓝色桑塔纳，另一辆是白色伏尔加。这两辆车是局里三位领导的代步工具。单位一把手是个老太太，心地善良，到年底了，安排办公室主任说，凡是要回县里老家过年的同志，办公室派车送一下。王强老家在殷城县乡下，就坐了桑塔纳。

三十多年弹指一挥间，一晃就过去了。王强从风华正茂的大学毕业生，变成年过半百的单位主要领导。这三十多年间，从蹭便车，到坐专车，每次回黄泥湾，他都是坐小轿车回去的。在他，是约定俗成了，在乡亲们，也是司空见惯了。

　　去年，市里推行公车改革，王强的专车取消了。他真有点儿不适应。单位只保留一台公车，司机私下跟他说，王局长，有事请吩咐。但是，有市纪委的严格要求，有全局上上下下百十双眼睛盯着，他不想触这个霉头。他说，我锻炼锻炼身体，安步当车，挺好。

　　可是，到了年底，他要带老婆孩子回老家陪父母过年，怎么回去呢？难道坐长途公共汽车回老家不成？一念及此，他的脸皮就发烫。乡下如今早已不是当年围观王强乘坐的普通桑塔纳而啧啧赞叹的年代了，他的不少晚辈每年回来过年，停在他们院子外面的小轿车，都令王强乘坐的公车灰头土脸。现在倒好，就是这种小排气量的公车也没有了。

　　进入腊月，主动给王强打电话的人接连不断，不少是问他过年怎么回老家，要不要用车。经过斟酌，他选择搭乘一个远房外甥的顺风车。外甥在义阳市承揽工程，据说搞得不错，平时彼此工作领域互不相干，他们打交道并不多。一路上和外甥聊得火热，他才得知，市里有几处正在施工的浩大工程，竟都有外甥的份儿。

　　车停在了王强父母家的院外，外甥和外甥媳妇跟随王强夫妇进了门。王强的父亲在他们家族那一代兄弟中排行老三，外甥和外甥媳妇便三姥爷长三姥娘短地寒暄了几句，之后就走出院子，搬家似的从轿车后备箱里往家里搬年货。王强和夫人再三阻拦，外甥笑着说，舅，这点儿东西您这大局长肯定不会看在眼里，但是我得申明，这可不是孝敬您和我妗子的，是我们孝敬我三姥爷和三姥娘的。王强一愣神儿，小两口把东西在客厅里摆了一地，开着车一溜烟儿跑了。

正月初二，外甥开车来拜年，又带来了一车杂七杂八的礼品。外甥又是不由分说地往王强父母家里搬。临走的时候，他顺便和王强夫妇约好了返回义阳市的日期。

如此一来，外甥总算替王强这个在市里当局长的舅舅解决了出行无车的难题，避免了难堪。

回到市里，王强下车以后，外甥说，舅，我约了董安军经理明天晚上吃顿饭，我早点过来，接您一块儿去吧？

董安军是王强他们局旗下的一个公司的老总，他们公司有一栋商贸大楼的建筑工程正在招标。作为一局之长，王强焉能不清楚外甥邀他出席饭局的目的？他第一个念头就是拒绝，满口的大道理在他嘴边打转，诸如你要凭自己的实力参加竞标、我不能违规插手下级单位的工程等话语即将喷涌而出，舌头却似牢牢打了死结，再也伸不直了。他语塞了。

这一年，随着董安军他们公司的商贸大楼如绵绵春雨中的小麦拔节一样拔地而起，王强的心也一直拴在这座大楼上，时不时带人查看工程进度，监督工程质量。这可是他参加工作三十多年以来所从未有过的事情。下属单位的重大事项只要经过局党组研究拍板，具体实施是不必由他这个一把手牵肠挂肚的。谢天谢地，冬天到来的时候，这个工程不仅如期竣工了，还被质检部门评为全市年度优质工程之一。得到消息的那一刻，王强从心底缓缓嘘出一口长气。

今年，刚一进入腊月，外甥就打来电话，亲热地问，舅，今年您和我妗子还坐我们的顺风车一起回去吧？

王强不假思索地拒绝了。他想，和将近一年时间的提心吊胆相比，搭乘长途公共汽车又能算个什么事儿呢？

（原载《山东文学》2017 年 8 期）

杏花雨

　　整整一年了，梅月陷入对李绍平的羡慕嫉妒恨中无法自拔。

　　她和李绍平是一起参加义阳市公务员考试而进入同一个机关工作的，李绍平综合成绩第一，梅月排名第二。梅月暗下决心，我还就不信了，我一个 985 院校优秀毕业生，居然被一个义阳师范学院的黄毛丫头抢了风头。两个人一起工作了半年多，居然平分秋色。机关里的同事只要提到她俩，就说，这次选拔来的两个小姑娘，还真不错！

　　最让梅月咽不下的一口气，是李绍平在机关同事微信群里发的一段视频：在春风细雨中，一袭白衣的李绍平被从天而降的杏花粉白的落英包围着，她仰着脸，闭着眼睛，在漫天漫地的杏花雨中旋舞着，被春天陶醉……

　　梅月承认这段视频的画面美艳动人，但是，李绍平绝对是沾了杏花雨的光，在这般妩媚雅静的环境下，即便是姿色平庸的女人，也能演绎出动人心魄的画面！

　　梅月暗想，如果换了我呢？如果是我在杏花雨中旋舞呢？春天啊，你就这样被辜负了啊！

梅月没有理由不自信：她的脸是典型的鸭蛋脸，皮肤粉嫩得似乎吹弹即破；李绍平呢，脸扁平不说，肤色还暗黑，粉刺星罗棋布，鼻子尖上黑头触目惊心！更别提梅月有高高隆起的胸、修长的美腿，比起李绍平停机坪似的胸脯、男性田径运动员似的粗腿，当然有天壤之别了。

李绍平发出这段视频的时候，春天已经接近尾声，百花凋残，让梅月空有超越的梦想而无法施展。

好不容易熬过这一年，春天又姗姗来到了人间！梅月松了一口气。呵呵，大显身手的时候就这样到了！

初春时节，杏花、李花、樱桃花刚刚在枝头上绽出几个花苞，就有围在她身边的几个男人纷纷开车拉着梅月，满世界地转，在市郊转了几山并几洼，可惜都白跑了！正当满山遍野鲜花盛开的时候，科长又派她外出学习。等她回到单位，只能惆怅地欣赏满地落英了。梅月懊丧透了，长达一年的期待，居然就这样泡汤了？

机关里有一个比梅月早工作两年的男同事罗坤，自告奋勇地说，到我老家黄泥湾去看看吧，那里属于深山区，海拔高，花儿开放得要晚一些。

真的假的啊？梅月的眼睛瞬间亮了。

我怎敢骗你呢？罗坤低垂着脑袋回答。

罗坤虽然也是985院校毕业生，但来自偏远农村，有自知之明，并不是围绕在梅月这朵带露的玫瑰周边的蜜蜂中的一只，他只能是一只墙角上的蜘蛛，默默编织自己的网，期待有蛾子等昆虫往上撞，不敢主动出击。

梅月披一肩秀发，着一袭白色长裙，跟随罗坤来到了黄泥湾。

果然，黄泥湾房前屋后，山坡山洼，杏花、李花、樱桃花正开得灿烂！在这高山上，气温恐怕比市郊要低好几摄氏度。梅月甩掉肩上披着的罗坤的外套，围绕一棵杏树手舞足蹈起来。

真正要拍摄的时候，问题来了，花朵都好好地在枝头上绽放，并没有花瓣从天而降，地上也没有缤纷的落英。梅月让罗坤摇晃杏树，罗坤使出吃奶的力气，脸憋得通红，粗大的树身却纹丝不动。梅月又让罗坤攀上杏树去摇树枝，罗坤一顿猛摇，倒是摇下了一些花瓣，但是没人拍摄，罗坤白摇了，梅月也白白做陶醉的舞蹈状了。

这样吧，你到我们家去吃午饭，吃过午饭，我让我爹我娘过来摇树，我给你拍摄。罗坤从树上溜下来，擦了一把汗，想出了主意。

梅月耸耸肩，也只好这样了。

罗坤家的午餐非常丰盛，让梅月吃得满口生津口齿留香。虽然罗坤介绍梅月是同事，但是，梅月看着罗坤爹娘殷勤而兴奋的神色，心里明白，他们肯定把自己当成准儿媳了。梅月也不点破，抿嘴偷偷乐。

饭后，罗坤把让爹娘帮忙去摇杏树的想法说了出来，爹娘竟装聋作哑，仿佛没听到，老两口死活不接罗坤的话茬儿。沉默了一会儿，罗坤还想再说一遍，梅月悄悄扯扯他的衣袖，快快地摆摆手。

罗坤的爹缓缓地说，你们下个星期六来吧，正好赶上杏花凋谢。

罗坤的娘立即也说，是啊是啊，你们下个星期六来，我提前杀一只老母鸡炖上。

送罗坤和梅月离开村庄的时候，路过那棵杏树下面，看到地面上散落的花瓣，罗坤的爹脸立即黑了。

臭小子，这准是你干的好事！罗坤的爹怒吼道。

好啦好啦，孩子已经做错了，发火有什么用？罗坤的娘解劝道。

梅月尽量心平气和地说，大伯，这一棵杏树挂果了，能值多少钱？我都买下来好吗？说着，梅月从挎包里掏出钱夹，拽出几张红彤彤的钞票，往罗坤的爹手上递。

罗坤的爹使劲一甩手，转身走了。

罗坤的娘挡住了梅月，说，姑娘，这根本不是钱不钱的事儿。俺们农村人，别的也不懂，就知道这庄稼啊，花草啊，都是老天爷赐给我们养活我们的，都有个节令，该开的时候开，该落的时候落，哪有强迫的道理啊？

梅月讪讪地缩了手，挤出一点儿笑容，说，大娘，给您老添麻烦了。说着，梅月扭过身子，大步流星地走了。

罗坤冲娘一摆手，说，娘，您就送到这里吧。说完，几个箭步跨过去，去追赶前头的梅月。

（原载《金山》2018 年 3 期）

炊烟袅袅

穷亲戚

从我被组织上派到殷城县竹园镇黄泥湾村担任第一村支书那天起，我就明白，我的命运和这个大别山深处的偏僻山村捆绑在了一起。第一村支书的核心使命是扶贫攻坚，黄泥湾村只要有一户不脱贫，我就插翅难飞。

上任伊始，我就扑下身子，深入黄泥湾村每一家每一户，核实基本情况。将该村所有贫困人口的情况大致摸清之后，我惊讶地发现，该村最贫困的不是别人，而是一个壮年男人，而这个在村里日出而作、日落而息的男人，户口竟然不在这个村里。

从我第一天进村那天起，我就见到了这个默默劳作的男人，后来几乎每天都能碰到他，他不是在田间地头忙活，就是挑水挑粪，行走在村路上。可以说，他是黄泥湾最勤劳的人。可是，直到我的调查接近尾声，我都没在村里给我提供的贫困人口花名册里找到他的名字。我曾经尾随他，进入他破败不堪、摇摇欲坠的家，这个男人只是茫然地掠我一眼，依旧忙碌着，不仅没和我打声招呼，更不谈让座、端茶倒水。他的家里除了垃圾一般的破床板破棉絮破桌子破椅子，可以说家徒四壁，穷得让人触目惊心。

他嘛，户口几年前就迁到镇上街道里去了，早就不算本村人了。村支书崔玉山叼着烟，眯缝着眼睛说。

什么原因迁去的呢？我追问。

结婚，他的女人住在街道上。

他怎么不住在街道上？

人家家庭的事儿，我也不清楚。

和崔支书攀谈老半天，我只搞清楚这个傻傻的男人名叫曾昭喜，因为和街道上的女人结婚，户口迁走了，其他情况一无所知。

我在走访其他贫困户的时候，顺便打听一下曾昭喜的情况。

那个傻子，他叫曾昭喜？

他结过婚？我怎么没听说过……

村民们都觉得不可思议。本村还有好几个不傻不憨的男人都找不到媳妇，他一个傻得不透气的人，街道上居然会有女人要他？

我觉得这其中必有猫腻，想揭开这个谜底。

镇派出所户籍警李丽查阅户口档案以后告诉我，没错，曾昭喜五年前因为结婚，户口从黄泥湾村迁移到街道居委会。

户主名字叫什么，他媳妇叫什么？

炊烟袅袅

他媳妇就是户主，名字叫崔玉娥。

崔玉娥的家十分好找，就在镇中心十字大街上。她家临街的一溜儿门面房全都租出去了，只保留一个进出的院门，院子极宽敞，院后还有一座五层楼，一楼是餐馆，二楼以上是宾馆。餐馆和宾馆的生意都是崔玉娥自己打理。街道上的人都说，崔老板可是咱镇上有名的富婆。我依稀记得，我刚驻村的时候，和崔支书一起到镇政府开会，他还带我到这里喝过酒。

曾昭喜，什么曾昭喜？这位浑身像发面团一样又白又暄的中年女人皱着眉头反问我。

五年前你不是结婚了，你的老公不是叫曾昭喜吗？

老娘男人死十多年了，老娘一直是光棍一根，你不要埋汰老娘。

我刚从镇派出所出来，派出所户籍档案难道搞错了？

崔玉娥警觉地左右看看，沉声说，你是什么人？跑到这里来胡说什么？你如果不是吃饭、休息，就请便。不送！

走出崔玉娥的院子，我心中的疑团更大了。

镇政府的办公室主任老汪是本地人，解开了我心中的疑团。他说，五年前竹园乡撤乡建镇，加大城镇建设力度，征用了周边村民的土地，按人头赔付拆迁费。有一阵子，周边村民结婚人数空前高涨，黄泥湾的曾昭喜，应该就是那时候和崔玉娥办理的假结婚。

镇里高度重视我反映的情况，立案调查。经查，曾昭喜和崔玉娥确实是无效婚姻；崔玉娥退出了多领的拆迁费，曾昭喜的户口迁回了黄泥湾；村支书崔玉山因为参与弄虚作假，受到党内严重警告处分。

原来，崔玉娥年轻的时候是从黄泥湾村嫁到街道去的，村支书崔玉山是她的亲哥哥。

崔玉山怒气冲冲地对我说，人家都是有包袱往外扔，你倒好，又捡个包袱背上了！咱黄泥湾三十五户贫困户，脱贫任务都包给市、县、乡各级领导了，他们都来结了穷亲戚。多出来的曾昭喜这一户，你说怎么办？

我沉吟一下，咬咬牙说，曾昭喜这门穷亲戚，我结了！

回到市里，我把情况原原本本向局长汇报了。局长迟疑地问，这个曾昭喜，打扫卫生、清理垃圾应该没问题吧？

我拍拍胸脯说，您让他描龙绣凤，他肯定不会，干些粗活，绝对没问题。

市里正创全国文明城市，对环境要求很高。咱局里正缺少一个长期清洁工呢，你把他领来吧。

好咧！我高兴得几乎要跳起来。我刚结的穷亲戚曾昭喜，这下脱贫有门啦。

（原载《小小说选刊》2018 年第 9 期）

志气楼

女作家迟子建梦见过周瑜，陈毓梦见过嬴政，珠晶梦见过武松。有她们的文章《与周瑜相遇》《做一场风花雪月的梦》《与武松论英雄》为证。在与她们做梦的晚上同样美好的夜色中，我下榻鸡公山颐庐宾馆，山上月朗风清，秋虫呢喃，我梦见了靳云鹗。

我的梦境与三位女作家有三点不同：她们梦见的都是英气逼人的异性，我梦见的却是同性；她们梦见的都是叱咤风云的人物，我梦见的却是湮没在滚滚红尘中的相对普通的人；她们可能是在自家床上梦见了自己的偶像，我却是在靳云鹗投建的颐庐里梦见了他老人家。

如果我梦见的也是周瑜、嬴政、武松这样中国家喻户晓、妇孺皆知的人物，我就没有必要再饶舌介绍他了。我相信在当代中国，知道靳云鹗的人并不多。我老家在殷城县乡下黄泥湾，数次在义阳火车站坐车去学校，鸡公山距离义阳市仅有八十里，我慕名已久，却无闲钱一游。作为一个大学建筑系的学生，如果不是跟随辅导老师来到号称"万国建筑博物馆"的鸡公山考察具有异域风情的建筑群，我也不会知道靳云鹗。在我准备毕业论文《鸡公山近代建筑史考》，又一次单独来到鸡公山，入住由颐庐改建的宾馆时，不期然地梦见了靳云鹗。

我是夜晚十一点多躺到床上的。虽然白天跑了很多路，也非常累，但是我一直为白天看到的景观、查阅的资料和走访的情况感到痛心疾首，在床上辗转反侧，难以入眠。进入梦乡之前，我有充足的时间想一想靳云鹗以及他建造的颐庐，这些早已遗落在历史深处的故人旧事，在我心头荡起烟波浩渺的涟漪：

靳云鹗，字颐恕，北洋直系军阀吴佩孚手下大将，曾任联军副司令、河南省省长。一年夏天，靳云鹗来到鸡公山避暑，看到满山的别墅均为外国人所建，鸡公山几乎成了外国列强的公共租界，心中愤然，决心在山上盖一座最壮观、最漂亮的楼房，规模和气势上必须压倒外国建筑。他花重金在京城聘请一位留洋归来的建筑师主持设计，要求既借鉴西方建筑精华，又保持中国建筑特色，充分显示中国人的聪明才智和豁达包容，建造一座楼。楼房建成后，取靳云鹗字"颐恕"中第一个字命名为"颐庐"。此举大长了中国人的志气，"颐庐"又被称作"志气楼"……

思绪纷乱、昏昏沉沉之际，我看到一位穿着一身戎装的中年男人迈着沉缓的步子向我走来。他身上的衣服我十分眼熟，在反映20世纪20年代北伐战争的影视剧中经常看到。

这个人似曾相识，一时间却又想不起来在哪里谋过面，更想不起来他究竟是何方神圣。

我就是你白天正在调查了解的靳云鹗。他神情严峻，率先向我伸出了右手，嗓音非常浑厚。

我也赶紧伸出右手，和他的手握在一起。他的手掌和指头都有些粗粝，我感觉触摸到的是一块坚硬的岩石。

靳将军，久仰，幸会。我激动地说。

你是建筑系的大学生？以后准备搞建筑设计？

是的，我，我，我想成为一名优秀的建筑设计师。我突然结巴起来。

年轻人，有这样的理想挺好。你生在这样一个美好的时代，只要足够努力，你的理想一定能实现。不像我们生活的年代，国家贫弱，列强环伺，想做成一件事非常不容易。

谢谢靳将军，我会努力的。您当年顶着重重压力，建起了颐庐，让中国人扬眉吐气，非常了不起。我会以您为楷模的。我冷静下来，由衷地说。

你觉得，成就一件事，最重要的是什么？

嗯，才华，学识，经验，信念，机会……我歪着脑袋，挖空心思列举着。

不，年轻人，我觉得，成就一件事，最重要的是气节！

气节？难怪后人把您建造的颐庐称为志气楼！我不禁感慨道。

对，就是气节！无论任何时候，遇到任何困难，年轻人，一定要坚守气节！

靳云鹗说着，猛地一巴掌拍在我的肩膀上。他如岩石般坚硬的手掌让我的肩膀感到了分量，甚至有些疼痛。我吃了一惊，坐起身来，一缕晨曦透过没拉严实的窗帘，从窗外射进来……

就这样，我梦见了我心目中的英雄靳云鹗。我决心，今后一定要听从他老人家的教诲，在中华大地上建设一座座由我亲手设计的志气楼。

（原载《大观》2019 年第 4 期）

借宿

西边有山，东边是河。山是老君岭，河是洗脂河。周其伟做梦也没有想到，黄昏时分，他途经黄泥湾，此路不通。返回山那边的家里，山里有狼，他不敢在夜晚冒这个险；河里山洪暴发，他又去不了对岸。他傻眼了。

正在村边的土路上犯难的时候，一位晚归的大嫂牵着牛，向他走来。

请问大嫂，你们村谁家方便让我借宿一夜？周其伟主动走上前攀谈，把自己陷入困境的情况向大嫂说明以后，客气地问。

大嫂爽朗一笑，说，谁还能顶着自己家的屋顶赶路？要是搁过去，不管谁家，挤一挤都没啥。不过现如今，好多家里男人都外出打工了，多少有些不方便。俺村里还有几家只有老两口和孤老头的。你只管跟我进村，都会答应的。

周其伟道了谢，跟随大嫂进了村。

村口有一座院落，院内有一栋两层小楼。站在院子外面，大嫂喊道，三爹，三爹，开门。

院门很快打开了，一位头发花白的老汉走出来，问道，他嫂，有啥事儿？

大嫂指了指站在身边的周其伟，说，这个兄弟过不去河，想在你家借宿。

老汉说，进来进来，就是莫嫌我老汉屋子脏就要得。

周其伟说，大叔说哪里话，给您老添麻烦了。他和大嫂道了别，走进了老汉的院子。

老汉关好院门，把周其伟往小楼里让。小楼一楼正中间是客厅，沙发和茶几上堆满杂物，看上去有些凌乱，地面铺着地板砖，也确实不太干净。老汉手忙脚乱地把沙发上的东西归拢一下，腾出一块空位置，向周其伟让座。周其伟抿嘴笑一笑。

晚上，老汉炒了一盘土鸡蛋，煎了一盘白鱼条，炒了一盘青南瓜丝，拌了一盘凉黄瓜，开了两瓶啤酒，要和周其伟喝两杯。周其伟有些不安，刚说两句客气话，立即被老汉打断了。老汉说，鱼是我自己在河里逮的，鸡蛋是我自己养的老母鸡下的，菜是我自己种的，没花一分钱。

席间，周其伟介绍了自己的一些情况。他在隔岭冯店乡中学任教。他的姑姑嫁到了老汉他们竹园乡，表妹今年考上了大学，姑姑家明天请客。因为近日暴雨将公路冲毁，交通断绝，他只能翻山越岭过来，想在这里蹚水过去。没想到洪水很大，他不敢过河。

老汉也说了自己的情况：女儿出嫁了；儿子、儿媳带着孙子、孙女在城里做生意；老伴照看孙子、孙女去了。平时，这个院子就他一个人住，只有自个儿的影子陪伴；每年孙子、孙女放假了，老伴才领他们两个回来住上十天半月的，家里才热闹几天。他还坚持种着两亩田和几畦菜园，养了几只鸡一头猪，也好让孩子们吃上放心的粮食、蔬菜、鸡蛋和猪肉。所以他哪儿也不能去，只能守在村子里。

两人边喝边聊，聊了很久。喝过了酒，老汉又到厨房去，下了一盆亲手擀的面条。

周其伟晚上住在老汉儿子、儿媳在二楼的卧室里。宽大的双人床上搭了床罩，铺着凉席，一揭开，倒是非常干净整洁。

早晨醒来，下楼一看，老汉已经将大米粥熬好了，还煮了咸鸡蛋，摊了油馍，让周其伟用早餐。

吃罢早餐，老汉将周其伟送到河边。经过一夜流逝和沉淀，河水虽然依然泛黄，不甚清澈，但河面已经窄了许多。周其伟在老汉的指点下，在浅水区蹚过了河。

周其伟站在河对岸，扯开嗓子大声喊，大叔，谢谢您，您回家吧！

老汉也扯开嗓子大声喊，周老师你慢走，什么时候路过俺村，只管来家里歇！

两个人互相摇着手臂，道了别。

老汉回到家里，收拾碗盘，一只盘子下面忽然红光一闪。原来，盘子下面压了两张红色的百元钞票。

老汉急匆匆赶到昨天傍晚领着周其伟找上门来的那位大嫂家，火急火燎地问，他嫂，你知道周老师姑家住哪儿吗？

大嫂一头雾水，反问道，哪个周老师？我不认识什么周老师啊。

老汉解释说，就是昨晚上你领来的那个人，姓周，是冯店乡中学的老师。他说今天要到他姑家喝喜酒，我刚才把他送走了。我得上他姑家找他去。

大嫂一惊，连忙问，怎么了，三爹，他手脚不干净，偷你东西了？

老汉嗨了一声，说，看你想到哪儿去了？他从衣兜里掏出两张百元大钞，冲大嫂晃了晃，哭笑不得地说，他临走偷偷在盘子底下压了两百元钱，我怎么能要？

大嫂松了一口气，笑着说，你这个老头，我还当是出了什么大事儿呢，吓我一跳。人家周老师客气，撇下二百元钱，你就收下，打酒割肉花了嘛。

老汉突然翻了脸，眼一瞪，红头涨脸地说，你这死女子，你嫁到俺黄泥湾十多年了，你三爹是什么样子的人你还不清楚？咱不开饭店，不开旅社，凭什么收人家的钱？说着，老汉一扭身子，气冲冲地往洗脂河方向奔去。

大嫂张口结舌，冲老汉的背影吐了吐舌头。

（原载《天池》2017 年第 9 期）

抢险

从河东到河西是十步，从河西到河东也是十步。

中间，隔着一座石板桥。

洗脂河流经黄泥湾的地段，是河道最为狭窄的所在。不知从何年何月起，先人们修了这座连接河东和河西的石板桥。因为年代久远，石板桥被人们的鞋底磨得平滑如镜，在晴朗的天气里，桥面几乎能照出人的影子来。

虽是一座仅有十步之遥的石板桥，却隔出了河东村民组和河西村民组两个村庄。

枯水季节，河东村民组和河西村民组的村民们在这里争抢水源，几度大打出手，每每两败俱伤，结下了深仇大恨；丰水季节，河东村民组和河西村民组的村民们分别在两岸拼死加固河堤，大有欲与天公试比高的架势，防止河堤破溃，大水漫灌村庄。山洪来得猛，去得也疾，有时候，就是一盏茶的工夫。而在这一盏茶的工夫里，如果守不住河堤，洪水势必如苍龙入海，一路汹涌，摧毁家园，导致房倒屋塌、人伤畜亡。实在轻慢不得。

因为积怨太深，多少年了，两个村庄虽鸡犬之声相闻，村民们却老死不相往来。两个村庄的争斗颇像国际社会两个彼此不睦的敌国，不是东风压倒西风，就是西风压倒东风，寸利不让，寸权必争，矛盾不可调和。河东村民组的村民视河西村民组的村民如仇寇，河西村民组的村民视河东村民组的村民如死敌，倘或两个村民组的人偶遇，轻者会大路朝天，各走一边，视对方如无物，重者会怒目瞪视，各自从喉管或肺腔里咳出一口浓痰，恶恶地朝对方脚前射去，将轻蔑与怒火也一并射出去。

整个黄泥湾，这是妇孺皆知的事实。

这年初夏，老天似乎破了一个大洞似的往下灌水，暴雨倾盆，洗脂河的汛期来得极其迅猛，让人猝不及防。

青壮年都外出打工了，留在家里的只有老弱病残。等河东村民组的洪七爹梦醒似的突然想到要去修筑河堤，集合了一帮乌合之众从暴雨中冲出村庄，已经有一股股污浊的洪水向村庄蹿来。

糟糕，河堤恐怕保不住了！洪七爹踉踉跄跄狂奔着，不祥之兆陡然涌上心头。

来到堤岸，大家看到漫天漫地的雨帘中跳跃着一个人影，正在拼命往决口处填土。大家来不及多想，赶紧蜂拥而上，挥舞铁锹铲土，好一顿忙乱，终于将决口堵上了。

洪七爹松了一口气，抹了一把脸上的雨水，看到堤岸上那个依然在挥锹铲土的人，居然是河西村民组的陈傻子。

66　　　　　　　　　　　　　　　　　　　　炊烟袅袅

陈傻子小时候并不傻，五六岁的时候，得了脑膜炎。那时，乡下人得了病，一般都是硬撑着，实在拖不得了，才会送去医院救治。他被送到医院的时候，已经晚了，命虽然保住了，人却变得呆头呆脑的。像他这个年龄的壮年人，都在外打工挣钱，只有他留守家园。

难道是这个陈傻子，这个河西村民组的人，挽救了河东村民组？

洪七爹的眼眶顿时热了一下，泪水和着雨水一起流了下来。他赶紧走过去，拍拍陈傻子的肩膀，说，傻子，歇一会儿。

陈傻子停了下来，对洪七爹呵呵一笑。

大家默默地伫立在河堤上。暴雨依然如注，河水还在一个劲儿地上涨。大家眼巴巴地守望着河堤，紧张万分。

突然，洪七爹大喝一声，不好，对面要决堤！

陈傻子疯了一般跨过石板桥，往河西决口处冲去。

洪七爹急忙对大家说，快，河西的人还没出来呢，咱们快过桥，帮陈傻子堵决口。

大家你望望我，我望望你，有些迟疑。

有个人说，河西那边的事，咱们别管吧。

洪七爹怒吼道，你说的是屁话！要是搁过去，我也不会帮河西的忙；可是今天，你们都看见了。难道我们还不如一个傻子？

浊黄的水流像离弦的箭，不断冲刷着河西的堤坝，堤坝眼看要被冲垮。陈傻子拼命挥舞铁锨填土，可是，独木难支，填上的土如杯水车薪一般，瞬间被洪水卷走，堤坝一点点垮塌着……

洪水已经淹没了石板桥桥面，在桥板上撞出白花花的滔天水浪。

洪七爹扭头冲向石板桥，往河西跑过去。

有几个人跟着洪七爹跑过了石板桥。

更多的人跟过来，踏上了石板桥……

（原载《昆山日报》2017 年 8 月 13 日）

喊山

哟——嗬——嗬嗬嗬——

一阵炸雷似的吆喝声从黄小飞的头顶掠过，一直滚到对面山涧里去了，山谷里荡起连绵不绝的回声。

小飞在山坡上纹丝不动地趴了许久，胳膊都有些酸麻了。他等的就是这声吆喝。黄泥湾林场护林员老王头有喊山的习惯。每到一个山头，他都要站在山顶上吆喝一阵子。一来嘛，吓一吓偷树的贼；二来嘛，顺便吓一吓祸害庄稼的野猪和猪獾子。

小飞知道，头顶上这声吆喝消逝以后，老王头肯定要往西边山头转悠了。果不其然，大约半个小时以后，西边山峰传来老王头喊山的声音。

小飞从地上爬起来，活动活动筋骨，走向一棵笔挺的杉树。这一片树林，虽然棵棵杉树都像站岗的哨兵一样昂头挺胸，但是，他看中的这棵树，简直就是哨兵中间的标兵。树干笔挺，才能卖出好价钱。再说，太粗的树，即使放倒了，他身单力薄，也扛不到竹园镇去；太细的树呢，又不值钱。

这棵树不粗不细，仿佛就是为他黄小飞生长的。小飞半跪着，使出吃奶的力气锯树，虽然只锯进树身薄薄的一层，他就已经大汗淋漓。锯子越来越涩滞，仿佛和树身紧紧黏合在了一起，越来越拉不动……

好小子，好大的胆子，青天白日的，竟敢来偷树！小飞头顶上突然响起一声暴喝。

小飞万万没想到老王头这么快又转了回来，绝对不能让老王头人赃俱获。他飞快地拔掉锯子，跟头流星地从山坡上滚了下去。

小飞刚回家，关好院门，院外就响起擂门的声音。

娘，我进屋躲躲，你去开门，老王头要是问我，你就说不在家。小飞慌张地对迎上来的娘说。

小飞娘点点头，慢慢走过去开门。这是哪阵大风把他王伯刮来啦，快到屋歇歇，喝碗茶吧。她热情地招呼着。

老王头绷着脸，没好气地问，你家小飞呢？让他滚出来！

小飞到学校去了。怎么，您找他有事儿？

好了，小飞他娘，你别演戏了，我一路踩着他的脚印追过来的，又不是傻子！

小飞娘双膝一软，跪在了老王头面前，搂着他的双腿，号啕大哭起来，边哭边说，他王伯，您大人大量，看在他病死的爹的分儿上，饶了他这回。我们孤儿寡母的，不也是没有法子吗？小飞考上大学了，我到哪儿给他凑够学费去啊？

小飞旋风般从屋里跑出来，弯下腰拉娘，对娘说，要杀

　　　　　　　　　　　　炊烟袅袅

要剐，随他，娘，你起来。

老王头横了小飞一眼，对小飞娘说，弟妹，有话站起来说。

小飞娘顺从地站起来，仍然哭个没完没了。

老王头问小飞，小子，考上哪个大学了？

小飞脖子一梗，没好气地说，和你无关。

老王头嘀咕道，臭小子。他从口袋里掏出五百元钱，递给小飞。小飞不接。老王头将钱塞到小飞娘的手里。

小飞娘抽泣着说，他王伯，我们怎么能要您的钱？

老王头说，这个钱不是给你们的。小飞锯了林场一棵树，按照规定，要罚款五百元。你们自己去场部，把罚款缴了。至于小飞的学费嘛，我再想想办法。说着，老王头转身走了。

娘儿俩盯着老王头的背影，老半天没有缓过神儿来。

第二天，老王头满头大汗地又来了，掏出一个厚厚的纸包，啪一声扔到小飞家桌子上。小飞娘忙不迭地倒了一碗凉茶，双手递过去。老王头接过茶碗，咕咚咕咚喝个精光。小飞慌忙将空碗接下了。

老王头抹抹嘴唇，盯着小飞说，老子的棺材本，都从信用社取出来了，够你交学费了。咱们先说好啦，等你大学毕业了，你要凭本事挣钱还给我。小子，你给老子记住了，从今往后，咱走正道，偷鸡摸狗的事儿可不能再干啦！不干不净的钱，一分都不要拿！咱人穷，志可不能短。

小飞鸡叨米似的连连点头。

小飞娘抹着眼泪说，他王伯，咱们非亲非故的，怎么能用您这么多钱？

老王头转脸对小飞娘说，我家的事儿，你可能清楚。我家小子大学毕业以后，本来混得还不错，在县里当了局长。因为贪财，坐牢了。儿媳妇离婚了，把孙子也带走了。你老嫂子连气带病，死了。轰轰响的一家人，说散就散了。都怪我教子无方啊。小飞，绝对不能走他哥的老路！从小偷针，长大偷金，坏毛病必须从根上去掉。

说着，老王头哽咽了，他抹了一把泪，趔趔趄趄地走了。

小飞离开黄泥湾那天，刚爬上一道山梁，对面山上突然滚过来一串喊山的声音。他也想喊一嗓子。他试着喊了一声，声音又尖细又短促，仿佛一只羽翼未丰的公鸡学打鸣，他不好意思地笑了。

小飞放下行李，挺直腰杆，站在山梁上，猛吸一口气，朝着对面山梁喊了出来：

哟——嗬——嗬嗬嗬——

对面山梁上立即回应：

哟——嗬——嗬嗬嗬——

两股喊山的声音，一股清新甜脆，一股雄浑苍凉，在山梁之间穿梭，响成一片。

（原载《澳华文学》2019 年第 3 期）

　　　　　　　　　　　　　炊烟袅袅

老汉的升旗仪式

市晚报记者黄豫光跟随驴友骑行到黄泥湾，在一个农家小院前停了下来，他注意到，小院外面树了一根高高的旗杆，顶端飘扬着五星红旗。

小院的主人是位头发花白的老大爷。

老黄对老大爷说，这里既然挂着国旗，就应该是单位吧，但我看这里不像单位，所以停下来问问情况。

老大爷说，你说得不错，这里并不是什么单位，是我的家。

那么，老黄斟酌了一下，迟疑地问，您家门口为什么要挂国旗呢？

老大爷反问，难道不允许吗？

不是不允许，我是觉得好奇。这里面肯定有什么原因吧？

说来话长，三言两语也跟你说不清楚。你不是还要赶路吗？你的同伴都走得不见影儿了。

老黄掏出手机，拨通以后说，你们别等我了，我想在这里做个采访，完了自己回去。收了手机，老黄对老大爷说，我不赶路了，想陪您聊聊天。

老大爷说，那就进屋坐吧。我泡壶茶，咱俩慢慢聊。

老黄跟在老大爷身后进了屋，在桌子前坐下。老大爷拿出一把茶壶，沏上茶，倒在两个茶杯里，递一杯给老黄，自己也在桌子旁边坐下来。茶水袅娜地飘散着淡淡的清香和水汽，弥漫在两人中间。老黄啜了一口茶，感觉茶水虽有些苦涩，但口鼻生香。这种茶应该是农村人自己采摘自己炒制的粗茶，但是没有农药和化肥的污染，绝对是绿色食品。老大爷慢悠悠地呷了一口茶，打开了话匣子。

原来，这位老大爷名叫王宝柱，有一手好厨艺，年轻的时候，响应县政府号召，跟随劳务输出建筑队，陆续到亚非一些国家务工，给建筑队做饭。后来年龄大了，才安心在家养老。儿子和儿媳在竹园镇开饭馆，老伴去照看孙子，家里只剩下他一个人了。他不是不想去给儿子打下手，而是他每天早晨要在家门口升国旗，所以坚持留在了农村。最后那次回国的时候，他在北京下了飞机，专程去天安门广场看了一次升国旗仪式，看得热泪盈眶。他当即从北京买了一面国旗带回黄泥湾。回来的当天，他就去自留山上砍了一棵高大溜直的杉树，剁去树枝，刮掉树皮，用砂纸将树干打磨得圆润光滑，固定在院子外面。这就是他的旗杆。在杉树的顶端，用尼龙绳挽个活结，在下面一拉绳子，国旗就能顺顺当当升上去。自从那天早上六点钟他一个人升了国旗，这十多年

　　　　　　　　　　　　炊烟袅袅

来，不管是春夏秋冬，还是雨雪风霜，他从未间断过。为了升国旗，他哪儿也不去了，每天只有升了国旗，他才觉得踏实，整个人浑身就有劲儿了。他记不住更换了多少条尼龙绳，更换了多少面国旗，他只记得，每天早晨六点钟，他要风雨无阻、雷打不动地升国旗。

王大爷说，一个人只有到了外国，才强烈感觉到自己是中国人。有时候特别想家，有时候受了外国人欺侮，我就到中国驻外大使馆去看国旗。虽然我从没进过大使馆，更没向大使馆求助过，但大使馆门口高高飘扬的五星红旗给了我无穷的力量。在国外那么多年，国旗在我心里比什么都亲切。这也是你问我为什么要在家门口升国旗的原因。

不知不觉间，两人聊到了太阳西沉。满天晚霞笼罩着整个村庄。王大爷站起来说，我得去收国旗了。老黄看着他解下旗杆上的绳子，轻轻拉动着，国旗徐徐降了下来。王大爷将国旗叠好，抱在怀里，进了屋。

老黄说，大爷，我能不能在您家借宿一晚？明天早上，我想看您升国旗。

王大爷说，只要你不嫌我们农村条件不好，没问题。

第二天一大早，老黄还沉浸在梦乡里，就被王大爷唤醒了。王大爷说，你不是要看我升国旗吗？

老黄揉了揉惺忪的睡眼，起来了。东部山顶上霞光万道，太阳即将喷薄而出。随着一阵激越的国歌声响起，王大爷手脚麻利地在绳子的一端挂上国旗，轻轻一抖，国旗迎风展开，他慢慢拉动绳子的另一端，国旗冉冉升起来。当国旗在旗杆顶端高高飘扬时，一轮明亮的太阳出现在了东部山顶上，国歌声戛然而止。

王大爷说，升旗仪式需要连续播放三遍国歌，总共 2 分〇7 秒。我现在升旗，可以做到分秒不差。

一直不停按着相机快门的老黄不由自主地忘记了拍照，注视着在晨曦中招展的国旗，注视着一脸庄严的王大爷，行着注目礼。他暗自给自己的这组新闻图片取好了名字，叫《深山里，一位老汉的升旗仪式》。

（原载《小小说选刊》2018 年第 13 期）

村医胡美丽

黄泥湾村距离竹园镇比较远。乡亲们有个头痛脑热的，大都就近到村卫生室找村医胡开来看看。胡开来年龄大了，正好他老闺女胡美丽从市卫生学校毕业，顶替他当了村医。

不知道胡美丽哪根神经搭错了，不好好给乡亲们治病。乡亲们都说，这个胡美丽，比她爹可是差老鼻子了。

这不，您瞧——

赵大爷哼哼唧唧地走进村卫生室。胡美丽赶紧迎上去，搀扶着他，让他坐下来，问他，赵大爷，您哪里不舒服？

赵大爷说，我感冒了，鼻子不通气，还光想咳嗽。说着，赵大爷就现场来了一连串猛烈的咳嗽。

等赵大爷平静了，胡美丽取出一块压舌板，说，来，赵大爷，张嘴，让我看看。看过之后，胡美丽说，嗓子没有红肿，问题不大。

是给我打针呢，还是吃药？

咱们再量量体温吧，好吗？

等了几分钟，体温量好了。胡美丽看看体温表，赵大爷也不发烧。胡美丽说，赵大爷，您别担心，没什么事儿。

你还是给我挂吊针吧，病好得快。

赵大爷，真的不用。没那个必要。

要不，你给我开点药吃。

赵大爷，药也不用开。您呀，回家多喝开水，注意多休息，就行了。

咦，这闺女，你这儿是不是没药啊？

呵呵，我这儿常用药全着呢。

你不给我打针，也不给我开药，是什么意思啊？过去，你爹在这里瞧病，我愿意打针，他就给打针，我愿意吃药，他就给开药。你怎么不给我治呢？怕大爷付不起钱吗？

赵大爷，您要是相信我，按照我说的做就行了。治病是要对症下药的。您就是有一点感冒，完全用不着打针吃药。

你不给我治拉倒，我上你家找你爹去。说着，赵大爷气呼呼地走了。

您瞧见了没，这就是新村医胡美丽，整个油盐不进。不仅没给赵大爷治病，还把他给气跑啦！

中午，胡美丽骑电瓶车回家吃饭。一推开门，就看到赵大爷正坐在他家客厅沙发上，脑袋上方挂着个吊瓶，输液管连到他的手背上，一滴一滴的药水在输液管里欢畅地滴着。

赵大爷看到她，冲她一龇牙，一撇嘴，做了个鬼脸。

胡美丽的脸顿时黑了。她冲到厨房，她爸爸胡开来腰里系着花格子围裙，正在帮她妈妈做饭呢。

爸，你给赵大爷输的是什么？

先锋霉素啊，怎么啦？

上级三令五申，不准过度医疗，不准滥用抗生素。我看过赵大爷的嗓子，不红又不肿，没炎症，不能打抗生素的。说着，胡美丽往客厅冲去。

不一会儿，客厅里传来赵大爷的喊声，老胡啊，你快来啊，救命啊。

胡开来急忙在围裙上擦擦手，解下围裙，扔到老伴怀里，奔向客厅。他看到女儿胡美丽拽着赵大爷的胳膊，赵大爷呢，拼命用胳膊肘抵挡着胡美丽。

都住手！你们这是干啥？胡开来大喝一声。

赵大爷火冒三丈地说，你闺女要拔我的针。

胡美丽，你想干啥？

我想干啥？赵大爷不是告诉你了吗？……

赵大爷走后，父女俩好一顿争吵。胡开来吵不过胡美丽，最后只得说，你要吃饭要穿衣服吧，人家来了，你又不开药又不打针，怎么挣钱养家糊口？

谁说我不给人开药打针？我要看病情需要不需要。爸，我们当医生的，是为群众服务，不是做生意，不能光想着挣钱。

不仅胡开来对胡美丽不满意，越来越多的乡亲都对胡美丽不满意。胡美丽不仅很少开药打针，还让大家回家多吃大蒜。胡美丽说，大蒜是地里长出来的抗生素，可以杀菌消炎，增强人体免疫力。咱们这里家家户户都种大蒜，每家都有很多大蒜。大蒜就是咱们的神药。平时多吃大蒜，比吃药好，以后少生病。但是一定要记住，必须在吃前十五分钟把大蒜捣碎，最好捣成蒜泥，氧化了再吃。

找胡美丽看病的人慢慢少了。胡美丽空守着村卫生室，有时候就白守一整天。她就一个村庄接一个村庄地转悠，只要见到人，她就老和尚念经似的宣讲她平时说的那一套，让大家能打小针决不打吊瓶，能吃药决不打针，能不吃药决不吃药，要吃就多吃大蒜，大蒜是地里长出来的抗生素……

人前人后的，乡亲们不再把胡美丽喊胡医生，都喊她卖大蒜的。

对胡美丽的非议太多，终于惊动了上级。上级派出调查组，到黄泥湾村调查胡美丽。乡亲们纷纷反映胡美丽的所作所为，央求道，赶紧给我们换一个会看病的村医吧。

调查组走了很久，黄泥湾村也没有换村医，村卫生室里坐诊的还是胡美丽。

忽然有一天，村卫生室关门了，胡美丽不见了。大家都高兴起来。当天夜晚，不少人在电视里都看到了胡美丽。她胸披大红花，县长正在给她颁奖呢。电视播音员说她是最美乡村医生。

难道胡美丽真的是最好的村医？不少乡亲心里都打着鼓，暗自嘀咕起来。

（原载《小小说选刊》2019 年第 11 期）

灵丹妙药

大伯是个不按常理出牌的人，时有惊人之举。这不，堂姐带他到市里看病，他趁堂姐买饭去了，竟然偷偷溜出病房，跑到我单位来看我。看着他一脸孩童般顽皮的笑容和满头枯焦的白发，我真是哭笑不得。大伯患了贲门癌，已经在市里一家医院接受手术。这次，他是专门来化疗的。

大伯说，我再也不想让你姐浪费钱了，我也不治了。你打个电话给她，让她先回家。我在你这里住几天。

我和妻子准备了丰盛的家宴。大伯没有儿子，对待我就像对待亲生儿子，口口声声把我喊儿子。我绝对不能慢待大伯。

儿子，怎么光让吃菜，不给老子上酒？大伯终于憋不住了，催促我。

我和妻子交换了一下眼色，面面相觑。愣怔片刻，妻子冲我轻轻摇了摇头。妻子是医生，不可能让病中的大伯喝酒的。妻子飞快地替大伯盛饭，递到大伯手上，热情地说，大伯，快尝尝米饭，我用泰国大米蒸的，可香啦！

谁知大伯啪一声把饭碗摞到餐桌上，往后一仰，斜靠在椅背上。大伯恼火地说，我在你姐家都快烦死了，整天这个不能吃那个不能喝的！怎么你们也这样？我都八十多了，黄土埋到顶的人了，哪有那么多穷讲究？

沉默半晌，我知道自己拗不过他，只得问，您喝什么酒？啤酒，红酒？

大伯斩钉截铁地说，你过去给老子喝什么酒，今天就给老子上什么酒！

我打开酒柜，拿出一瓶白酒，打开了，馥郁的香气立即升腾起来，弥漫在整个餐厅。大伯连连使劲抽了几下鼻子，眉开眼笑地说，对，就是这个味儿……

和大伯推杯换盏的时候，一幕幕往事放电影似的在我心头浮现。大伯曾经是我老家黄泥湾大队的党支部书记。他的靠谱以及不靠谱的故事，三天三夜也说不完。

他曾经在秋冬季节带领全体社员在洗脂河畔兴修了大片大寨田。由此他被评为全国农业学大寨先进分子，进京参加表彰大会。他第一次坐火车，把行李放上行李架以后，悠闲地下车抽旱烟。随着汽笛一声长鸣，火车启动了，他这才发现这个绿皮大家伙不是村里的牛车，吆喝几声就会乖乖停下。误车的大伯讲明了情况，火车站的同志说，没关系，你坐下趟车吧，我们打电话给下一站，让他们把你的行李收好，你去了再交给你。大伯那个时候还不知道电话为何物，好奇地问，电话比火车还快？人家说，比火车快多了。他说，那我坐电话去北京吧。坐着电话上北京是他一生闹的最著名的笑话。他开完会，兴高采烈地回家，没过几天，天降暴雨，眼睁睁看着那一片大寨田被山洪冲得七零八落，他再也笑不出来了。

大伯做过的最出彩的事情，当属感动驻队的县交通局局长拨款在洗脂河上兴建了一座三孔大桥，彻底解决了黄泥湾大队社员出入困难的问题。那个年代，县城冬季取暖还靠烧木炭。木炭分两种：柞木炭又叫黑炭，易燃，但不耐烧，有时还冒烟；栎木炭外表呈灰白色，又叫白炭，燃烧时间长，火劲足，不冒烟。所以白炭更受欢迎。大伯派人烧出几挑上好的白炭，运到县城里，找个地方寄存起来。下雪那天，他带几个社员进了城，挑着白炭去了县交通局局长家里。大伯说，下雪了，天冷了，我们怕局长受冻，赶紧送几挑炭过来。看着他们敞开的破棉袄和热气腾腾的脸，局长极为感动，关切地问，你们从黄泥湾一路挑过来的？六七十里山路啊，累坏了吧？这一感动不要紧，来年大桥就动工了……

大伯就是这样有主见的人。他不仅在我家天天要酒喝，而且临走的时候，他还让我去超市买回来一件矿泉水。他把瓶子一个个都打开，把矿泉水倒在我们家一个大盆里，倒了满满一盆，然后往空瓶子里灌白酒。

我瞪大眼睛，迷惑地看着他做这一切。他冲我做了个鬼脸，诡异地笑了一下。

大伯回老家以后，我隔几天就给堂姐打电话，询问大伯的情况。我早就跟堂姐说过，大伯大限快到的时候，我必须提前几天回家，为他送终。堂姐总是说，大伯的身体一直好好的，病情没有恶化的迹象。

有一天，堂姐突然打来电话，不祥之感立即涌上我的心头。我接听了，却是大伯的声音。大伯爽朗地说，儿子，我上次带回来的酒快喝完了，你赶紧给老子寄几件回来。

大伯，寄那么多酒干什么？您老可别贪杯啊。我迟迟疑疑地说。

儿子，是不是舍不得啊？老子前天到医院复查了，癌细胞没有了。医生还问我怎么好的呢，我说，我喝了白酒啊。这白酒啊，真是灵丹妙药啊！

真的啊？那真是太好了！

你快点寄吧，多多益善啊。大伯叮嘱道。

开车前往白酒批发站的时候，我的耳边一直回响着大伯爽朗的欢声笑语，心里像春天的花园一样开满了花。

（原载《大观》2019年第4期）

镇店之宝

关于未来，关于就业，彭世秉的确没有想太多。作为从大别山区黄泥湾走出来的大学生，他觉得当务之急就是努力学习，掌握真本领。至于以后，车到山前必有路，船到桥头自然直，现在无须多虑。俗话不是说，老天爷饿不死瞎家雀嘛。

连他自己也没有料到，一趟仰韶文化考察之旅，勾起了他对制陶技艺的疯狂迷恋。

那次，老师带领他们班同学到豫西渑池县考察，参观了仰韶文化博物馆，参观了几家陶艺制作厂和工艺品商店。在县城边一家小型陶艺作坊里，他突然被那里的彩陶制品打动了，每一件展品都是那么古朴自然，栩栩如生，几乎以假乱真，俨然就是仰韶时代的先民遗留下来的真品。他特别对那件彩陶鱼盆爱不释手，翻来覆去地捧在手里看了又看，越看越觉得和教科书里的图片毫无二致。

终于，学校放暑假了，他立即乘火车一路向西，来到了渑池县，找到了那家几个月以来魂牵梦萦的陶艺作坊。

作坊里，有位年近花甲的老人，是老板兼任工艺师傅。彭世秉向他介绍了自己的情况，希望在他这里学习彩陶制作技术。

老人不解地问，你是大学生，未来前程似锦，怎么愿意和陶土打交道呢？

彭世秉呵呵笑着说，老人家，千金难买我乐意。我真的特别喜欢您的作品，如果您愿意，我想拜您为师。

老人这里正好缺人手，就爽快地点了点头。

开始的时候，师傅只让彭世秉干搅泥、过浆、柔泥等粗活。后来，师傅发现他不仅肯吃苦，从不偷奸耍滑，而且脑子好使，一点就透，慢慢喜欢上了这个年轻人。

转眼间暑假结束了。在彭世秉重返大学读书的那天，师傅说，孩子，学校放寒假了，你只管过来。

因为在彩陶坊工作过，加上对仰韶文化的了解，彭世秉在大学毕业那年，考上了母校历史学院考古专业研究生。每年寒暑假，他都投奔渑池县这家彩陶坊，跟随师傅学会了全套的制陶工艺。师傅也没有亏待他，给他开了足够他读完研究生的薪水。研究生毕业以后，他选择到彩陶坊就业。

正式入职那天，师傅说，孩子，既然你不嫌弃这个作坊小，师傅也不拿你当外人。师傅年龄大了，没有儿子，姑娘又出嫁了，这个作坊迟早要交给你打理。行有行规，今天，师傅要给你好好说说咱的经营之道。

彭世秉说，好的，师傅，您请讲，我洗耳恭听。

师傅说，许多不法商贩故意混淆文物和工艺品的区别，将二者混为一谈，牟取暴利。作为彩陶坊，专门生产工艺品，订货的商贩是不允许产品上出现现代信息的。但是，我又不愿意为虎作伥，帮助商贩欺哄顾客，怎么办呢？只能在产品底子上刻甲骨文，告诉商贩，这些都是古人常用的款识，可以更加以假乱真。

彭世秉说，哦，是这样啊。

师傅问，你知道师傅一般让你刻的款识都是些什么字吗？

彭世秉说，我对甲骨文没有研究，不太认识。师傅让我怎么刻，我就比葫芦画瓢怎么刻。

师傅微笑着说，我让你刻的都是"小心轻放""请勿倒置"这些字。我不能让这些黑心商贩利用咱们的产品冒充文物去坑蒙拐骗。好在这些商贩大都没什么文化，没人识破。

彭世秉说，是的，如果没有经过认真研究，一般人是不会认识甲骨文的。

师傅抿了口茶水，停了停，又说，咱们作坊维持这几十年，生意还不错。虽然那个彩陶鱼盆是师傅的得意之作、精华之作，但是，咱们的镇店之宝当然不是那个以假乱真的彩陶鱼盆，而是诚信、善良、公道。师傅今天将这个镇店之宝郑重地传授给你，希望你要真正理解它，好好保护它。

彭世秉瞪大双眼，望着师傅，坚定地点了点头。

过了几年，师傅正式退位，彭世秉继承了师傅的衣钵。

师傅的一位多年的老客户找上门来，预订他的彩陶产品。那位客户在他家乡市区文庙旁边开了一家店，经营古玩。彭世秉和他也非常熟悉，招待他喝酒。推杯换盏之际，老客户说，别以为我看不出来，你师傅过去的产品刻的所谓的款识，都是"小心轻放""请勿倒置"之类的。现在你在这里当家，我说个不中听的话，你师傅那样的死脑筋该改一改了。我可是老客户，你可别跟我再来那一套。

彭世秉迟疑许久，终于将老客户预订的货生产出来，发走了。不几天，老客户打来了电话。

你个小王八蛋，你给我刻的是什么？

当然不是"小心轻放""请勿倒置"。

你比你师傅更鸡贼，你居然刻的是"微波炉适用"。

就这样，老客户全部退货，两人彻底翻脸。

师傅知道了这件事，专门跑到作坊里来，找到正在忙碌的彭世秉。

彭世秉悻悻地说，师傅，我把您的老客户得罪了，这笔生意，咱们赔了不少钱！

师傅哈哈笑了，说，钱算什么？钱是王八蛋，赔了咱再赚。好小子，师傅果然没有看走眼，这次对你真的放心了。

（原载《仰韶》2019 年春季卷）

借种

正是午夜时分，潘晓东突然从沉睡中苏醒过来，隐隐约约觉得有人抚摸他，不禁噭地大吼一声，猛然从床上坐起来。一个灰白的影子飞速溜下床去，一晃就没入了深沉的夜色。午夜的寒冷帐幔一样彻头彻尾包裹着他，磨盘一样从头到脚压迫着他，他哆嗦了一下，又哆嗦了一下。他颤抖着抱着膀子，呆愣地坐在床上。

刚才是在做梦吗？自己被噩梦魇住了吗？他纳闷地想。可是不对呀，在苏醒的刹那间，他分明看到了一个逃逸掉的影子。

我这是在哪里呢？在学校，在家里，还是在旅馆里？他糊涂了。凭感觉，他觉得他是睡在了一个陌生的地方。

好在很快从枕头边摸到了手机，借助手机的照明，他找到了房间墙壁上灯的开关。他跳下床去，打开了房间的吊灯，雪白的灯光瞬间刺得他眯上了眼睛。

展现在潘晓东眼前的一切，竟然是那么陌生，以至于他根本想不起来这到底是什么地方。他靠在床头，将被子扯起来，牢牢裹在身上，仔细打量着周围的环境。

首先，这不是学校宿舍，更不是自己的家，也不像旅馆。这间房屋，屋中的摆设，这张床，床上的铺盖，都足以说明这是一户人家的普通卧室。但这是谁的卧室呢？

潘晓冬打开手机，查阅时间和日历。时间接近午夜十二点，日期是元月二十九日，正月初二。正月初二上午，自己不是去黄泥湾给姑姑拜年了吗？难道自己现在睡在姑姑家……潘晓冬慢慢将当天的事情回忆起来了。

是的，自己的确在上午来给姑姑拜年了。表哥、表嫂也出门走亲戚去了，只有姑姑、姑父在家。吃午饭的时候，姑父一个劲儿地劝酒，陪他喝了一杯又一杯。过去，他在寒暑假期间过来看望姑姑一家，姑姑总是护着他，每当姑父、表哥劝酒，总是大声呵斥他们。今天不知道姑姑中什么邪了，在他和姑父喝得迷三倒四的时候，不仅不加劝阻，反而趁火打劫，也要给这个有出息的名牌大学的大学生侄儿端两杯。他确实不胜酒力，很快人事不省，后面的事情他都记不清了。

潘晓东回忆到这里，这才嗅到自己满嘴的酒气，嗓子里也干涩得像是在冒烟。他披衣下床，准备找点水喝。这时，姑姑轻轻走了进来。

怎么不睡了？姑姑问。

我口渴，想喝点水。潘晓东说。

姑姑说，你等着。她转身往外走去，不一会儿端着茶杯进来了，杯口冒着袅袅热气。潘晓东双手接过杯子。水有点烫，他小口小口抿着杯沿，慢慢啜饮着。姑姑坐在床边，目不转睛地盯着他。他偶尔抬起头，碰到姑姑炯炯的目光，心里有些发毛，赶紧低下头去。

东东，你刚才喊什么？姑姑问。

我……我可能……做噩梦了……潘晓东说。

沉默了一会儿，姑姑缓缓伸出双手，抱住他捧着茶杯的手，平静地说，东东，你刚才不是在做梦。

那是怎么回事？潘晓东追问。

姑姑长叹一声，眼泪一颗一颗掉下来，呜呜地哭起来。潘晓东想替姑姑擦擦泪，想劝劝姑姑，可一时间又不知从何说起，只有听任姑姑哭泣。良久，姑姑的情绪才缓和下来，不哭了，间或哽咽两声。姑姑抹着泪花说，东东，你能不能救救姑姑，救救姑姑这个家？

我……怎么救姑姑……潘晓东迟疑着问。

姑姑说，东东啊，我和你明说了吧。你表哥、表嫂结婚五六年了，还没有生孩子。三年前，他们到县医院检查过，说是你表哥有毛病。他也不停吃药，可是一直不见效。他们马上都三十岁了，你表嫂都不安心和你表哥过下去了。要是再生不出个孩子，这个家怕是要散啊。这可怎么办啊？我和你姑父头发都急白了，可是一点办法都没有啊。昨天你来拜年，是我临时出的馊主意，好歹你是自己人，想把你灌醉了……说着，姑姑又呜呜哭起来。

潘晓东惊讶地看着姑姑，将手从姑姑怀抱里抽出来，将茶杯放到床头柜上。他双手抱着姑姑的肩膀，诚恳地说，姑啊，你这是犯糊涂啊。现在科学多发达，做个试管婴儿不是什么难事。

姑姑仰起脸来，泪眼汪汪地盯着他。

当然，如果表哥的精子不合格，我也愿意到医院为他捐精。潘晓东低下头，嗫嚅着说。

你这个傻小子，真是一根筋！反正是借你的种，在家里，在医院里，还不是一样的？何必招那么多麻烦，花那么多冤枉钱！姑姑嘀咕着，皱起了眉头。

姑啊，你是装傻还是真傻啊？这怎么能一样呢？这叫我以后怎么面对表哥？这叫表嫂以后怎么做人？潘晓东情绪有些失控，恼火地质问起向来尊敬有加的姑姑来。

姑姑愕然地瞪大了眼睛。潘晓东觉得，姑姑的神情极为陌生，好像根本不认识他似的。

第二年正月，潘晓东又来给姑姑拜年，表嫂在家里，怀里抱着一个哇哇啼哭的婴儿。他愕然地瞪大了眼睛。

趁旁边没人的时候，姑姑沉声说，你给我记住了，过去的事情已经过去了，你必须烂在肚子里，跟谁也不能说。

潘晓东使劲地咬紧了嘴唇。姑姑觉得，潘晓东的神情极为陌生，好像根本不认识她似的。

（原载《短小说》2018年第5期）

过继

崔大头是黄泥湾的首富。这不仅是因为他家在村里最显眼的位置有一栋三层小洋楼，高档家具和电器家里应有尽有，院子里还停着一辆小轿车。这都还在其次。乡亲们都知道，他在外面当过包工头，带过几十人的工程队，打拼了几十年。现在年龄大了，叶落归根，他才回到黄泥湾安度晚年。他家的钱袋子肯定都要被钱撑破了。

崔大头的独生子在大城市读书。即使他腰缠亿贯，别人也只有眼红的份儿，而不会心存非分之想。但是，这一切，随着他儿子在城市里遭遇车祸而改变了。

崔大头老两口凄惶地从大城市捧回儿子的骨灰盒，刚埋进祖坟，黄泥湾的一些崔姓本家就蠢蠢欲动躁动不安了。他们老两口年龄也不小了，是不可能再生个儿子的，他们家延续香火唯一的办法，必将是过继一个本家侄儿做儿子。

川流不息的人群蜂拥到他家，说了很多体己话，安慰他们老两口。崔家小院顿时车水马龙起来，热闹得像个骡马场。

大哥大嫂领着侄儿来了。大嫂拉着他们的手，长吁短叹，陪他们掉眼泪，最后大嫂轻言细语地说，以后家里有什么事儿，有你侄儿呢。

二哥二嫂领着侄儿来了。二嫂拉着他们的手，长吁短叹，陪他们掉眼泪，最后二嫂高声大嗓地说，俺家的臭小子，以后你们只管支派。

三哥三嫂领着侄儿来了。三嫂拉着他们的手，长吁短叹，陪他们掉眼泪，最后三嫂微笑着说，你侄儿就是和你们亲，从小就听四叔的话。

堂兄堂嫂、堂弟堂弟媳们领着侄儿们也纷至沓来……

虽然没有任何人明目张胆地提出来过继的话题，可是他们两口子又不聋又不傻，听话听音，还能不明白？

到底谁家的孩子有这个福气，能够进入崔大头家，继承偌大的家业呢？黄泥湾的人都在翘首以待，议论纷纷。一时间，这个话题成了整个村庄最热门的话题。

开始的时候，他们老两口整日以泪洗面，从不交流过继的事情。仿佛这是根本不必要的事情，更是根本不可能的事情。过了一个阶段，他们慢慢回归到正常的日子中来了，该吃饭了，就木木地做饭，该睡觉了，就懒懒地上床。

有一天，老伴突然问崔大头，你到底怎么想的？咱俩老了，总要有人端茶倒水吧？咱俩死了，总要有人磕头烧纸吧？

崔大头说，这件事，我已经想清楚了，必须具备三个条件。一是孩子要姓崔；二是必须有兄弟两个以上；第三条最重要，孩子必须孝顺。

老伴说，头两条好办；孩子孝顺不孝顺，怎么认定呢？

崔大头说，说难也难，说简单也简单。

老两口掰着指头悄悄讨论起来——

大哥大嫂的儿子不要。爹娘在世的时候，在他们兄弟四个家里逐月吃轮供。轮到小月还好说，如果轮到大月，到第三十一天的时候，爹娘过去吃饭了，大哥大嫂门上总是挂把锁，他们两口子领着孩子走得不知去向。大嫂虽然从没有和爹娘红过脸，但是她算盘打得精，不肯吃哑巴亏。

二哥二嫂的儿子也不能要。每回从二哥二嫂家吃一个月饭出来，娘变得不敢大声说话了，爹咳嗽的声音都明显降低很多。只要爹娘在他们家，二嫂说话就像放炮仗，整天嘴里不干不净地比鸡骂狗。

三哥三嫂的儿子更不能要。只要从他们家出来，爹娘都明显地瘦了一大圈儿，变成了大眼猴，似乎一阵微风都能将他们吹倒在地。爹娘私下说，他们家的饭菜比庙里和尚吃的饭菜还素净。只要爹娘离开了他们家，他们家的厨房里马上飘散出浓郁的肉香……

崔大头老两口过继一个侄儿的事情终于水落石出了。让大家意想不到的是，他们没有要大哥、二哥、三哥家的亲侄儿，却要了早就出了五服的本家兄弟黑子的小儿子！

大哥大嫂、二哥二嫂、三哥三嫂闻讯，气势汹汹地杀上门来，兴师问罪。好你个老四，胳膊肘怎么往外拐？肥水还不流外人田呢。

崔大头平静地说，你们是让我们找财产继承人，符合这个条件的孩子多得很；但是，我们要找的，是今后真正孝顺我们、替我们养老送终的人，符合这个条件的孩子难找啊。

你们怎么知道我们家孩子不孝顺，不替你们养老送终？

崔大头老婆逼急眼了，赤裸裸地说，老话怎么说的？有其父必有其子。你们当年是怎么对待爹娘的？人家黑子两口子现在是怎么对待爹娘的？都在一个村子里住着，你们应该都知道吧？黑子每隔半个月就给爹娘剪一回手指甲脚指甲，每天晚上都帮爹娘洗脚，每隔几天都给爹娘洗澡；黑子媳妇每天都将饭菜煮得稀巴烂，每回开饭，不等到爹娘都上桌，她就不让孩子们动筷子。你们比得上人家吗？黑子两口子最孝顺爹娘，我们相信，黑子家的孩子也不会差。

一席话，让他们落荒而逃。

据说，从那以后，黄泥湾虐待爹娘的人销声匿迹了，孝顺父母蔚然成风。

（原载《短小说》2018 年第 5 期）

香火

　　我爹他老人家在两岁半那年被过路的日本鬼子杀害了。

　　1938 年初夏，一支日本军队途经大别山区，挥师南下，参与围攻武汉，沿途受到中国军队的抵抗。日夜听到隆隆的炮声和炒豆般的枪声，村人惊惶失措，寝食难安。枪炮声越来越近了，仿佛就在耳边炸响。忽一日，有人发现，日本军队朝着黄泥湾方向开过来。消息传回村里，村人立即像惊了窝的马蜂慌乱飞出蜂巢一样，仓皇离开家门，到处乱躲。

　　黄泥湾是两山夹一沟的地形，能躲到哪儿去呢？好在两边山上有很多悬崖，悬崖下有大大小小的岩洞，可以遮风挡雨，隐蔽大家。

　　日本鬼子路过的时候，大家早就躲进了大大小小的岩洞里。奶奶抱着两岁半的儿子，挪动笋尖似的三寸金莲，也和几个邻居钻进了一个岩洞里。有胆大的村人趴在洞口，看到了沟底土路上骡马拉着的大炮和飞扬的尘土，看到了一队队扛枪行进的士兵，甚至被大炮和枪刺的闪光晃花了眼睛。

　　村人在岩洞里已经躲了半天了。有的人随身携带着干粮，悄悄吃起来。奶奶离开家门的时候，只顾得背上儿子，走得匆忙，什么都没有带。看到邻居吃东西，她两岁半的儿子不合时宜地喊起饿来。

我爹躺在奶奶的怀里，望着奶奶的眼睛说，娘，俺饿。

村人带的干粮并不多，何况自己一家老小也要充饥。有个邻居掰了指甲大一块干馍，递给我爹，我爹接过来，填进嘴里，似乎连嚼都没有嚼一下，就直接咽进了肚子里。

我爹摇着奶奶的手臂说，娘，俺还饿。

奶奶摸摸我爹的脑袋，悄声说，乖，再忍一忍，等日本人过完了，咱就回家，娘给你烙大饼子吃。

也许是奶奶临时的许诺勾起了我爹对于大饼子热腾腾香喷喷的回忆，他突然撒起泼来，猛一下挣脱奶奶的胳膊，跳到地上，大声嚷嚷，俺饿，俺现在就要吃大饼子！

奶奶花容失色，一把抱住我爹，捂紧我爹的嘴，同时悄悄解开衣襟盘扣，将一只乳头塞进了他的嘴里。我爹断奶快一年了，对吃奶没有丝毫兴趣，吸吮几下，便将奶奶的乳头吐了出来，号啕大哭……

我爹被日本鬼子用刺刀挑起来，摔下山去，摔得鲜血四溅，脑浆迸出；奶奶和几个邻居都挨了日本鬼子的刺刀。幸亏日本鬼子军务在身，只是路过，没有仔细搜山，否则躲在大大小小岩洞里的村人肯定无人幸免于难。

等进山打猎的爷爷和几个伙伴背着野兔、黄羊、猪獾等猎物赶回家的时候，我爹和几个邻居已经死去多时，只有奶奶和一个邻居还有游丝一般的一口气。

给我和儿子报仇！奶奶用尽平生最后一点儿力气，对爷爷说。说完这句话，奶奶就永远闭上了她那双美丽的眼睛。

和奶奶、我爹躲在同一个岩洞里的那位邻居命大，活了下来。她苏醒以后，把我爹因饥饿哭闹招来日本鬼子、导致大家惨遭杀身之祸的过程细细说了出来。

埋葬了死去的亲人，爷爷瞪着血红的眼珠，恶狠狠地骂道，躲，躲过了初一，躲不过十五。小日本，我和你们拼了！

爷爷带着几个伙伴，背着猎枪，翻山越岭，投奔了新四军。此后，爷爷一直跟着队伍，先后参加了抗日战争、解放战争和抗美援朝战争，最后牺牲在朝鲜战场上。

不孝有三，无后为大。黄泥湾人把子嗣看得比什么都金贵，延续香火是人生顶顶重要的事情。爷爷在朝鲜战场牺牲了，他唯一的儿子在两岁半的时候命丧日本鬼子之手，作为革命烈士，他这一门子的香火就这么眼睁睁地断了。

必须让革命烈士后继有人！

牺牲在朝鲜战场上的爷爷，其实是我亲爷爷的同胞弟弟，是我父亲的亲叔叔。宗族里经过商量，决定把我过继给两岁半死去的我的堂叔。我父亲有几个儿子，我上有兄下有弟，本门香火延续没有丝毫问题。于是，在我们家的族谱里，我就成了牺牲在朝鲜战场上的小爷爷的孙子，也就顺理成章成了两岁半死于日本鬼子之手的我爹他老人家的儿子。

所以，我说，我爹在两岁半的时候被过路的日子鬼子杀害了，你还别不相信。

残暴的日本鬼子惨无人道地杀害了奶奶和我爹，这个血海深仇，已经写进了我们家的族谱里，不仅我们这一代永世不忘，我们还要让我们的后代世世代代传下去。今天是清明节，祭拜过爷爷、奶奶和我爹之后，我心潮澎湃，奋笔把这个伤痛的故事写在这里，留个文字依据，也是希望后代永远牢记！

伏惟尚飨！愿与我从未谋面的爷爷、奶奶和我爹在地下安息。

（原载《荷风》2019 年第 4 期）

墨宝

在竹园镇参加完扶贫攻坚会，黄泥湾村支书崔玉山火冒三丈。会上，镇里宣布了要来各村开展对口扶贫工作的县直局委名单，多数村都是由县交通局、县教育局、县卫生局等大局委帮扶，只有黄泥湾，居然由县文联帮扶。谁不知道县文联没钱没势，除了写写画画，还能干啥？

老崔等会场上人散得差不多了，一个箭步跳上主席台，脸红脖子粗地质问镇党委书记和镇长，你们的心长到胳肢窝里了，怎么这么偏呢？

镇党委书记说，你误会我们了。对口帮扶名单不是镇里定的，是县扶贫办定的。

镇长说，不管怎样，人家文联也是县领导机关，你可不许慢待人家。

老崔一听，一下子如一个被扎了一刀的皮球，满腔的怒气陡然泄掉了，垂头丧气地走了。

过了几天，县文联主席沈峰带着几个人来到了黄泥湾。老崔和村委会一班人不烟不茶地接待了他们。沈主席也是明白人，见状，简单了解一下村里的情况，不咸不淡地说了几句套话，午饭都没有吃，就要离开。老崔也没怎么挽留。临走的时候，沈主席说，临来之前，我写了一幅字，裱好了，送给村里吧。

老崔没有伸手去接，其他人也没有接。沈主席只好讪笑着，自己把报纸裹着的一卷东西放在了桌子上。

后来，老崔听说，每个县直局委领导到各村的时候，不是带来成车的物资，就是带来大笔资金，县交通局还要给村里修一座桥，县教育局还要给村里建一所希望小学，县卫生局还要给村里翻盖卫生室。这些消息似一把把利刃，把老崔的心剜得千疮百孔，鲜血四溅。

老崔主持召开村委会议，传达镇扶贫攻坚会议精神，结合县直局委对口帮扶措施，研究脱贫事宜。老崔说了开场白，便卡了壳，不知道往下该怎么说。县文联什么帮扶措施都没有，让村里怎么结合呢？村委们大眼瞪小眼，呆愣地盯着他，都不说话。

良久，老崔瞥见桌子上县文联沈主席留下的那卷东西，怏怏地对村文书罗强说，打开看看。

小罗手忙脚乱地扯掉报纸，露出一轴卷着的宣纸。他将宣纸打开，铺在桌子上。这写的是什么啊？小罗纳闷地说。

老崔和大家都伸头过去看，更不认识。

小罗，你他娘的好歹高中毕业，书都读到狗肚子里去了？再仔细看看。老崔没好气地骂。

小罗趴在宣纸上，反复地看，最后说，我敢断定，这是篆书，到底是什么字，还真拿不准。他又审视半晌，迟疑地说，莫非是"逮住蛤蟆，攥出尿来"这八个字？

这是什么意思啊？老崔如坠云里雾里，陷于沉思。

村委会几名干部都不明所以，大家面面相觑。

忽然，老崔一拍大腿，猛地站了起来，朗声说，这沈主席还真是有学问。"逮住蛤蟆"，不就是要求我们找到适合发展的项目吗？"攥出尿来"，不就是希望我们将项目一抓到底，抓出成效吗？小罗，赶紧的，把沈主席的字挂到墙上……

两年左右的光景，黄泥湾村因为大面积种植无公害瓜果和有机蔬菜，居然顺利发展起来了，在全镇第一个摘掉贫困村帽子。那几个依靠县交通局、县教育局、县卫生局等单位扶持的村，竟然都没什么大的起色。

镇党委书记和镇长来到黄泥湾村，召开座谈会，总结村里脱贫致富的经验。

老崔详细介绍了黄泥湾村发展种植业的经过，最后感慨地说，这一切，其实都是受县文联沈主席激励的结果。他指了指墙上挂着的那幅字，说，领导们请看，就是这八个字，启发了我们的思路，让我们找到了正确的发展方向。

镇党委书记看了看镇长，问，这是八个什么字？

镇长说，我也不认识。

老崔说，我们也不认识，还是狗日的小罗学问深，认得出来。

小罗红着脸，指着墙上的字，逐字逐句念了一遍。

老崔赶紧把这八个字的寓意解释了一遍。

镇党委书记说，没错，上级不是总在说，扶贫先扶志嘛，人家沈主席站得高看得准，这是典型的精神扶贫啊！

镇长说，我马上安排办公室将县文联对口帮扶黄泥湾村实施精神扶贫结硕果这条经验写成材料，上报县委、县政府。

材料报到县里，引起县委主要领导的高度重视。县委书记在材料上批示：请县文联好好总结一下精神扶贫的成功经验，在全县大力推广。

一天，早已调到市文联的沈峰主席在县文联干部的陪同下故地重游，来到黄泥湾。他听了村支书老崔的感谢话，愣了好一会儿，继而苦笑说，我送给你们的八个篆字，怎么会是"逮住蛤蟆，攥出尿来"呢？我送给你们的，是"前程似锦，继往开来"啊！

老崔闻言，先是愣住了，接着哈哈大笑起来，差点儿笑出眼泪。他握紧沈峰的手，摇晃着说，不管您写的是什么字，都给我们村带来了强大的精神动力，我们真该好好谢谢您啊！今天无论如何要去我家里，我要请您喝酒。

炊烟袅袅

麦收季节

我在黄泥湾小学读书的时候，学习成绩特别优异。学而优则仕。我在班里最早戴上红领巾，成为一名光荣的红小兵；读小学四年级的时候，我的左胳膊上就戴上了轧有三道黄杠的红袖章，成了全校唯一的红小兵大队长。

我无意和别人抬杠，也不想被高人纠错。所以，这里需要荡开一笔，解释一下。

是的，在20世纪70年代，我读小学的时候，戴上红领巾的小学生被人称为红小兵，不像现在叫少先队员。不过，那时的红领巾和现在的红领巾在形状和质地上应该是一模一样的，都是一块三角形的红绸布，颜色也是一样的鲜红。还有个相同之处，就是关于红领巾的定位：红领巾是红旗的一角，是被无数革命先烈的鲜血染红的。

农村的小学，到了大忙季节，特别是收小麦的时候，是要临时放假三五天的，称为麦假。老师和学生都要回到生产队，做一些力所能及的事情。收水稻的时候，因为还处在暑假里，所以无须放假。

每次放麦假之前，老师总是对我们千叮咛万嘱咐，作为共产主义事业的接班人，大家要像爱护自己的眼珠子一样爱护集体财产，要大力发扬集体主义精神，为生产队贡献我们红小兵应有的力量。

生产队总是在下午收小麦或水稻。头一天被割倒均匀地铺在田里的庄稼，经过一天半如火骄阳的暴晒，已经晒得焦干焦干的。站在田埂上，田野里飘荡着成熟的庄稼甜丝丝的气息，还夹杂着经过阳光的烘烤仿佛炕焦的贴面饼子的那种芳香，扑面而来，令人陶醉。

我们生产队，和我年龄相仿的孩子有七八个。我们既是邻居，又是同学。生产队开工了，家长扔给我们每个人一个竹筐，让我们跟在收麦子或稻子的社员后面，在田里拾麦穗或稻穗。有的家长收麦子或稻子的时候，总是故意少收一把，留给自己的孩子去拾。队长发现了，会骂人，你是眼睛瞎了，还是眼睛长到裤裆里去啦？家长们挨了骂，不敢明目张胆地故意少收了。孩子们又一窝蜂似的跟在一个哑巴后面拾。哑巴走平路都走不稳，田里又有一排又一排高高低低的麦茬或稻茬，绊着哑巴的腿，她在田里高一脚低一脚，走得趔趔趄趄的，很难将麦子或稻子收干净。哑巴一起身，大家就跟在哑巴后面哄抢。还有胆大的，居然敢从哑巴怀里抢夺，一把一把地往下拽。有时候把哑巴惹急了，她就嗷嗷乱叫起来。围在她身边的孩子们顿时四散逃开。就这样，半天下来，自己拾的，加上巧取豪夺的，几乎每个孩子都能拾满满一竹筐麦穗或稻穗。

　　过去，我也是拾穗孩子队伍中的一员，多次在田里拾过麦穗和稻穗，但是我从没有跟在爹娘屁股后面，拾他们故意漏收的那一把。无论他们对我使多少回眼色，我都假装没看见。我更不会从哑巴怀里抢夺。所以，每次我都是收获最少的那个孩子。

　　当了学校红小兵大队长的那个麦季，站在田埂上，想想老师的叮嘱，想想红小兵大队长的身份，我犹豫了。思虑再三，我悄悄将竹筐放在田埂上，往左胳膊上套上三道杠的红袖章，默默地跟在收麦子的大人和抢麦穗的孩子们后面，开始一丝不苟地拾麦穗。我睁大眼睛，眼光像篦子一样在麦茬之间穿梭，这里发现一根，那里发现一根……每拾到一把麦穗，我就送到捆麦子的老光棍吴老二那里，让他将我拾到的麦穗捆进生产队的麦捆子里。

　　吴老二一直不忘大声表扬我，瞧瞧这孩子，多懂事儿，多爱护集体！

　　他越表扬我，我越来劲，干得越欢实……全然不顾很多社员掩嘴哧哧而笑，不顾爹娘恶狠狠的恨铁不成钢的眼神。

　　那天晚上，娘做好了晚饭，全家人围坐在一起吃饭。我刚要盛饭，爹一把夺过我的饭碗，扔到饭桌上，愤怒地说，你不是热爱集体吗？你到集体那儿去吃晚饭吧！

　　我眼噙热泪，站在一旁，瞪眼看着全家人热火朝天地吃饭。收拾碗筷的时候，趁爹出门乘凉去了，娘塞给我半个馍，摸摸我的脑袋，长叹一声。

第二天下午，生产队又收麦，爹娘不再让我跟着去了，让我去剁猪菜。我只好挽着竹筐，一个人孤零零地跑到洗脂河滩上寻找野菜去了。

长大以后，我考上了大学，后来入了党，进入政府机关当了公务员，慢慢成长为领导干部。无论在工作中遇到多少诱惑，我总是不由自主地回想起那个麦收季节老师的叮嘱，回想起我拾麦穗的点滴往事，心里便暗暗打定了主意……我骄傲——我是我们系统多年来的模范共产党员、清正廉洁好干部的典型。

黄毛妮

人们形容女人嫁错了郎，最通常的比喻就是"一朵鲜花插在了牛粪上"。

黄毛姑曾经是黄泥湾一朵娇艳的鲜花。

年轻时候的黄毛姑，皮肤白瓷碗一样白皙，粉白的鹅蛋脸上，有一双会说话的大眼睛，两个可以淹死蚂蚁的大酒窝。她的头发蓬松卷曲，两条大辫子仿佛两尾鱼，在她的后背上游来游去，美中不足的是发质却泛黄。因为头发上的缺陷，大人们都叫她黄毛妮，我们这些侄儿侄女都叫她黄毛姑。

可是，天仙一样漂亮的黄毛姑，竟然嫁给了我们的姑父"茯苓坨"。

"茯苓坨"是姑父的绰号。在黄泥湾，一个人如果拥有红薯坨、茯苓坨这样的雅号，可见此人外貌如何的不堪。姑父是黄毛姑舅家的孩子，是她的亲表哥，比黄毛姑大十多岁，不仅脑袋长得像茯苓一样奇形怪状、黑不溜秋，连身子也没长开，比黄毛姑足足矮半头。

这样的姑父，不是一泡牛粪，还能是什么呢？

开始有人提亲的时候，黄毛姑自然不愿意，一个人反插了闺房的门，趴在床上嘤嘤嘤地哭个没完没了。

忽然，邻居大婶过来敲门，一边敲一边喊，黄毛妮，快开门，你娘跳塘了！

黄毛姑赶紧爬起来，打开门，风一般向村前池塘跑去。她跑过去一看，她娘已经被人捞了上来，水淋淋地横躺在塘埂上。她一下子扑到她娘的身上，大放悲声。

别哭了，你娘还没淹死呢。邻居大婶说。

黄毛姑闻言，停止哭泣，抹了抹眼泪，抬起身子看娘。

她娘的眼睛紧闭着，嘴巴像离开水的鱼一样一张一合，喃喃说道，让我去死，让我去死。

娘啊，有什么事儿不能好说好商量，你寻什么死啊？黄毛姑哽咽着说。

她娘说，我娘家侄儿命苦，找不到媳妇儿，眼瞅着我娘家要绝了门，你不同意嫁过去，就是把我往死里逼。

黄毛姑站起来，朝娘喊，好，我不逼你，你就逼我跳火坑吧！说完，又风一般地跑开了。

出嫁以后，黄毛姑经常回娘家，脸上总是青一块紫一块的。无论她在娘家住多久，姑父也不来接她回去。总是她娘一次次往外撵她，黄毛姑才抹着眼泪离开。

黄毛姑的故事，我们都是从村里大人们嘴里零零星星地听来的。大人们每次背后议论黄毛姑，说到最后，总是一声声叹息。

我记事的时候，黄毛姑已经生了两个儿子一个女儿，女儿小名叫铃儿。黄毛姑经常抱着铃儿回娘家。铃儿长得像一个小瓷人，脸蛋白里透红，一身细皮嫩肉，也顶着一头泛黄的头发。长辈们都说，铃儿像极了年轻时候的黄毛姑，又是一个黄毛妮。生在当今社会的铃儿，拥有一头天然黄发，应该比黄毛姑当年幸运——因为这是非常时尚的流行色。

到竹园镇读初中的时候，我正巧和铃儿一个班。铃儿智力平平，学习也不用功，成绩在班里总是后几名。她们几个学习差的女生整天黏在一起说笑打闹，像一群喳喳叫的麻雀。虽说铃儿是我小时候的玩伴，又是我远房表妹，但是我从不搭理她，碰面了，连正眼都懒得瞧她。我们在一间教室里学习，在一个校园里生活，却俨然是陌路人，井水不犯河水。

后来听说，黄毛姑做主，要把铃儿许配给我的堂兄羊蛋。羊蛋的爹是黄毛姑的亲哥哥。羊蛋快二十岁的人啦，不仅相貌猥琐，还整天游手好闲的，喜欢偷鸡摸狗。他的名声臭遍了方圆几十里，一直说不上媳妇儿。农村人结婚都比较早，到这个年龄还没定下亲的男孩，打光棍的风险非常高。也不知道黄毛姑和她哥哥怎么商量的，打起了尚在镇初中念书的铃儿的主意。

我知道这件事情以后，暗自叹息不已：又一朵鲜花要插在牛粪上了！

说来也怪，打那以后，铃儿仿佛变了一个人，一下子沉默寡言了，进出教室都低垂着头。我注意到，那群叽叽喳喳的麻雀里，再也没有了铃儿的身影。有一天晚上自习课，铃儿居然捧着数学课本，从教室后排走到前排，红着脸，站在我的座位旁边，向我讨教如何解一道几何难题。我本想拒绝，却不忍心，便耐心地演算给她看，直到她点头为止。

初中毕业的时候，我考进了殷城县高中，铃儿考进了竹园镇高中。三年高中生活一眨眼就结束了，我顺利考上了省内一所211大学。出人意料的是，铃儿竟然考上了北京的一所985大学，令人刮目相看。

那个夏天，我在村路上迎面碰上了黄毛姑和表妹铃儿。我们互相道了喜。

我故意问黄毛姑，您准备什么时候把铃儿嫁过来给我当嫂子啊？

黄毛姑脸一沉，责怪我说，你这孩子，怎么这么没大没小的？哪壶不开你提哪壶。

我笑嘻嘻地跑开了。

铃儿追上来，一边捶我的后背，一边说，叫你坏，叫你胡说八道。

炊烟袅袅

复仇

清朝嘉庆十年秋天的某个傍晚，天高云淡，黄叶飘飞。

一支小型车队慢慢行进在河南光州通往湖北黄州的光黄官道上。

老爷、太太和小姐们坐在马车里，少爷和几位家丁骑着马，护卫着车队。

突然，远处传来一阵疾驰的马蹄声。大家正要防备，一匹白马已经呼啸而来，从车队旁边掠过。白马上的白衣人扭回身来，手扬处，一袭白光奔人群而去。

少爷应声落马。

一支飞镖插在少爷的咽喉上。

老爷和太太们纷纷从马车上跳下来。太太抱起少爷，见少爷嘴角沁出血沫，眼睛已然紧闭，顿时大放悲声。老爷俯身拔下少爷咽喉上的飞镖。飞镖尾巴上系着白绸布，老爷解开一看，上面画着一朵硕大的莲花。

老爷铁青着脸，惊叫，白莲教！旋即冲家丁们怒吼，给我追……

如果不是这个意外的变故，春红的命运也许是另一个版本。她早就和家丁二狗眉来眼去，芳心暗许了，只差和太太说明，嫁给二狗当老婆。

老爷为官半生，晚年辞官归田，孰料出了这样的事情。老爷有一位太太三位姨太太，膝下有多位小姐，已经嫁出去几位，只有一位少爷，视若珍宝。竟然白发人送了黑发人。

不孝有三，无后为大。回到故里殷城县黄泥湾，安葬了少爷，老爷和太太们除了悲伤，还为没有子嗣发愁。最小的姨太太都是奔五旬而去的人了，再没有生育的可能。老爷一不做，二不休，一股脑儿地将四房太太的贴身丫鬟春红、夏荷、秋月、冬梅先后收了房。

老爷和太太放出话来，哪个肚皮争气，生出个小少爷来，未来这偌大的家业都由她当家理事。

春红万万没想到自己会由太太的丫鬟变成老爷的五姨太。命运的沧浪之水把她流放到这里，她只能放下二狗，顺水推舟了。老爷过去对她一直不苟言笑，似乎没有正眼瞧过她。她对老爷的感觉，只有崇敬、紧张、惧怕，也许还有点别的，就是没有女人对男人的欣赏和渴望。老爷毕竟是爷爷辈的人啦！现在她的枕边突然多了一颗白发苍苍的老爷的脑袋来，她一下子呆了，傻了。老爷秉烛夜读之后，脱衣走向她的时候，她万般无奈地闭上了眼睛……

和老爷圆房的第二天夜晚，春红一个人独眠，前思后想，感叹造化弄人，许久未能入梦。正恍惚间，一道白影闪电般扑了过来。她正要惊叫，胸口猛然被点了一下，肢体便动弹不得，也言语不得。那道白影在床边坐下来，却是一个蒙着面罩的白衣人。春红只能看到他的眼睛，能够感觉到他的眼光里充满着寒气。那人飞快地扒光了春红，又扒光了自己，麻利地钻进了春红的被窝。春红惊恐之余，依稀觉得此人浑身光滑得似一尾鱼，比老爷枯树皮般的肌肤要柔和得多。

老爷十天半月来春红这里过一夜。老爷来了，春红任由老爷摆布，自己仿佛是一具僵尸，不肯动弹分毫。那个白衣人，倒是比老爷来得勤。没有老爷的夜晚，春红不由自主地等待着白衣人。白衣人来了，春红的夜晚才能彻底苏醒。当然，这个时候，白衣人已经不必再点春红的穴道。两个人耳鬓厮磨之际，甚至会有一些简短的低声交流。

春红怀上孩子以后，不仅老爷来得少了，白衣人也来得少了。春红隐隐觉得，让她怀孕，是老爷和白衣人共同的使命，应该是他们到她这儿过夜的全部目的。

来年夏，春红她们四个次第生下了孩子。除了夏荷生了一位小姐，春红、秋月、冬梅都生了一位少爷。

老爷老树开了几朵新花，自然十分欢悦。

春红的儿子满月那天，老爷陪亲眷们喝罢了满月酒，留在春红房里过夜。一道白影一闪，白衣人早已立在房屋中间。

这是白衣人第一次趁老爷在场时出现在春红的房间里。

春红不知所措，在床上缩成一团，瑟瑟发抖。

你是什么人？老爷惊问。

白衣人骂道，狗官，你不是誓要将我教赶尽杀绝、斩草除根吗？我今天报仇雪恨来了！

你待怎样？老爷又问。

白衣人手一扬，一道白光贴着老爷的面皮闪过，叭一声钉在他身后的床架上。

狗官，你现在身边没有千军万马，只凭几个蠢猪家丁，我想取你的狗命，比踩死一只蚂蚁还容易。但是我偏不这样做。我今天特地来告诉你，你新添的四个公子小姐，有可能是你的种，但更有可能是我教余部。我把他们都留在贵府，是杀是剐，悉听尊便！

言毕，白衣人哈哈大笑起来，转眼间人已不见了，笑声却不绝如缕，一直飘到室外，又飘到院墙外面去了。随即院墙外响起一阵疾驰的马蹄声，伴着笑声，渐渐消逝。

老爷指着春红，怒叱，你，你们……一言未毕，一头栽到了地上。

炊烟袅袅

第二辑　人间真情

鹊桥会

　　黄泥湾离竹园镇三公里，竹园镇离殷城县城三十公里。现在修了村村通公路，公路围绕大山绕来绕去的，好像一根飘舞的细长绸带，萦回在大山雄健的体魄上。

　　秀英看见县城的长途汽车开往镇里的时候，她正攀爬在山腰那截盘山公路上，如果她深陷在山坳里，她的视线就不会如此开阔。汽车仿佛一只慢吞吞的小爬虫，在对面山坡上缓慢地爬行。秀英知道，这是自个儿的视觉误差造成的，每一个常年在山区开车的司机，都能将汽车开得风驰电掣尘土飞扬。如果站在公路旁边，就会感觉汽车不是在跑，而是长了翅膀一样在飞，眨眼间就飞到了面前，带过来一阵呛人的尘土和浓烈的柴油余烬的气息。秀英不敢怠慢，抬手掠了掠鬓边散乱的发丝，不由自主地加快了步伐。

　　其实，秀英赶车从来都是从容的，每回她都是守候在车站气定神闲地等车。她知道，城里来的长途汽车，周五下午一般都是满载而归，也不知道从哪里一下子冒出来那么多闲人。她雷打不动地周五下午进城，一是看望在县城读高中的儿子，二是看望在县城建筑工地上干活的儿子他爹，顺便给他们爷儿俩带些吃的用的，帮他们洗洗衣服。夜晚，一家三口聚在工地旁边的小饭馆用餐，是秀英百过不厌的节日，看着儿子他爹一口一口就着油炸花生米下酒，看着儿子大口大口扒着西红柿炒鸡蛋菜汁泡过的米饭，秀英的甜蜜就随着小饭馆袅袅的炊烟一起升腾到了半空中。

这趟汽车在镇车站卸下回镇的旅客，又装上进城的旅客，会立即返程。虽然每天除了这趟固定的长途汽车，镇里还有七八辆昌河面包车来回穿梭着招揽生意，甚至还有几辆桑塔纳轿车卧趴在街边随时恭候进城的客人，但是收费明显高出许多，秀英从没问津过。秀英不想错过这趟车，想跑得快一些，山路却黏滞地缠绕着她的双脚，使她只能做出一个奔跑的姿势。

几年了，秀英终于第一次没有搭上进城的长途汽车。望着汽车离去的背影，她失望地叹了一口气。一辆昌河车开过来，司机从车窗里探出脑袋，大声喊，大姐进城吗？快上车，人满了就走。秀英慌乱地摇了摇头。

秀英快快地回了家。失明的婆婆听到院门被推开的声音，听到有人走进院子的脚步声，竖起耳朵，警觉地问了一声，谁？

秀英连忙打起精神，说，娘，是我。

你怎么回来了？婆婆的双手在空中摸索着，往秀英这边挪过来。

晚了一步，车开走了。秀英说。

怪我啊，都怪我！婆婆自责地说。

秀英走过去，抓住婆婆的手，把她扶到凳子上坐好。秀英说，没啥，下星期再去。

秀英原本在城里工地上做饭，一家三口在县城一起生活，自从左眼失明的婆婆右眼也看不见了，她才辞工回乡，伺候婆婆，这样就开始了和儿子他爹的牛郎织女一样的生活。每个周五的晚上，儿子可以离校，和父母团聚，这个晚上也是他们夫妻俩鹊桥会的美好时光。这天中午，秀英像往常一样，按时和婆婆吃过饭，把婆婆要用的东西归置好，并一一交代清楚，这个时候如果直接出门，是不会误车的。可是，在秀英和婆婆道过再见之后——

秀英，牙签放在哪里了？婆婆问。

秀英找来了牙签筒，放在离婆婆三寸远的餐桌桌沿上。娘，我搁您手边了。秀英说。婆婆摸索着，牙签筒被她碰翻了，滚到了地上。牙签天女散花般撒了一地。秀英蹲下来，捡牙签。婆婆催她，你走吧，我慢慢捡。没事儿，我马上就捡好了。秀英说。秀英捡完了牙签，有的牙签沾上了泥土。这么脏的牙签，婆婆怎么用呢？她打来一盆清水，把牙签洗净了，甩干水，重新装好。就这样，她误了车。

人老了，没用了。婆婆还在自怨自艾。秀英想跟婆婆笑一下，安慰安慰她，却没有笑出声来，只伸手按了按婆婆的肩膀。

傍晚时分，邻居家电话响了，找秀英的。邻居喊一声，秀英匆匆跑过去，接过一听，是儿子他爹。

你没有上车吗？他风风火火地问。

我误车了。秀英的声音小得像蚊子哼哼。

哎呀，这下我可放心了。他的声音炮仗一样急促而响亮，你知道吗，老婆，今儿个下午那趟汽车出事了，伤亡了不少人，整个县城都吵翻天了。我从工地出来，听街上的人都在嚷嚷。你怎么就误车了呢？

秀英大叫一声，天哪，真的啊？然后就飞快地讲述了中午她捡牙签、洗牙签的经过。

看来，是咱娘救了你，你没有白孝敬咱娘，停顿一下，他又说，说穿了，还是你自个儿救了自个儿。老婆，我这会儿更加想你了。

要不，我明儿个再去？秀英试探着问。

别别别，他慌忙阻止，我上午本来想打电话给你，让你别来了，又怕你多心。昨天夜晚，有个工友恶作剧，把牙签插在我的毛巾上，我搓澡把下面搓破了，挂了个口子，当时流了血，现在还疼着呢。看来，都是天意啊！

秀英惊讶地张大了嘴巴。她觉得一根根洁白的牙签仿佛一群洁白的蝴蝶，在眼前飞来飞去。

（原载《山东文学》2016 年 6 期）

珍珠花

　　山里的天说黑就黑。刚刚太阳还悬在天际，一会儿就隐到山背面去了，从山顶伸出几道金紫色的霞光，天就黑啦。

　　走啰，走啰，再不走，就看不见下山的路啦！有人吆喝道。

　　是啰，是啰，该回去啦！有人应道。

　　林间的羊肠小道上，陆续有人从树丛里汇拢来，聚成一支小小的队伍。大家挑着箩筐，扁担在肩头咯吱咯吱颤悠着，逶迤下山而去。

　　这些人，都是黄泥湾生产队的社员。春荒到了，为了不饿肚子，他们结伴到深山里采花儿菜。大别山里，每到初春时节，有一种灌木会长出洁白的花苞，开出洁白的花朵。这些花朵并不香艳，却能充饥。趁它们似开未开之际，从枝头上将下来，过一道开水，在清水里漂洗一下，煮熟了，又能当饭，又能当菜。新鲜的吃不完，还可晾晒成干菜。此花黄泥湾人称花儿菜，学名叫珍珠花，当年是庄户人家的救命菜。后来日子好过了，人们采了花儿菜，只是偶尔调剂一下口味。冬秋时节，将干菜用温水发一下，炒鸡蛋，炒肉末，下火锅，又别有一番风味。传说主力红军撤退以后，红军留守人员在敌人重重封锁之下，靠它度过最艰难的岁月，才留下了可歌可泣的大别山红旗不倒的英雄传奇。所以，在大别山革命老区，这道菜被称为"将军菜"。如今，大别山区各县宾馆都有这道山珍，价格还不菲。当然，这都是后话。

下山的队伍快没影儿了，胡玉英才从树林里钻出来。她不是没听到同伴们招呼下山的声音，而是当时她正站在一丛茂盛的花儿菜树前，不把花苞都捋下来，她不死心。一把花儿菜就能让孩娃们少饿一会儿肚子。她其实胆子很小，何尝不知道山高路陡，何尝不知道离家有几十里，何尝不知道山里有恶狼和野猪？但是，她男人修大寨田时让石头砸断了腿，瘸了，她家的五个孩娃五张嘴，就是五个填不满的无底洞啊。

玉英挑着箩筐，头发乱蓬蓬的，斜襟旧袄敞开着，火急火燎地往山下冲。越是急，步子越迈不开，路已经看不清了，路边的枯草藤蔓仿佛一只只手，拽着她的脚踝。在一处陡坡上，她一个趔趄，被绊倒了，身前的一只箩筐从扁担上滑下来，骨碌碌滚到坡下去了，身后的那只箩筐由于失重，砸在她的后背上。她几乎是和那只箩筐一起跌倒在山道上的。

玉英顾不得疼痛，转身抓住身后的箩筐，扶稳了，去看滚落的箩筐。原来，这个陡坡是一处悬崖的顶端，她倒抽一

　　　　　　　　　炊烟袅袅

口凉气，坐在悬崖上号啕大哭起来。

嫂子莫哭，有我呢。身后有人对她说。

她扭头一看，是刘德贵。她急忙擦了一把眼泪，问道，你怎么掉在最后了？

德贵说，嫂子没注意，我一直在你旁边呢。

玉英心里一阵热。年轻的时候，她是远近闻名的一枝花，和德贵相好过。可德贵家成分不好，是富农，她爹死活不同意，把她嫁给了后来的瘸子。后来德贵一直打光棍，她心里也真可怜他。

你小心点。玉英轻声吩咐攀崖壁而下的德贵。

德贵仰起脸来，笑着说，俺知道。

玉英掉到崖下的箩筐被德贵提了上来，箩筐底部，只剩一点点花儿菜了。玉英嘴一咧，又哭了。

德贵说，嫂子莫哭。俺和俺娘吃不了这么多，咱们先挑到村口，我把我的给你装满。

让我怎么感谢你呢？玉英说。

瞧嫂子说的，我一直没把你当外人。德贵说着，将玉英那只满满的箩筐往空了的箩筐里倒。这样，前后一般重，挑起来就轻松了。

德贵……玉英猛地抱住了德贵的腰。

嫂子……德贵哆嗦着说。

你还喊我嫂子？玉英嗔怪道。

德贵嘿嘿笑起来……

两人挑到黄泥湾村口了。德贵说，玉英，你等一下。玉英迟疑了一下，还在往前走。德贵紧赶几步，拦住了玉英。玉英悄声说，你和婶也要吃的。德贵急忙放下自己的担子，不由分说卸下了玉英的担子。他把自己的箩筐抱起来，将花儿菜倒在玉英的箩筐里，直到玉英的两个箩筐都满了，他才放玉英走了。

在村口坐了两袋烟的光景，德贵把剩下的花儿菜匀到另一个箩筐里，晃晃悠悠往家里挑。娘守在门口，伸长脖子往外看。远远辨出是德贵，娘连忙迎上去。娘从德贵的步态看出来，他好像挑了一副空担子。娘探身往箩筐里看，伸手抓了一把，却抓了个空。

娘顺手在德贵背上砸了一拳，骂道，你个大男人，还没有女人家有用！

德贵笑嘻嘻地说，娘，我本来不比人家少，谁让我倒霉，在回来的路上摔了一跤，花儿菜都快撒完了。

娘赶紧问，我娃没摔坏吧？

德贵仍旧笑嘻嘻地说，那倒不至于。

娘嘟嚷一句，人没事就好。

说着，德贵已经进了家，娘跟着进家，顺手掩上了门，将浓浓的夜色吱呀一声关在了门外。

（原载《小说界》2016 年 5 期）

炊烟袅袅

烧七

岳父刚从工作岗位上退下来，就感觉身体不适。到医院一检查，竟然是肝癌晚期，直接就住院了。

岳母坚决不让任何孩子护理岳父，她自己日夜顶在医院里。因为岳父年轻时得过乙肝，晚年变成肝癌，她总怕传染我们。毕竟她也是六旬老人了，很快也累病了。

岳母说，给你叔打电话，让他过来帮几天忙。

岳父的老家在豫南殷城县黄泥湾，他有个弟弟比他小五岁，在乡下种地。电话打过去，叔叔立即答应了。第二天中午，我和老婆去长途汽车站接叔叔。我是第一次见到叔叔。他凌乱的头发比岳父的头发还白，瘦长的脸上满是刀砍斧削般的深深的褶子，感觉他比岳父要苍老，好像他更应该是哥哥。一路上，叔叔不太说话，有些木讷。

按照岳母的安排，我们把叔叔直接送到了病房，开始由他护理岳父。岳母歇了几天，缓过劲儿来了，要和他轮流值夜班。他慢腾腾地说，我懒得来回跑。就这样，叔叔就每日每夜护理着岳父，很快就轻车熟路了。后来，岳母也和我们一样，到病房只是看看岳父，倒屎接尿、端茶倒水等杂活，竟然都插不上手了。

三个月一晃就过去了。岳父终于挺不住了，撒手人寰。出殡以后，叔叔说，我要回去啦。

岳母说，明天我把你哥的衣物整理一下，头七那天，该烧的烧了，剩下的你拿回黄泥湾，还能穿一穿。

叔叔没吭声，算是默许了。

第二天，岳母和她的两个女儿开始翻拣岳父的衣柜。她们把岳父四季的衣服一件件拿出来，慢慢挑选。

这套毛呢西服要烧的，你爸平时参加活动，少不了的。岳母说。

这件鸭绒袄特别柔软，特别暖和，我爸以前最喜欢了。我老婆说。

这件红大衣颜色喜庆，我爸穿着最精神了。我老婆她姐说。

开始的时候，叔叔还挤在她们中间看，看了一会儿，不看了，一个人走到客厅里，默默抽烟。我也懒得看，到客厅陪叔叔有一句没一句地聊天。

岳母她们终于挑选完了，喊叔叔进去。我也跟了过去。岳母指着地上一大堆乱七八糟的衣物，对叔叔说，你看是都拿走，还是挑几件？

我走近一看，衣物堆里不仅有旧棉袄、旧衬衣、秋衣秋裤、毛衣毛裤，竟然还掺杂着裤头和袜子。我猛地感觉面皮发胀，耳根发热。叔叔慢慢弯下腰，用双手在衣物堆里扒了扒，没有说话。

叔叔进城来的时候，拎着一个编织袋，里面装着他简单的行李。他默默走向他临时睡觉的床铺，拿下他的编织袋，将岳母她们挑剩下的岳父生前的旧衣物一件一件都装了进去，装得一件不剩。

我忽然有些于心不忍。我走进我的卧室，抱出一个鞋盒，对叔叔说，这双皮鞋，我刚买的，送给叔叔吧。

岳母说，你叔的脚比你的大，他能穿得进去？

我说，试一试不就知道了？

叔叔迟疑了一下，放下编织袋，接过鞋盒，坐了下来。他脱下船一样大小的胶鞋，把皮鞋使劲往脚上蹬，结果半个后脚掌死活塞不进去。叔叔憋红了脸，使出更大的力气，试图穿进去，也是枉然。

岳母说，不可能穿得上，算了吧。

叔叔沮丧地脱下皮鞋，穿自己的胶鞋。

我蹲到叔叔身边，把皮鞋重新装进鞋盒里，说，带回去给婶子穿吧。

岳母说，你这是男鞋，你婶子怎么穿？

叔叔愣愣地看我。我打开他的编织袋，不由分说地将皮鞋盒塞了进去。

给岳父烧七那天，我们带了很多纸钱，还带了好多包袱衣物。叔叔也去了墓地，他趔趔趄趄地扛了其中的几个大包袄，剩下的，我们每人提了两个。因为带去的衣物实在太多，竟然烧了两个多小时，才算烧完了。

给岳父烧七以后，叔叔要走了。我替他拎着编织袋，送他去长途汽车站。临出门的时候，他突然嗷一声哭了起来，哭声低沉，听上去，像一头老牛在哞哞哀鸣。

（原载《小小说选刊》2016 年 22 期）

救命的马蜂

喜子大名崔孝喜，是个孤儿，成年以后穿上了绿军装。黄泥湾人都说，从小克死爹娘的人命带七煞，长大了不得了。果然，崔孝喜在部队从大头兵干起，职位一路升迁，后来成为某野战军师长。

成为师长的崔孝喜，什么好吃的没吃过？但是，几十年来，他一直念念不忘的，却是八岁那年在老家黄泥湾吃过的十几只马蜂。无论什么级别的饭店，只要听说他想吃马蜂，人家都一脸茫然，他也只能暗暗咽口唾沫作罢。

其实，八岁那年的喜子已经多日没有进食了，躺在床板上奄奄一息。当时，他根本不知道马蜂是怎么弄来的。但是黄泥湾人都知道。在他以后数次回黄泥湾探家的时候，村里的老人们都会七嘴八舌地抢着说话，将他叔叔崔苕摘马蜂窝的事情仔细地复述一遍。

一九五九年冬天，生产队食堂已经断炊多日，各家更找不出一粒粮食。山上能吃的树皮都剥光了，能砸碎沥出淀粉的葛根早刨光了。田地被人翻过无数遍，翻来翻去，再也翻不出红薯、花生，只能翻出黄土来。村里已经有不少人开始浮肿，腿上一按一个坑儿，老半天复原不了。最艰难的日子到来了。

有天傍晚，崔苔用旧被单缝了一个可以裹住全身的披风，套在头上，仅露出两只眼睛，手拿一个点燃了又扑灭、冒着浓烟的火把，来到村口那棵苍老的枫香树下。大家都知道崔苔胆大过人，但都不知道他这么奇怪的装扮之后，到底要干什么。黄泥湾人说谁"苔"，是说他没心眼，都崔苔、崔苔地喊他，他的真名倒被人忘记了。崔苔在树下抬头观望良久，直到火把快熄灭了，他才将火把在空中挥舞几下，让浓烟重新冒出来，自己慢慢爬上了枫香树。

围观的人群呼啦一声逃散了，远远地观望着。

原来，枫香树半腰上，有一个脸盆大的马蜂窝。整日里，马蜂嗡嗡嘤嘤出出进进，不少人都被马蜂蜇过，蜇到头上脸上，能肿得像四天大王，多少天都消不了。这群马蜂，大家避之唯恐不及，这个崔苔真是憨大胆，居然要打马蜂的主意。

这个时候，多数马蜂已经归巢，只有三五只在巢口振翅飞翔，俨然是哨兵。崔苔慢慢在树上爬着，悄悄接近蜂巢，没有惊动马蜂。随着崔苔的靠近，一缕缕浓烟惊扰了马蜂，从蜂巢里飞出十多只马蜂，围绕蜂巢上下翻飞，似乎在巡察。崔苔将火把调整了一下方向，烟气不再熏着蜂巢，这十几只马蜂才收兵回巢，巢口仍旧只有那三五只马蜂。

崔苔把这一切看得清清楚楚。说时迟，那时快，他双腿紧紧夹着树枝，一手高举火把，凑近蜂巢出口，让浓烟熏跑那几只马蜂哨兵，让蜂巢里的马蜂不敢飞出来，一手从腰间扯出一个面口袋，套住了蜂巢。他扔掉火把，双手抱住蜂巢使劲一掰，蜂巢就整个落入了面口袋。他三下两下将面口袋挽个死结，扔了下去。

虽然崔苔动作快，还是有几只马蜂逃了出来，加上那几只并未跑远的哨兵马蜂，一齐向他冲过来。他慌得一边挥舞手臂抵挡，一边跟头流星地滑下树来。他从树下拾起火把，好一阵狂摇乱晃，才将马蜂驱散。

崔苔头上、胳膊上被马蜂蜇了好几下，他顾不得疼痛，从地上提起装了蜂巢和几百只马蜂的面口袋。当他提着嗡嗡嘤嘤乱响的面口袋穿过围观的人群时，多少人的眼睛里都忌恨得要滴出血来。

后来的事情是崔苔的女人小凤说出来的。因为后来的事情发生在他们家里，只有小凤和孩子们知道。

小凤早烧开了一锅水，崔苔将面口袋往锅里一按，顿时寂静下来。

崔苔和小凤把烫死的马蜂捡出来，一个一个拔了尾刺，分给四个孩子吃。一人吃了十多只，小凤不再给了，让孩子们睡觉。

娘，俺还饿，还要吃。一个说。

娘，俺也还要吃。另一个说。

不能一顿都吃完了。都赶紧睡，明天再吃！小凤厉声说。

孩子们只好快快地钻进了被窝。

他爹，你也吃。小凤对崔苔说。

崔苔的左脸已经肿了起来，左眼都睁不开了。他还在给马蜂拔刺，听了小凤的话，顺手往嘴里填一只刚拔过刺的马蜂，咀嚼着，含糊地说，他娘，你也吃。

小凤端着一个木盏，里面有十多只马蜂，往门口走去。她说，也不知道喜子怎样了，我去看看。

站住！崔苔停止给马蜂拔刺，低沉地吼道。

小凤站住了，轻轻地说，我不吃，我的一份让给喜子。

崔苔走到门口，劈手夺过小凤手里的木盏，放到桌子上，生硬地说，家里有吃的，你留一口给喜子，我不拦你。我拼死拼活搞点儿吃的，只能顾老婆孩娃，旁人顾不了。

小凤呜呜地哭了。小凤边哭边说，喜子毕竟是你的亲侄子。如果我们不管喜子，以后我们死了，到阴间怎么和你哥你嫂见面？我一直觉得，他们两口子在天上看着我们呢！

小凤说完，不哭了，紧盯着崔苔的脸。崔苔默默垂下了头。

小凤重新端起木盏走向门口的时候，她听见身后的崔苔老牛似的嘶吼一声。她知道，这个看起来没心没肺的家伙哭了。

崔苔终于没有熬过一九五九年冬天，浮肿得特别厉害，死了。

成为军人的崔孝喜每次回黄泥湾探家，给父母上过坟之后，总忘不了给叔叔崔苕上坟，在他坟前长跪不起，磕头将额头磕出血来。

（原载《微型小说选刊》2017年第11期）

正月剃头

　　黄泥湾人通常是在大年三十中午十二点以前吃年饭的。日色近午，男人们纷纷到宗祠里祭奠祖先，祈祷祖先庇佑，到村口土地庙里跪拜土地爷，祈求风调雨顺，鞭炮声顿时大作，不绝于耳，之后便一切归于沉寂，家家户户的团圆饭就开始了。

　　父母将年饭端上饭桌，一家老小团团围坐在方桌边时，还没有刘得良的身影。他的车被严实地堵在从县城回竹园镇的省道上，动弹不得。这年头，咱中国就是车多，城里堵，乡下居然也堵上了。从全国各地开回家过年的轿车拥塞在道路上，从车牌照上和声声紧逼的喇叭声里展示着殊途同归的焦虑与欢乐。

　　刘得良驾驶的是一辆挂着江苏牌照的宝马越野车。乡亲们都知道，他在苏州搞拆迁，发财了。他掏出手机，打给父亲，爹，您和娘先吃年饭吧，别等我了，不知道什么时候车才能走呢。

　　爹说，好。爹刚说了好，话未落音，手机里传来娘的声

　　　　　　　　　　　　　炊烟袅袅

音，良子，就是等到天黑，咱家的年饭也等你回来再吃！

总算没有等到天黑。紧赶慢赶，刘得良在下午三点多进了家门。一家人的团圆饭才正式开始了！

刘得良回老家过年，日程安排得满满当当的。按照黄泥湾的习俗，他要在正月初一给刘家自家人拜年，中午赶到舅舅家拜年；正月初二，他要带着女人和孩子们去丈人家拜年；正月初三，他要走马灯似的给姑姑、姨妈、姐妹家拜年；正月初四，他就要离开家乡返回江苏了。

正月初一，拜年拜到大堂哥刘得旺家，已经快晌午了。刘得旺已经七十出头了，但精神头还好，曾经是黄泥湾的剃头匠。现在，年轻人都不找他剃头，他只给村里几个老头服务。刘得良一进门，就掏出一支中华烟，替刘得旺点上。刘得旺眯着眼吸了一口烟，打量着他说，我说兄弟，你怎么跟个长毛贼似的？有钱没钱，剃头过年嘛！

刘得良一摸自己满头的长发，嘿嘿笑了，说，在外面整天忙得脚后跟打屁沟子，顾不上呢。

刘得旺连忙喊老伴，倒水，我给兄弟剃头。还没等刘得良说什么，刘得旺就一把将他拖到一张椅子前，按着他的肩膀，让他坐下了……堂哥刘得旺正给他剃头呢，刘得良的手机在兜里唱起歌来。他赶紧摸出手机一看，是舅舅的儿子打来的。

表哥，你走到哪儿了？菜都端上桌了，俺爸俺妈都在等你呢！表弟说。

快了，快了，我还在理发，理完发，一脚油门就到了。刘得良说。

刘得良赶到舅舅家，只见到了表弟、表弟媳妇和孩子们。

舅舅和妗子呢？刘得良问表弟。

表弟朝爸妈的卧室里一努嘴。

刘得良放下手中的礼物，一推门，走进了舅舅和妗子的卧室。妗子一脸冷漠地垂头在床边坐着，舅舅脸朝里背朝外睡在床上。

妗子，我来给您和舅舅拜年了，我舅他怎么了？刘得良问。

妗子抬起头来，冷冷地说，出去和你表弟吃饭去吧。舅舅纹丝未动，仿佛沉沉入眠了。

刘得良不知道如何是好，愣怔了一会儿，快快地走出了他们的卧室。

打他记事的时候起，刘得良就是舅舅的掌上明珠。过去，他家穷，舅舅能干，多少富裕一些，只要他登门，舅舅妗子总是好待承，好吃好喝好伺候。他读书的时候，有好几回缴不起学杂费，还是舅舅掏的腰包呢。要不是舅舅支持，他早辍学了，也完不成高中学业。正是因为读过高中，他的眼界和胆识才比早就辍学的同龄人高了许多，这也成就了他的今天。舅舅和妗子的大恩大德永远报答不完呢。每年他来拜年，舅舅和妗子都热情如火，恨不得他的嘴巴再张大一

　　　　　　　　　　　炊烟袅袅

些，多吃一些好吃的东西。今年这样不冷不热的，到底是怎么了？

刘得良回到家里，爹问，你舅舅和妗子都好吧？他没有吱声。娘又跟过来问，你没见到他们？他依旧没有吱声。

沉默了一会儿，娘突然醒悟了过来，一指刘得良的头，责怪地说，你看你这孩子……

爹也恍然大悟，骂道，你的脑袋叫驴踢了？咱黄泥湾的风俗，正月不能剃头你不知道吗？正月剃头死舅舅！难怪你舅舅你妗子要生气……

娘蛮横地瞪了爹一眼，爹识趣地赶紧闭上了嘴巴。

刘得良正在家里懊恼呢，表弟打来了电话。表弟笑嘻嘻地说，表哥，我在手机里百度出来"正月剃头死舅舅"这句话给我爸妈看了，这句话原本的意思是明朝遗民反清，不剃头"思旧"，以讹传讹变成了现在的"死舅舅"。我爸妈现在不生气了，让你晚上再过来，补你一顿好酒好饭呢！

（原载《传奇·传记文学选刊》2019 年第 2 期）

起名风波

　　孙子媳妇被儿子、儿媳和孙子送到竹园镇医院，顺利生下一个八斤重的白胖小子，母子平安。出院那天，一家之主曾广渔早早地站在村口等候着。当重孙子和他的母亲被亲眷们簇拥着，坐着孙子的轿车回到黄泥湾的时候，曾广渔已经焦急地等待了一个多小时。

　　轿车在曾广渔身边徐徐停了下来。儿媳妇下了车，说，爹，您在家等着就是了，何必站到这儿等！

　　曾广渔嚷道，你以为我等你们？我等我的重孙子！

　　孙子从车里伸出头来，叹息一声，说，有了这个臭小子，以后爷爷就不疼我了。

　　曾广渔呸地朝地上吐了一口，骂道，你个龟孙子算老几？滚一边去。

　　一群人开心地大笑起来。

　　儿媳妇从车门里接过宝宝，嗲嗲地说，太爷来接咱们了，来，让太爷看看咱。

　　曾广渔颤巍巍地撩开襁褓，端详了一番宝宝的小脸，眉开眼笑地说，像，像，是咱曾家的种。

儿媳妇说，爹，咱回家吧，以后有您老看的时候。

曾广渔指指襁褓的下端，说，慢着，我还要看看这里。

儿媳妇说，这老爷子，真是的。她边说边解开了宝宝的襁褓，又解开尿不湿，露出一个花骨朵儿似的肉虫虫。

曾广渔看了看，喃喃道，我的重孙子，我的重孙子。说着，他竟然弯下腰去，亲了亲嫩小的花骨朵儿。

宝宝被折腾得醒过来，哇一声哭了，突然尿了起来。曾广渔躲避不及，一缕急促的尿箭射了他一头一脸。他一脸湿润地直起了腰。

一家人更加开心地大笑起来。

儿媳妇急忙把宝宝递回车里，找出一条毛巾，递给曾广渔，憋着笑说，爹，快擦擦吧。

曾广渔不接，说，这是我重孙子给他太爷的见面礼，擦什么擦！

中午，儿媳妇熬了新鲜的鲫鱼汤，打上几个荷包蛋，盛在一个大碗里，孙子端进了卧室。等月婆子吃完，搂着宝宝安详地休息了，其他人才开始吃午饭。

孙子喝了一杯啤酒，说，爹，我下午还得去一趟医院，咱宝宝的出生证明还没开呢。护士问宝宝叫啥名字，说填上就不能随便改了。我说得回家商量一下，下午再去开。

儿子嘴里正包着一口饭，含糊地说，我哪儿会起名字啊？问你爷爷吧。

儿媳妇刚把饭菜全部端上桌，还未入座，站在儿子身后说，是呢，你爷爷是退休教师，咱村哪一个娃娃的名字不是他起的？

曾广渔放下碗筷，慢慢咀嚼着，说，好，我去查一查。

儿媳妇说，爹，别急，吃完饭再去查，来得及。

曾广渔已经站了起来，往他的卧室走去。他说，我重孙子的事儿，比火上房都急。

儿子和孙子不约而同地停止吃饭，儿媳妇挨着儿子坐下来，大家一起等着曾广渔。曾广渔戴着老花镜，手里拿一本卷了边儿的发黄的万年历，踱了出来，重新在餐桌上席落座。他翻开万年历，嘴里念念有词，宝宝六月七号凌晨五点十分出生，今年是鸡年，宝宝的八字是丁酉年丙午月乙丑日乙卯时。他眯上眼睛，掐了一会儿手指，睁开眼睛说，宝宝是山下火命，五行缺水，必须起个带水的名字。他排到咱曾家庆字辈，叫个什么好呢？江，河，湖，海，清，洪……咱村都有人叫了。嗯，这样吧，叫洋。说完，他从兜里掏出一张白纸和一支笔，工工整整地在纸上写了三个字：曾庆洋。写完，递给了孙子。

儿媳妇扭头看了一下，念了一遍，曾庆洋，啧啧，俺孙子这名字好，响亮。

孙子说，爷爷，您也喝一杯吧，庆祝一下！说着，他给每人倒了一杯啤酒，大家端起来，碰了一下杯。

谁知道孙媳妇坚决不同意。孙子出门前，把爷爷写的那张纸拿给睡得迷迷瞪瞪的孙媳妇看了，孙媳妇一下子清醒了。孙媳妇说，这是什么破名字，土得掉渣，不行。

孙子说，姑奶奶，你小声点儿，别让爷爷听到了。咱村这几十年来，老老少少的名字都是我爷爷起的呢。

瞧你爷爷起的好名字：你爹叫曾昭钢，你吧，叫曾宪森。你怎么不叫曾宪兵呢？

怎么，不是挺好的吗？我爹五行缺金，我五行缺木，所以就起了这样的名字。

不行，我生的儿子，我自己当家起名字……

曾广渔总是听一家人都把宝宝喊轩宝，他也没太在意，想必这是重孙子的小名吧。他也跟着大家，轩宝轩宝地喊着。

重孙子满月了，远亲近邻都来喝满月酒。孙子还专门找一个朋友当司仪，场面搞得极隆重。当曾广渔听司仪喊，曾府小公子曾艺轩满月庆祝典礼现在开始，他的脑袋一下子大了。他转身离开宴席，找到忙得脚不沾地的儿子，悄悄对儿子说，把小东西的出生证明找给我看看。

儿子说，爹，您踏踏实实坐着喝酒吧。人的名字不就是一个代号吗？年轻人想法和咱们不一样，就由他们小两口去吧。

曾广渔骂道，你放屁，还反了你们了……

曾家的满月酒进展得不太顺利。因为，宝宝曾艺轩的太爷刚刚还在酒席上方端坐着，却突然不见了。亲戚朋友们哪还有心思喝酒？大家三三两两地走出去，到房前屋后、荒山野岭、河边塘埂寻找着他的踪影，整个黄泥湾响彻着此起彼伏的呼唤声。

（原载《大观》2018 年第 4 期）

失忆症

为了防止老人走失，刘永强和田红霞经常从外面把家里的门牢牢地锁上。公公只认识刘永强，认不得田红霞了。刘永强可以正大光明地进门，田红霞不行，她每次都是偷偷摸摸地溜进家门，万一被公公发现，就得颇费一番唇舌。

刘永强出差的当天晚上，田红霞不得不面对公公。她万万没有想到，自己居然三次被公公撵出了家门。

第一次进家，老人问，你找谁？

田红霞说，爸爸，我是红霞啊。

老人说，红霞？我不认识你。

田红霞说，爸爸，我是永强的媳妇红霞啊。

老人吼道，什么？强子这个兔崽子，居然在学校谈恋爱了？等他回来，老子不打断他的腿……

第二次进家，老人问，你找谁？

田红霞说，大叔，我是家政公司的保姆，您儿子刘永强雇我过来照顾您。

老人说，强子雇你来的？他一个学生娃，哪有钱雇保姆？

田红霞说，大叔，我去给您做晚饭。

老人伸手拦住她，说，我们没钱雇保姆，我攒的几个钱，还要留着给强子读大学呢……

第三次进家，老人问，你找谁？

田红霞说，刘伯伯，我是强子的同学田红霞，他到省里参加数学竞赛，让我过来帮您料理家务。

老人笑着说，谢谢你姑娘，我好胳膊好腿的，家务活自己能干，你走吧……

田红霞没辙了，拨通了刘永强的手机。她气恼地说，你说怎么办？我什么招儿都使尽了，咱爸就是不让我在家里待。

沉吟一会儿，刘永强说，我读高中的时候，班主任是个女老师，姓赵。咱爸最听老师的话，你再冒充一下赵老师试试。

没想到，田红霞这次不仅没被公公赶走，还被客气地让到客厅沙发上坐下，老人又手忙脚乱地替她沏了杯热茶。两个人你一言我一语，围绕刘永强考大学的话题，越聊越投机。最后，老人说，赵老师，您无论如何别走，在我家吃晚饭。

当然是田红霞主动请缨做的晚饭。吃罢晚饭，田红霞说，大叔，外面黑灯瞎火的，我走夜路有点害怕，能不能在您家借宿？

就这样，田红霞顺利地留在家里过了夜。

田红霞心想，看来自己只能把班主任赵老师这个角色好好演下去了。

刘永强出差回来，两个人继续演。一个演学生，每天回到家里，就忙于复习功课，演算习题；一个演班主任赵老师，每天上门辅导学生的功课。由于配合默契，老人竟未发现破绽，每天总是毕恭毕敬地感谢赵老师。有一天早晨，他们相拥而眠，醒来的时候，听到客厅里老人细碎的脚步声。刘永强赶紧翻窗户跳到阳台上。

转眼之间，夏天到了。田红霞开车到高铁站接放暑假归来的儿子小宝。小宝问，我爸呢？

田红霞叹口气，说，你爷爷监督你爸在家复习功课呢！

在车上，田红霞告诉了儿子家里发生的变故。爷爷一直在城里住不惯，有时候会回老家黄泥湾住些日子。三个月以前，他在山上摔了一跤，经过医院治疗，外伤痊愈了，可是大脑受了损伤，留下了失忆症。奇葩的是，他记不住眼前发生的事情，记不住过去经历的许多事情，单单记得你爸读高中那段日子。医生说这叫选择性失忆症，也不知道什么时候能恢复。现在，我在家里的身份是辅导你爸功课的班主任赵老师。你到家了，一切听我安排。

田红霞先进的门。她对老人说，这位是永强的同班同学，帮助永强提高学习成绩的。

老人不解地问，我强子不是班里第一名吗？还需要同学来帮助？

田红霞说，大叔，永强同学虽然总成绩在班里第一，但是数学成绩不如这位同学。他是专门来帮助永强提高数学成绩的。

儿子后进的门。他一眼瞥见爸爸刘永强坐在书桌前，手里拿着笔，面前铺着作业本，正在演算习题。他不敢喊爸爸，飞快地冲爸爸做了个鬼脸。

第二天一大早，老人把刘永强喊到一边，对他说，让你同学赶紧走吧。他从进门到现在，没有看过一页书，没有做过一道题。我怕他把你带坏啦！说着，老人警觉地四处看看，压低声音说，我还发现他和你们班主任赵老师勾肩搭背、嬉皮笑脸的，不像个正经孩子！

刘永强心想，糟了，小宝戏没演好，穿帮了。

老人往外轰小宝的时候，小宝急眼了。他抓住老人的手，大声喊道，爷爷，您真的什么都忘了吗？连您的宝贝孙子都忘了吗？

老人一愣，嘀咕道，孙子？

小宝继续喊道，对呀，我是您的孙子小宝啊。我这个小名还是您老人家起的呢。

老人仍然发着愣。

小宝一把拉过刘永强，说，这是我爸爸。二十多年前，我爸就大学毕业了，您瞧，他两鬓都斑白了，怎么可能还读高中呢？小宝又一把拉过田红霞，说，这是我妈妈，嫁给我爸二十多年啦，她可不是什么班主任赵老师！

老人喃喃自语，爸爸？妈妈？

小宝紧紧抱着老人，说，对呀，爷爷，我们是一家人啊。

突然，老人咧开嘴哭起来，大叫一声，小宝，想死爷爷了！

（原载《嘉应文学》2019 年第 7 期）

三炷香

就像一棵树，长高长壮了，枝枝丫丫就伸向了四面八方。他们兄弟姐妹五个人，长大以后，姐妹三人出嫁了，大弟当了兵，小弟读了大学，都离开了故乡黄泥湾，在不同的地方安家落户。一晃几十年过去了，现在都七老八十啦。

有一年快过年的时候，大姐分别给弟弟和妹妹家打了电话。大姐说，咱们见一面少一面。从今年起，咱们每年过年都要在一起过。今年先到我家过年，一个都不许少。

大姐小时候就霸道，说一不二，老脾气一辈子没改过。她的话，就是整个家族的圣旨。弟弟和妹妹们也都三代同堂了，过年的时候，都带着庞大的队伍，浩浩荡荡投奔大姐而来。大姐的儿子在家附近选择了一家快捷酒店，几乎包下整整一层客房，安排亲戚们住下；年夜饭也顺便放在这家酒店，要了一个大包厢，足足摆了六桌。这顿饭吃的，那叫一个嗨。堂兄弟、表兄弟、女婿们造了两件白酒，个个喝得东倒西歪；女儿和媳妇们不甘示弱，也喝光了一件红酒，人人喝得面若桃花；十位老人家到底年龄不饶人，不敢拼酒，只喝茶水和果汁，有人慢悠悠地聊着家长里短，有人兴致勃勃地看后人们斗酒。整个大家族好几十口子聚在一起过年，真是其乐融融，亲情激荡。

分别的时候，二姐说，咱们轮流坐庄。今年再过年，都开到我那儿去。我也是大姐那话，一个都不许少。

大家都嘻嘻哈哈地笑，纷纷满口答应了。

晚辈们都会玩微信，建了一个家族群。逢年过节的，大家都在群里互相道贺，发发红包，热热闹闹的。天有不测风云。一天下午，大弟的儿子突然在群里发了一个痛哭的表情。大家急忙问他怎么了。他说，爸爸突发脑溢血，刚刚在医院去世了。

大家在群里经过紧急协商，一致决定：晚辈们该奔丧的，抓紧去奔丧；老人们恐怕受不了这样的打击，这个噩耗要瞒着各家的老人。

这年在二姐家过团圆年，就少了大弟。大弟的儿子对姑姑、叔叔说，爸爸的战友们非要在过年这几天聚会，爸爸找战友去了。

大姐一听就火了，没好气地嚷，你爸爸脑子进水了吧？是家人团圆重要，还是战友聚会重要？孰轻孰重都分不清？再说了，战友聚会怎么挑这个时候，平时干吗去了？

大弟的儿子低垂着头，不敢吭声。

大姐不依不饶，吩咐道，给你爸爸打电话，让他趁早给我过来。都说好了的，一个不许少，怎么单单他搞特殊化呢？

大弟的老伴憋不住，捂着嘴巴哭起来。几个晚辈见状，赶紧冲过去，把她搀走了。

大姐狐疑地问，你妈怎么了？

没等大弟的儿子回答，大家七嘴八舌地说，大舅妈胆子本来就小。您这么凶，她害怕了呗。还不是被您吓的。

第三年过年，要在大弟家团聚。大弟再不出场，就实在说不过去了。晚辈们在微信群里探讨，撒一个怎样高明的谎，才能将瞒骗继续下去。一个个方案提出来，又一个个被否定。大家总能轻易地找出其中明显的破绽来。小妹的儿媳妇是医生，她说，就说大舅得了肺结核，在传染病院住院，隔离了……

转眼之间，五年过去了。就像一棵树，老枯的枝丫会随时断裂，从树上掉下来。这五年间，小弟和二姐也先后因病去世了。晚辈们依然决定，共同把这种噩耗向家族中的所有老人们隐瞒起来。这期间，整个家族过年再团聚的时候，失去老人的家庭竭力编造出尽量合情合理的谎言，将老人去世的真相遮掩过去。

第六年，按照轮流坐庄的约定，又到大姐家团聚。大姐好像习惯了大弟、小弟和二姐的缺席，再也没有像往年那样刨根问底，只是在开饭之前，吩咐儿子，把每一样菜肴都预留一些，装好，她要打包带回家。

年夜饭结束了，回到家里，已近午夜。大姐让儿子收拾

　　　　　　　　　　　　　炊烟袅袅

干净餐桌，摆上从酒店里打包带回家的饭菜，摆上三副碗筷和三个酒杯，一一斟上酒。大姐颤颤巍巍地从卧室里捧出一个香炉，放在餐桌下沿，又颤颤巍巍地点燃了三炷香，插进香炉里。

妈，您这是干什么？儿子有些不解。

大姐没理儿子，对着香炉鞠了一个躬，轻轻地念叨，他大舅，他小舅，他二姨，今天过大年了，咱们说好要大团圆的，你们都来姐姐家过团圆年吧。

妈，您都知道了吗？儿子惊讶地问。

大姐长叹一声，哽咽着说，你妈是老了，但是又不傻。十指连心啊，这样伤筋动骨的事儿，你们想瞒着我，怎么瞒得了？

（原载《黄河文学》2019 年 5 期）

救命恩人

正是下班高峰。侯一凡挺起胸膛，绷紧双腿，笔直地站在工厂门口。他目送着下班的人群潮水一般陆续涌出工厂大门，后来，只有零星的工人一个个往外走的时候，他才稍微放松下来。

虽说只是一名工厂的保安，但是，侯一凡毕竟刚从武警部队退役半年，他站岗的姿势还是完全保留着军人风范。

他晃晃微微发酸的脖子，扭动了一下腰肢，准备回值班室的时候，突然想起，怎么没看见吕晓红大姐走出来呢？

侯一凡愣了一下，勾头往厂区方向看去。他拥有一双视力在2.0以上的眼睛，一眼看去，能看得很远。他发现，正在往外走的工人，包括厂区纵深处三三两两的人影，都不是吕晓红。

吕晓红平时上下班都很准时，今天怎么了？侯一凡决定在门口再站一会儿，等等吕晓红。

侯一凡在这家肉联厂虽然已经工作了半年时间，但是，认识的工人并不多，多数人只是在上下班的时候进出工厂，在他值班的时候，才在他面前晃一下。他是从山区农村黄泥湾出来到城市打工的小保安，没有几个工人主动跟他搭讪，并告知自己的名字。吕晓红这个名字也是他听别人喊的，可能听的次数稍微多了一些，他便牢牢记住了。

等了十多分钟，没有人往厂门口走了，当然，吕晓红依然没有出来。侯一凡感觉有些不对劲，到底哪里不对劲，他一下子也想不起来。他只好给保卫科长打电话。

科长，你认识吕晓红吗？她是哪个车间的？

我不太清楚，怎么啦？

我没看见她下班出来，有些不放心。

下班的时候，工人一窝蜂地出来，你一个个都看清楚了？你点名了？你怎么知道她没有出来？

吕晓红和别人不一样，我知道的。

你别管闲事，你又不是人事部的，考勤不归你管。看好你的门吧。

科长没好气地挂了电话。科长说到人事部，提醒了侯一凡。他查了一下人事部的电话，把电话打了过去。

请帮忙查一下，吕晓红是哪个车间的？

冷冻车间。

还没有等侯一凡再说点什么，人事部那个人已经火急火燎地挂了电话。他把电话打到冷冻车间，可是，没有人接电话。他只好硬着头皮把电话打到厂办公室。

冷冻车间的吕晓红，到现在仍没有出来。

怎么了？

我怀疑她会不会被关在冷库里了。

不会吧？

厂办公室的那个人漫不经心地挂了电话。该打的电话都打了，侯一凡没辙了。他在值班室坐了两分钟，椅子上好像放着一盆火，烧得他坐不住。终于，他站了起来，咬咬牙，拨通了厂长的电话。

厂长您好。我是保卫科小侯，向您报告一件事。

哦？说吧。

冷冻车间的吕晓红到现在还没有出来，我怀疑她被关进了冷库里，请您赶紧派人到冷库去看看吧。

有这样的事？我马上让冷冻车间主任去看看。

放下了电话，侯一凡惴惴不安地站在值班室门口，眼睛盯着大街。二十分钟左右，冷冻车间赵主任骑着摩托车，箭一般射过来。到了厂门口，他猛地刹车，停了下来。赵主任指着侯一凡的鼻子，喝道，就是你打电话给厂长，说冷库里面有人？

是我。侯一凡挺了挺身子。

老子喝个酒都喝不安生。如果我去看了，冷库里没有人，出来我揭了你的皮……说着，赵主任一加油门，摩托车嘶吼着冲进了大门。

后面的事情就不必细说了。

医院救护车开进厂区的时候，几滴泪水猛地涌出了侯一凡的眼眶，挂在了他的睫毛上。

吕晓红出院以后，买了一大兜水果，到厂门卫值班室感谢侯一凡。她紧紧握住侯一凡的手，说，大兄弟，如果不是你，大姐就冻成死猪了。

大姐，其实不是我救了你，是你自己救了你。

为什么这样说？

侯一凡说，每天你上班，总是问候一声：你好。每天你下班，总是说一声：再见。我那天没有听到你说再见，所以知道你没有出来。否则，全厂五六百个工人，我怎么可能单单记得你呢？

（原载《小小说选刊》2017 年 3 期）

煤油饭

作为竹园镇中学的校长，我兼任学校校友会会长。我们建了一个全国校友微信群，时不时地把学校工作的种种信息在群里晒晒，也算经常向校友们汇报汇报吧。

有一天，我们学校的老教师花如兰因病去世。花老师年届九旬，活到这样高寿病故，在我们乡下算是喜丧。

去花老师灵堂祭拜之后，回到办公室，我随手写了个简短的讣告，发在校友微信群里。我原以为，花老师已经退休将近三十年，早就淡出了人们的视野，不可能引起什么反响。我这样做，只是例行公事罢了。万一将来他的学生问起来，我也好有个交代。

没有料到的是，讣告发出去不久，我就连续接到几位校友的电话，询问具体情况；更意外的是，远在北京的国家某部赵司长也打来电话，他说要马上赶回来，送花老师最后一程。

我们学校是一所不起眼的农村普通中学，教学质量非常一般化。历年来，虽然也送走一批批学生走进大学校门，但是，在社会上产生广泛影响力的校友毕竟不多。赵司长就是学校最著名的校友了。当年，他考上了一所全国名牌大学，在整个镇里引起轰动。他也是黄泥湾村第一个考上大学的人。

赵司长果真在第二天傍晚赶了回来，全程参加了花老师的葬礼。他的同班同学也从全国各地回来了好几位。因为这些校友的出席，市、县、镇各级领导都出现在了花老师的葬礼上。花老师如果泉下有知，也该含笑瞑目了。这么多年来，我送走过不少老教师，花老师的葬礼算得上我们竹园镇中学最隆重的葬礼。

花老师安葬以后，赵司长立即赶走了各级头头脑脑，让他们抓紧回到各自的工作岗位上，不必再理会他。他要在花老师的墓前单独坐一坐，再陪一陪花老师。大家知趣地离开了，坟山上只留下赵司长一个人。

我们在山下等了许久，赵司长才慢慢走下山来。我看到赵司长的眼圈儿红红的，眼眶湿湿的，应该流了许多眼泪。

几位校友临行前，我以个人名义在镇上的小酒馆里给他们饯行。

席间，花老师自然是主要的话题。几位校友抢着说话，回忆花老师对他们的各种好。奇怪的是，赵司长一直沉默不语，他低垂着头，沉浸在深深哀思中。

终于，大家都不再说话，安静下来。

赵司长抬起头来，问，你们还记得有天中午，学校食堂卖的米饭里有股浓浓的煤油味儿，许多同学聚集在食堂门口，将白花花的米饭撒得到处都是这回事儿吗？

几位校友七嘴八舌地说，当然记得！怎么会忘记呢？

赵司长又问，你们肯定不知道前因后果吧？

大家面面相觑，纷纷点点头。

赵司长说，那时候，学校夜晚十点统一熄灯。我们每个同学都有一盏煤油灯，学校熄灯之后，大家都点燃煤油灯继续学习。有一次，我端着煤油灯回寝室睡觉的时候，因为夜太深，有点迷糊，不小心把煤油灯打翻了，半瓶煤油泼在了我放在床铺前面的米袋上。同学们都入睡了，没有人看见。我也没敢声张。那个时候，大家的家庭都比较贫困，都是每周回家背一袋米和一罐咸菜到学校，将米交到学校食堂米仓里，换回饭票，维持一周的生活。第二天，我犹豫了许久，还是将泼上了煤油的大米交给了学校食堂。

有位校友笑着说，原来是你小子使的坏，看来当时我们错怪了学校食堂。

赵司长接着说，学生集体罢餐事件惊动了学校，学校很快查清楚了事实真相。学校负责收米的食堂管理员回忆起来，我交米的时候，他本来闻到了一些异味，谁知道我下手太快，刚过了秤，就将大米倒进了米仓里。当时交米的同学排着长队，他也没有多想，就将饭票发给我了。学校准备让我赔偿所有损失，好几百公斤大米呢。我正着急上火，花老师找到我，让我安心学习，他来处理这件事儿。

停了停，赵司长又说，后来我才知道，花老师把那几百公斤被煤油污染的大米全部运回了他家里，又从集贸市场买了干净的大米，还给了学校食堂。

　　说着，赵司长的声音哽咽了。

　　良久，大家都没有再说话。

　　　　　　　　　　（原载《小说选刊》2020 年 1 期）

还债记

在我人生整个的求学阶段，荣哥是家族中唯一于我有资助之恩的人。

荣哥是我早就出了五服的堂哥。从年轻的时候起，在黄泥湾就很难见到他的踪影，不到过年那几天，他是不会回来的。他常年赶着一头灰驴，拉着架子车，在湖北麻城一个采石场替人拉石料。在 20 世纪七八十年代，外出谋生不叫"打工"，而是叫"搞副业"，生产队同意才能外出的。到了年底，向生产队缴纳事先定好的款项，便可换回一年的口粮。

1983 年秋，我读高二那一年，经常光顾却从未买过一本书的竹园镇新华书店的玻璃柜台里突然出现一本新书，叫《中国历代名篇选读》，墨绿色的封面里，影影绰绰地印着亭台、树林、溪流、石桥等景象，有几个士子或坐或立于景色里。这本书强烈地吸引着我。

我鼓足勇气问售货员，这本书多少钱？

售货员先上上下下打量我几眼，才漫不经心地翻开书底，倨傲地说，两块五。

那时的两块五角钱，对于囊中羞涩的我来说不啻是天价。我羞怯地扫一眼售货员手中的书，慢腾腾地离开了书店。

不知道过了多久，我终于攒够了两块钱。只有我自己知道，这是我忍饥挨饿换来的。我将家里每周定量给我交到学校食堂的大米，每次节约一点，积攒起来，卖到镇上的饭店里。当我又一次光顾镇上那家新华书店时，那本令我垂涎已久的书还沉默地躺在书店的玻璃柜台里。

怎么搞到尚缺的五角钱呢？我的脑子里一直翻江倒海，实在想不出来好办法。

回家的时候，路过荣哥家门口，突然听见荣哥说话的声音。那天中午，在荣哥家附近徘徊许久之后，我终于敲响了他家的大门……

大概在那年年底，荣哥回家过年，我上门去还债。当我递上五角钱的时候，荣哥明显地愣了一下，然后笑着说，咱们自己兄弟，何必那么客气呢？等开学了，你留着买作业本吧。

我借钱的时候，荣哥可能根本想不到我会还他这五角钱，也许早就将这五角钱忘记了。他再三推辞，死活不要。

这就算是荣哥对我的馈赠吧。这也便是我人生的整个求学阶段在家族里接受过的唯一的资助。

后来大学毕业了，参加工作了，自己也能挣钱了，我始终无法忘记荣哥不让我偿还的这五角钱。多少年过去了，荣哥的这五角钱一直沉甸甸地压在我的心底。古人云：受人滴水之恩，当涌泉相报。何况荣哥借给我的这五角钱，当年于我绝对是一笔巨款。我多次回老家黄泥湾，都想报答荣哥的恩情，但是，每一次都阴差阳错，不是荣哥不在家，便是我在老家因为亲友们婚丧嫁娶、添丁进口的琐事早已掏空了口袋，等见到荣哥时，口袋里已然空空如也，剩下的一点点零钱又绝难表达我对荣哥的感激之情，只好默默作罢。我暗地里想，好钢要用在刀刃上。荣哥已是七十出头的老人了，没有固定的经济来源，等他急需要用钱时，我再助他一臂之力吧！

万万没想到，去年回老家过年的时候，竟听到了荣哥于秋天病逝的噩耗。我不敢相信，跑到荣哥家去看看，他家的门框上贴着一副白纸黑字的对联：守孝不知红日落，思亲常望白云飞。这才相信了这个事实。

我到镇上买来一捆火纸、一把香、一挂鞭炮，去给荣哥上坟。在荣哥的新坟前跪下，我哽咽着说，荣哥，兄弟对不起您，我来迟了……

在老家过罢年，我返回市里上班。有一天，我的手机接到一个外省的陌生电话号码，我想可能是骗子的电话吧，便毫不犹豫地挂掉了。这个电话却不依不饶地再三骚扰我，我只好接听了。

请问您是我六爹吗？电话里，有个陌生的年轻的声音问我。

在我们家族兄弟中，我确实排行老六。我说，我是，你是哪一位？

六爹，我一直在外面打工，您可能记不得我了。我是罗延荣的儿子。过年回老家的时候，我听湾子里的人说，您借过我爹一笔钱，一直没有还。我想问一下，您借了我爹多少钱，能不能还给我？这个陌生的年轻的声音说。

罗延荣就是荣哥的大名。我迟疑了一下，说，孩子，你加我微信吧，六爹转账给你，好吗？说完，我轻轻挂掉了电话。

刚挂掉电话，手机里便嘀地响了一声。我打开一看，有个网名叫作"独行侠"的人加我微信好友。我通过验证，加上了他，然后马不停蹄地向他的微信里转去5000元钱。他迅速将钱收了，发来一个微笑的表情。

我想，如果荣哥泉下有知，不知道是该笑还是该哭呢？不过，对于我来说，整个人的感觉都好了起来，前所未有的轻松。我终于可以拍着胸脯，问心无愧地说，咱活过的这大半生，谁的账都不欠！

（原载《天池》2019年3期）

逼婚记

儿子王劲赶回老家黄泥湾过年，一踏进家门，就和爹王进财杠上了。

王进财说，你上次离开家的时候，老子怎么跟你交代的？不带个媳妇儿回来，你小子自个儿干脆就别回来了！今年怎么还是光棍一根呢？

王劲瞪眼，说，你以为我想回这个破家？我要是不想念我妈，才懒得回来呢。

你不愿意回来，就滚回上海去，老子眼不见心不烦。

你别急，等过罢年，不用你撵，我自然会滚回去。

王劲放下行李，扭头往屋外走，去竹园镇会狐朋狗友，边走边说，真受不了你们这些中年油腻男，还能不能说点儿别的。

王进财没听清楚。等儿子走远了，他问闺女，这个畜生刚才嘟囔啥？

闺女王莉在上海读研究生，和已经大学毕业五六年、在上海某公司工作的哥哥王劲亲密得像一个人，不肯出卖哥哥，抿着嘴乐。

王进财央求说，好闺女，快告诉爹。

王莉笑嘻嘻地说，我说了，你可别恼，我哥说您是中年油腻男。

王进财不服气地说，我怎么油腻了？我这几天刚理了发洗了澡换了干净衣服。

油腻男是个网络新词，不仅指外形猥琐，更指思想陈旧。

我油腻男？我油腻男，当年娶了你妈，你妈可是咱黄泥湾一枝花呢。他干净，新潮，怎么连个上海丑女子也带不回来呢？

王进财正愤愤不平呢，脊梁上挨了不轻不重一拳。他老婆吴玉梅站在他身后，叹口气说，当年不是俺瞎了眼，一朵鲜花能插在你这堆牛粪上吗？说完，揽着王莉的肩膀，娘儿俩旁若无人地大笑起来。

说实话，在20世纪80年代，王进财读高中时的成绩还是不错的。那时候，高考录取率相当低，他以几分之差落榜。要不是村办小学缺师资，硬要他回来当民办教师，他真要复读一年，来年考上大学是十拿九稳的。后来，没读过大学成了他此生永远的伤痕，一想起来，心里就隐隐作痛。有了儿女之后，他倾力为儿女辅导功课，加上王劲和王莉天资本就聪慧，自小在爹的呵护下养成了良好的学习习惯，前后考上了名牌大学。这在黄泥湾确实比较罕见。村里多少人家的儿女有小学辍学的，有中学辍学的，屡见不鲜。只要孩子能写自己的名字，外出打工能认识回来的路，做家长的就知足了。不像王进财，拼命支持儿女读书。现在王劲的同龄人都早早结婚了，儿女都有好几个了，可王劲还是孤家寡人一个。一催他，自己倒落伍了，在儿子眼里成"中年油腻男"了！

过了年，一晃到了正月初四，王莉突然对爹妈说，我的同学路过咱殷城县，要下火车，来咱家玩，看看大别山和淮河。

吴玉梅赶紧问，男同学女同学？

王进财说，闺女，你今年也二十四了，搁农村，也老大不小的了，如果是男同学，老爸表示欢迎。

王莉说，您和我妈想多了！是我研究生室友，闺蜜，她家是西安的，坐车回上海，路过咱这里，要来玩几天。

王进财和吴玉梅不约而同地哦了一声。

哥，你的朋友多，能不能借辆车，帮我去火车站接一下我同学孙雪？王莉央求道。

这个忙哥帮定了，走，去镇上。王劲豪迈地说。

哥，你好人做到底，自己去接行吗？我晕车，真怕坐车走山路。

没问题，哥一个人就搞定了。

谁知王莉和爹妈在家等了三天，王劲才将孙雪带回家。孙雪一进门，就嚷，你们这里简直是世外桃源啊，太好玩了。原来，在这几天里，王劲带着孙雪，走遍了殷城县的山山水水。他们去汤泉池泡了温泉，去金刚台观赏了娃娃鱼，去黄柏山拜晤了法眼寺，并感受明代大儒李贽留在山涧的黄钟大吕式的传道授业解惑的余音。

孙雪离开的时候，自然还是王劲送她。王劲要陪她一起回上海。孙雪问王莉走不走，王莉坏笑着说，我可不给我哥和某人当电灯泡。

他们走了以后，王莉对爹娘说，你们该怎么谢我这个大媒人呢？我帮你们把儿媳妇搞定了。

吴玉梅狐疑地说，真的假的啊？

王进财也说，是啊，我怎么没看出来呢？

王莉说，我暗中观察了，他们只要离开咱们的视线，就会悄悄地手挽着手。再说，你们没看见他们看彼此的眼神吗？简直带着电呢。还有，晚上孙雪和我一起睡，她半夜上厕所，一个人不敢出去，她不喊我这个闺蜜，居然打电话喊另一个房间的我哥陪她出去。这还不能说明问题吗？

吴玉梅笑嘻嘻地说，不错不错，这当然能说明问题。

王进财也笑着说，没想到，我的憨儿子还有个憨福呢，这大城市西安的儿媳妇多俊啊！

（原载《昆山日报》2018年3月25日）

私奔

胡文珍从混混沌沌中清醒了片刻，感觉四周一片耀眼的白，晃得眼睛根本睁不开。她听到一个低沉的声音说，谢天谢地，终于醒了。听了这句话之后，她又昏迷了。

再次醒来的时候，胡文珍感觉四周仍是一片耀眼的白。她缓缓眨动几下眼皮，终于将眼睛艰难地睁开了一道缝。

我这是……在哪儿？她吃力地问。

你只管好好休息，什么都不要想。一个白白的人影说。

胡文珍完全清醒过来，是在三天之后。她感觉脑袋被锥子扎着似的疼。

要不是你爹及时把你背到医院来，你肯定没命了。胡文珍看清楚了，这个和四周墙壁一样白白的人影，是穿着白大褂的女护士。女护士又说，像你这样被野蜂蜇了几十下，脑袋肿得像个大冬瓜一样的，如果送医送晚了，肯定性命不保。

我爹……胡文珍喃喃地反问一句。

是啊，他将你背到医院，交了住院费，这几天就一直在病房守着你。他自己是残疾人，整天拖着一条腿忙里忙外的，也真不容易。可怜天下父母心啊！女护士感叹着。

我爹他……胡文珍不知如何往下说了。

你爹刚刚出去了，可能是看你快醒了，给你买饭去了吧。女护士说。

虽然嘴上说不出来，但是胡文珍心里明白，爹十多年前死在了豫西的煤矿里，她早就记不清爹的长相了，脑海里只有隐隐约约的爹的影子。如果不是爹英年早逝，病快快的娘不可能独自撑着这个残缺破败的家；她一定在学校安心读书，准备考大学呢，她也不可能请假回家照顾生病的娘；她家也不会缺吃少穿没柴烧，她一个女孩子家也不会上山砍柴，更不会无意之中撞到野蜂窝……对了，送自己到医院的大叔到底是谁呢？

后来，一切真相大白。这位拖着一条残腿的大叔，胡文珍不能叫他大叔。他叫熊开林，顶多比胡文珍大十几岁，岁月在他脸上刻下太多沧桑，所以让女护士误以为他是胡文珍的爹。在黄泥湾村，乡里乡亲们都是打断骨头连着筋，攀起来都是亲戚，他和胡文珍其实是平辈人，胡文珍只能喊他一声大哥。胡文珍平常在学校读书，人又腼腆，过去从未喊过他什么。他和她家的关系，只是同一个村的普通邻居而已。胡文珍做梦也没想到，这回她遭了难，居然是这个八竿子打不着的邻居大哥救了自己。

从医院回到家，胡文珍决定不去学校读书了，她打算在家先照顾照顾娘，帮娘打理家务，种种庄稼，有合适的机会，她也到城市打工挣钱去。

胡文珍料理完自己的家务，得了空闲，她时常跑到熊开林家，送他一把青菜几根黄瓜，替他洗洗衣服缝补一下衣服上肩头和膝盖处的破损，打扫一下院子和屋子，喂一下猪和鸡。总之，她为熊开林做着一些力所能及的家庭琐事。开林哥也真不容易，自从在建筑工地上跌断一条腿，他的女人带着儿子和老板给的赔偿款从人间蒸发了，剩下他一个人孤独而潦草地活着。从出院到回家，胡文珍没对熊开林说一个谢字，但是，她把开林哥的事儿当成自己家的事儿，能帮一把就帮一把。

村里渐渐有了一些闲言碎语，不少人对着胡文珍的背影指指戳戳起来。

有一次，胡文珍从菜篮里抓了一把豆角几条丝瓜，正要出门，娘从背后一把扯住了她的后襟。她转过身来，吃惊地问，娘，怎么了？

娘的眼泪泉水一样旺盛地流淌下来。娘说，你是个大姑娘，以后还要找婆家嫁人，不能不注意名声。

胡文珍大声地说，开林哥对我有救命之恩，我怎么报答他是我自己的事儿，旁人吃饱了撑的，爱嚼舌根子让他们嚼去，我身正不怕影子斜。

娘哽咽地说，傻闺女，你到底是年轻不懂事，唾沫星子能淹死人呢！

胡文珍恨恨地扔掉了手里的豆角和丝瓜，每条丝瓜都在地上跌成几段，和豆角一起散乱地躺了一地。她从娘身边挤过去，钻进自己的闺房，倒在床上，将头蒙进被子里号啕大哭起来。

　　有好一阶段，村里不见了胡文珍的身影，又少了一个拖着一条残腿的熊开林。

　　有人问胡文珍她娘，你家文珍呢，怎么不见她？

　　她娘支支吾吾的，低声说，她又想上学呢，到学校去了。

　　熊跛子也出门了，你知道吗？

　　她娘恼火地说，他是死是活，与我有什么相干？我怎么知道？

　　那人讪讪地说，我随便问问。

　　你爱问，找旁人问去。胡文珍她娘头一甩，气鼓鼓地走了。

　　到了年底，村里在外读书的都放假回家了，在外打工的都回来过年了，但是，大家没见到胡文珍回来，也没见到熊开林回来。不过，据说，胡文珍她娘收到一张汇款单呢。

　　有个小子说，俺在城里，好像看到了文珍，她和熊跛子在一起。

　　胡文珍她娘气势汹汹地寻上门去，质问那个小子，你是哪只眼睛看见文珍了？看老娘不抠出你的眼珠子！

　　那小子惊惶地说，婶，我急着赶车，也没看清楚。

胡文珍她娘朝地上啐了一口，恶狠狠地说，你以后再敢胡说八道，老娘撕烂你的嘴！

　　那小子一耸肩，一缩头，乖孙子一样溜出去老远。

　　　　　　　　　　　　　　（原载《短小说》2018 年第 5 期）

换亲

张晓曼比弟弟张晓山足足大了五岁。可以这么说，张晓山的童年是在姐姐张晓曼的脊背上度过的。

张晓山开始像一只刚刚孵化出壳的鸭子一样歪歪扭扭走路的时候，娘就离开黄泥湾，撇下了他和姐姐，将他们撇给了爷爷和奶奶，奔赴爹打工的城市。奶奶一直心慌气短，哪里照顾得了活蹦乱跳的孩子？爷爷里里外外一把手，忙罢了地里还得忙家里，也无暇顾及视若命根子的宝贝孙子。如此一来，照顾弟弟的重责大任就天经地义地落到了六岁的姐姐张晓曼的身上。整个白天，张晓曼就守着弟弟，喂弟弟吃饭，给弟弟擦屁股，背着弟弟出去玩。到了夜晚，她一个小人儿，自己的瞌睡都大得不得了，眼皮一打架，哪能顾得了弟弟？她这才解放了，倒头便睡，弟弟就跟爷爷、奶奶一起睡觉。

张晓曼读小学了。一到农忙时节，爷爷就让她把弟弟背到学校去。好在学校里学生并不多，老师也能体谅她家的难处，只要她弟弟不哭不闹，老师也就让她和弟弟待在教室里。有时候，弟弟哭闹起来，影响老师上课，老师才说，张晓曼，带你弟弟去外面玩一会儿。

天有不测风云，人有旦夕祸福。有一年临近暑假的时候，姐弟俩走在放学回家的路上，天突降暴雨，张晓曼背着弟弟，深一脚浅一脚地在山路上奔跑，一不小心滑下山坎去了。他们爬不上来，躺在山沟里，弟弟大哭，她抱紧弟弟也大哭。后来爷爷找来了，才把她和弟弟抱上来，背上背一个怀里抱一个接回家。回到家里，弟弟却不能走路了。爷爷开始没当回事儿，过了好几天，张晓山左脚还不敢落地，爷爷才送他到医院去检查。原来，他的左边小腿骨折了。伤筋动骨一百天。那个暑假，张晓山是趴在姐姐的脊背上过完的。他的腿不疼以后，走路的时候老是微微往一边歪斜，仔细一看，他成了瘸子了。

张晓山成了瘸子，虽然家里没有人指责她，可是张晓曼心里一直不是味道。她宁愿把自己摔个稀巴烂，也不愿意弟弟受丁点儿伤害。弟弟是全家人的命根子，更是张晓曼的心头肉。后来再背弟弟外出，张晓曼就百倍小心，生怕弟弟磕着碰着了。

姐弟俩就这样慢慢长大，直到张晓山不好意思再让姐姐背了，张晓曼也真的背不动弟弟了，他才从姐姐的背上溜下来，变成姐姐的影子，时刻跟在姐姐的身后。

女大十八变，越变越好看。转眼间，张晓曼长成了娇艳如花的妙龄少女，到了谈婚论嫁的年龄。一家有女百家求，

炊烟袅袅

媒人纷至沓来。让张晓曼去相亲，她不知中了什么邪，愣是不开口，任谁也不见。一晃好几年过去了，弟弟张晓山也到了娶媳妇的年龄，张晓曼还没出嫁呢。农村可不比城市，女孩二十五六岁了，就是老姑娘了。

妮儿，你到底是咋想的？回家过年的时候，娘问她。

娘，就咱家这个条件，俺弟又有残疾，怎么可能娶到媳妇呢？张晓曼说。

我现在还不着急你弟弟的事儿，我头疼你的事儿。

我出嫁容易，我弟弟娶媳妇就难了。晓山不结婚，我就不离开娘家。

你个傻妮儿，你弟弟有爹娘操心，不用你管。

娘，弟弟是我背大的，也是因为我没有照顾好落下残疾的，我心里怎么放得下他？

那你说怎么办？

我愿意换亲，为弟弟换回一个媳妇。张晓曼说着，脸一红，扭身进了闺房。

爹娘本来不愿意委屈晓曼。可她说的也是实情，在黄泥湾，多少好胳膊好腿的后生都找不到媳妇呢，依晓山这样的条件，恐怕只能打一辈子光棍。既然晓曼有这份疼爱弟弟的心，爹娘也便顺水推舟了。

黄泥湾还真有这样一户赵姓人家，老大是儿子，三十出头了，还没有娶媳妇，老二是姑娘，长得眉清目秀的，和张晓山年龄相仿，他俩还是小学、初中同班同学呢。只是，老赵家的儿子有点脑子不够用，没念过书，脾气一上来，不但打爹娘，还打妹妹。

赵傻子，你愿意嫁吗？娘问张晓曼。

张晓曼垂下眼皮说，只要他妹妹不嫌弃我弟弟是瘸子，我就愿意。

张家找媒人去赵家一提亲，赵家正求之不得呢。就这样，两家一拍即合。互相免了彩礼钱，互相免了嫁妆，共同选了一个黄道吉日，就两场喜事一起办，两家都是一边嫁闺女一边娶媳妇。那一天，喧闹的锣鼓声几乎同时从村东村西响起来，一套锣鼓从村东的张家一路响到村西的赵家，另一套锣鼓从村西的赵家一路响到村东的张家。小小的黄泥湾被两套锣鼓震得热火朝天喜气洋洋。

第三天，是新娘子回门的日子。张晓山和媳妇贪恋床笫鱼水之欢，起床晚，他俩起来的时候，姐姐张晓曼和姐夫已经来了。

张晓山看到，姐姐张晓曼的额头上有鸡蛋大的一块青斑。

姐，你这是怎么了？张晓山把姐姐拉到一边，揉揉姐姐的额头，小声问。

没事，我自己磕的。张晓曼推开了弟弟的手。

张晓山呆愣了。良久，他说，姐，真不该让你为了我，去跳火坑。张晓山说着，声音哽咽了。

瞧你说的，我这不是好好的吗？你想多了。张晓曼竭力想对弟弟笑一笑，可是，她的笑容没能挤出来，却从眼角挤出两行泪来。

（原载《短小说》2018 年 5 期）

读书的模样

　　胡香琴来到澡堂当搓背工的时候，姨父刘松山已经解甲归田，在家帮助保姆照看外孙，表姐刘美兰和姐夫郭卫民打理澡堂的生意。澡堂门楣上悬挂一块精致的黑色匾牌，上书四个朱红色的行书大字：卫民浴池。所有的老顾客和理发师老张，以及走马灯似的换来换去的男搓背工小马、小杨、小朱、小苟、小牛们，都客气而恭敬地把姐夫喊老板，而把表姐喊老板娘。美兰自己没感觉有什么不对，香琴却感觉别扭。

　　你就心甘情愿地把你和姨父创下的家业交给他了？

　　这有什么啊？两个人一起过日子，什么你的我的？

　　你就对他这样放心，澡堂改姓郭了？

　　那你说叫什么？叫美兰浴池？那我还不干呢，多别扭。

　　反正是小白脸，没好心眼儿。

　　美兰呵呵笑了，对香琴说，那你以后替姐盯紧点，你姐夫胆敢胡作非为，我们就收拾他。

　　姐，你的事儿，没二话。香琴忙不迭地点头。

这个郭卫民，说起来是个老板，可一直像一个救火队员一样忙来忙去。他的技术无疑是浴池里最全面最精湛的，哪里有问题，他就出现在哪里，哪里人手不够，他就第一时间冲上去。烧锅炉，搓背，打扫卫生，捅厕所，他每天忙得团团转。但是，只要闲下来，他就捧着书看，看得迷三倒四的，有时候喊他，连喊几遍他也不答应。他掉进书里面出不来了。

除了爱看书，郭卫民身上还真找不出来多大的毛病。但是就是这个小毛病，一样让香琴看不惯。一个开澡堂的，整天光着个大脊梁，踢踏着破拖鞋，穿着个大裤衩子，装什么大学教授！香琴忍不住，就跟美兰嘀咕。

美兰说，你还别说，当初他刚来澡堂的时候，就因为他爱看闲书，没把你姨父活活气死。让他烧锅炉，他看书看得忘记添煤，水没烧热，顾客嗷嗷叫。让他搓背，客人都等着呢，他也得把正在看的那页书看完，才舍得合上。你姨父几次要撵他滚蛋。

那他怎么没滚蛋呢？

你说呢？

我姐夫哪点儿好，你就嫁他？就图他高、白、帅，像画儿一样？

当然，你说得没错，这也是理由。重要的是，他勤快，聪明，能干，学什么会什么，干什么像什么。还有更重要的，他本来应该读大学，做大事情的。他年龄和我一般大，读高中比我晚两年，农村人，启蒙晚。他本来可以读大学的，可能卷子被判错了，才落榜。

这种鬼话你也相信？

刘美兰抿嘴笑了一下。郭卫民高考落榜的故事，刘美兰不止一次听他说过。那年八月，他盼星星、盼月亮，却盼来了高考落榜的消息。分数出来了，他的分数离分数线仅有3分之遥。更离奇的是，他的政治课成绩只有12分，区区的12分！所有老师和同学都摇头，不肯相信。他的政治课虽然不是强项，但哪回考试也都在70分以上。肯定是评卷的人没写清楚，录分的没看仔细，把72分抄成了12分。如果总成绩加上60分，他一准能上中国一流的大学。一个老百姓的孩子，谁替你出头呢？认命吧。当他满脸沮丧地回到黄泥湾，他爹一蹦三尺高。你不是说没问题吗？怎么差了3分？八辈祖宗的脸都让你丢尽了。他爹恶狠狠地骂。他一怒之下，背起刚刚从高中学校背回的行囊，义无反顾地离开了黄泥湾，走得不知去向。好几年以后他才知道，那天早晨，他前脚刚刚离开黄泥湾，他的高中班主任老师后脚就赶到了他家。学校看他是棵好苗子，不忍心就这么毁了，让他回学校复读，一年的学杂费全免。但是，他坐汽车到了义阳市，背着行囊，在街上漫无目的地转悠。他看见一则招聘广告：本澡堂招聘锅炉工一名。他探头往门里看看，门边有个躺椅，有个笨熊似的胖老头躺在上面。这个胖老头就是澡堂老板刘松山，刘美兰的爹，他后来的岳父。

我当然相信。我们课本上的东西，我问他什么，他答什么，没有他不会的。当年我读书读得一塌糊涂，很多知识都没有学会，后来问他，他全会。这个能装吗？要不，你装一个给我看看？

香琴朝美兰丢了个白眼，撇了一下嘴。美兰趁她不注意，把一只手伸到她腋窝里，胳肢她。美兰一边挠，一边问，你信不信，你信不信，你信不信？香琴早笑得瘫软了身子，趴到了椅子背上。

姐，当年是姐夫追的你，还是你追的他？安静下来后，香琴忍不住好奇地问。

美兰不回答，光笑。

好姐姐，你就说说吧。香琴摇晃着美兰的肩膀。

美兰被她缠不过，只得说，这你还看不出来吗？

香琴兴奋地说，他追的你，对吧？

他当时是打工仔，我是什么人啊？老板的掌上明珠。如果不是我主动，他有这个贼心，能有这个贼胆吗？美兰得意地说。

搞半天，是你追的人家啊，真掉价。香琴扑哧笑了。

美兰说，人和人不一样，我还就喜欢他读书的模样。

（原载《大观》2019 年第 4 期）

滴水观音

　　秦玉兰不是不想和婆婆亲近，而是婆婆的所作所为实在难入她的法眼。产假休完以后，要不是自己和老公工作忙，娘家妈还没有退休，她是不会同意老公将婆婆从老家黄泥湾接过来的。

　　她主要看不惯婆婆两个方面的行为：一是婆婆进门之后，就在她住的卧室里摆上了一尊白色观音瓷像，还将一绺红布披在观音像上，早晚毕恭毕敬地叩拜。如果和她聊天，说到社会上、单位里一些令人不愉快的事情，婆婆总会宣一声佛号：阿弥陀佛。二是婆婆不知听小区里哪个老太太传授的经验，总是故意将家里的水龙头不关紧，滴滴答答地滴着水，下面用水桶接着。开始的时候，秦玉兰以为水龙头坏了，可是随手拧一下，就不滴水了。有时候她刚关严实，过一会儿又听到滴滴答答的水声，特别是在夜深人静的时候，这滴水声被无限放大，搅扰了她的清梦，让她无比气恼。

　　老公劝她说，公民有信仰宗教的自由，国家还不反对人民有宗教信仰，你一个当儿媳妇的，凭什么反对？再说，咱妈虔心向佛，与人为善，有什么不好？

老公这样一说，秦玉兰琢磨一下，也确实如此，婆婆信她的佛，由她去信好了，自己真没有反对的理由。

老公又说，咱妈让水龙头滴水，还不是想替咱家节约些水费？

这样不好吧？咱家是穷，但也不在乎她节约这点水费吧？况且，这哪里是节约，这应该是偷盗行为吧？

老公脸红了一下，说，我和咱妈说一下，让她别这样做了。

过了一段时间，秦玉兰再也没发现家里的水龙头滴水。有一天，她替单位外出办事，办完事，时间尚早，她懒得拐回单位，顺道回来了，比平时下班早回来一些。见她进门，婆婆闪身冲进了厨房。后来秦玉兰发现，水桶里已经接了半桶水。原来，婆婆趁她上班去了，还在偷滴国家的自来水。

秦玉兰有一次和老公拌嘴，火气有点大，嚷道，我不好，我没有一点好的地方，哪像你们家的滴水观音，什么地方都好！

老公一愣，你说谁？谁是滴水观音？

秦玉兰也没想到自己和老公吵架，情急之下竟说出"滴水观音"这个词来，想一想婆婆的所作所为，还真挺贴切的，这个词一下子囊括了她所看不惯的婆婆两个方面的毛病。她忍俊不禁，扑哧一声笑了起来。

从那以后，秦玉兰心情好的时候，和老公谈到婆婆，总是说咱家的滴水观音如何如何。老公怪她没大没小的，乱给长辈起绰号，恶狠狠地剜她一眼，她就哏儿哏儿地笑。后来老公偷偷到百度上搜索，知道滴水观音是产于华南等地的大型常绿观叶植物，也没有什么贬义，才听之任之，并没有禁止秦玉兰背后这样称呼自己的母亲。

秦玉兰虽然在背后老拿婆婆的缺点和老公开玩笑，但是当着婆婆的面，她还是谨言慎行的，婆媳关系也还算和谐。和婆婆一起生活的这两年多，虽然心存芥蒂，彼此倒也相安无事，没有红过脸。

儿子三岁了，要送幼儿园了。婆婆红着眼圈，将小家伙胖嘟嘟的脸蛋亲了又亲。可是，秦玉兰刚刚将儿子送去幼儿园，婆婆就收拾了自己的包，让老公送她去长途汽车站，她要回老家黄泥湾。

妈，您照看小宝两年多，您走了，小宝回来见不到您，会闹人的。秦玉兰诚心诚意地挽留她。

小宝会慢慢习惯的。我是真不放心你爸。你爸不会煮饭，我出来这几年，真不知道他是怎么熬过来的。我要回去照顾你爸爸。婆婆说。

妈，您带小宝几年，我们咋的也不能让您空手回去吧？周末我们上街，给您和我爸买几件衣服，您带回去。秦玉兰说。

无论秦玉兰怎么挽留，婆婆执意不从，坚持立即要走。秦玉兰无奈，急匆匆去银行取了三千元钱，塞进婆婆的包里。这才让老公把婆婆送走了。

当天晚上，婆婆从老家打来电话的时候，小宝正在闹人，拼命要找奶奶。祖孙俩在电话里都哭得稀里哗啦的。最后，婆婆让秦玉兰接电话，对她说，玉兰，你翻一下我床上的枕头，下面压着钱，快收起来。你们挣钱也不容易，你们的心意妈领了！

秦玉兰一下子不知道怎么说才好，沉闷地叹了一口气。

自从婆婆走后，很长一段时间，秦玉兰一直觉得心里空落落的，再也没和老公开滴水观音的玩笑。

有一天，秦玉兰从花卉市场里买回一株绿色盆栽，端端正正摆在客厅里。盆栽叶片肥大，像一只只上扬的手掌。

老公问，这是什么植物？

秦玉兰说，这就是滴水观音。

（原载《金山》2018 年 3 期）

闲不住的手

义阳师范学院文学院吴文圣教授近来好事连连：他的论文在北大中文核心期刊不断发表，他被学校任命为文学院院长；最让他露脸的一件事，是他刚刚被评为全省道德模范。他的事迹和大幅照片在全省各大媒体不胫而走，铺天盖地。这就是传说中的又红又专、德艺双馨啊！

作为吴教授的嫡传弟子，我们几个现代文学专业的研究生没有理由不兴高采烈。我们联络了文学院其他专业选修吴教授课程的几个研究生，涌入他的办公室，将他团团围定，一齐起哄，让他请客。

吴教授双手一摊，笑着说，请客没问题，可是你们师母出差了，我还得照顾你们师奶的饮食起居，不能在外面酒店吃饭。要不周六中午，请诸位赏光去寒舍小聚？

周六中午，我们如约敲响了吴教授的家门。吴教授打开门，高兴地说，都来了？吴教授把我们引到客厅，让我们坐，迅速地给我们泡了茶。稍微坐了一会儿，寒暄几句，我们解下了吴教授腰间的围裙，嘻嘻哈哈地挤进了厨房。不待有人

炊烟袅袅

分工，大家便各显其能，择菜的择菜，洗菜的洗菜，切菜的切菜，炒菜的炒菜。不大一会儿，七八个菜就火热出锅，摆满了餐桌。

吴教授走到阳台上，缓步搀过来一位满头银丝的老太太，将她扶到餐桌边一把靠椅上坐下。吴教授对老人说，娘，这几个孩子都是我的学生。又转脸对我们说，这是你们师奶，叫奶奶吧。

我们纷纷喊奶奶，问奶奶好。师奶微笑着，慢慢转动着脑袋，逐一看了看我们，轻轻点点头。

吴教授招呼大家围着餐桌坐好，然后打开一瓶白酒，摆好酒杯，让我们自便。吴教授坐在师奶旁边，一直忙于照顾她，不时给她夹菜、舀汤、盛饭，或者伸手弄掉她嘴角上的饭粒，或者用纸巾给她擦擦下巴上的汤水。师奶毕竟老迈了，精力不济，吃得比较慢。整个进餐过程中，他自己很少吃喝，而是一边观察着师奶，一边给她帮忙。这样一来，气氛便有些沉闷，我们都比较拘谨。大家每人倒了一杯酒，却没有合适的机会举杯，祝贺吴教授的满腔话语都搁在腹中。

师奶吃饱了，吴教授用纸巾给她擦擦嘴，自己添满一碗饭，狼吞虎咽地吃起来。他放下筷子的时候，大家一拥而上，动手收拾餐桌，把狼藉的杯盘碗筷清理到厨房去。有两名女同学挽起了袖子，准备洗碗。吴教授却走进厨房，制止了她们，并把她们赶了出来。吴教授轻轻走到师奶旁边，俯在她耳边，笑着说，娘，您该洗碗了。

两名女同学急忙又往厨房走，边走边说，老师，您别让奶奶洗碗了，我们洗。

吴教授再度摆摆手，制止了她们。

我们相互间交换着质疑的眼神。吴教授不是道德模范吗，怎能忍心让如此垂暮的老母亲去洗碗呢？

师奶却突然来了精神。师奶的动作虽然依旧缓慢，但再也不是吃饭时的无精打采了，甚至可以说有一点儿神采飞扬。她努力昂着头，尽量挺着胸膛，从我们中间穿过去。

师奶独自在厨房洗碗的时候，吴教授招呼我们到客厅喝茶。我仍然一头雾水，还在为吴教授让师奶洗碗的事情郁闷，感到脸皮发烫，不敢正视他的眼睛。其他同学大概也有同感，纷纷低着头，躲避着他的视线。

吴教授给我们每个人的茶杯续上水，在我们中间落座。他慢悠悠地说，这人上了岁数啊，最害怕在别人眼里变成无用的人。我的老家在大别山黄泥湾，你们师奶在农村劳碌一生，现在老了，依然闲不住。要是哪天不让她干点儿什么，她总是郁郁寡欢的，只有替我们干点儿什么，她的情绪才会好一些。她路都走不稳了，还能干什么呢？我和你们师母商量好几次，只能让她每天洗洗碗。我们明知道她洗不干净，也只能由着她，大不了等她洗过了，我们再去悄悄洗一遍。

我们不约而同地点点头，脸上露出了赞许的笑容，像一朵朵盛开的花。我阴郁的心境里突然升起了一轮明晃晃的太阳，把我的内心照得亮堂堂的。

一名女同学说，吴老师，等奶奶洗过了，我们再去清理一遍吧。

吴教授笑着说，好啊。

我庆幸，我是吴教授的嫡传弟子。

（原载《小小说选刊》2016 年第 8 期）

甜甜的声音

傍晚时分，罗大娘正在厨房就一碟咸菜喝稀饭，忽然听见堂屋响起叮叮叮一阵悦耳的电话铃声。这部电话，有些日子没有响过了，完全成了家里的一个摆设。有时候，罗大娘打扫卫生，也把电话机翻来覆去抹一抹，抹干净了，她把电话机听筒拿起来，放在耳朵边上听一会儿。听筒里传来嘟嘟嘟的忙音，不厌其烦地响个不停，她听一听，怏怏地放下。

听见久违的电话铃声，罗大娘愣怔片刻，恍然明白过来。她慌忙扔下碗筷，跌跌撞撞地往堂屋跑。罗大娘抄起电话，气喘吁吁地问，喂，喂，你是哪个？

一个甜甜的声音说，您是妈妈吗？妈妈，您好啊。

罗大娘迟疑一下，说，我是妈妈，你也好。

甜甜的声音说，妈妈，我好久没回来，好想念您啊。妈妈，您身体好吗？

我身体很好，谢谢关心。

妈妈，您跟我客气什么啊？做女儿的不孝，不能在家陪伴您，工作忙，也不能经常回去看您，女儿有愧啊。

你有工作，就忙你的吧。

妈妈，冬天快到了，您过冬的衣服够用吗？我给您买件大衣，买件羊绒衫，寄给您吧？

我什么都不缺，你别浪费钱……

两个人在电话里家长里短地拉呱，居然拉了四十多分钟。最后，甜甜的声音说，妈妈，我晚上还要加班，明天晚上再给您打电话吧。

由于接听电话太久，罗大娘不仅胳膊发麻，半边身子都麻了，但是，她的内心是快活的。当天晚上，她许久许久没能入睡，脑海里一遍遍回荡着那个甜甜的声音，回想着那些知冷知热的话语。

第二天傍晚，罗大娘早早吃过饭，搬把椅子，坐到电话机旁，专心致志地守候着电话机，眼巴巴地盯着电话机。

果然，不一会儿，电话机就如快活的小鸟一样叮叮叮叮地唱起歌来。罗大娘拿起电话，甜甜的声音说，妈妈，您吃饭了吗？吃的什么饭……

甜甜的声音每天道别的时候，总是说，明天晚上我再打给您。听到这句话，罗大娘总有些依依不舍，那边电话挂断了，她还把电话放在耳朵边，失神地坐着。

每天傍晚接听电话，成了罗大娘最重要的事情。她巴不得白天赶紧过去，夜晚尽快来临。那几天，她无数次抬头看太阳。太阳怎么还挂在东边山头上呢？太阳怎么还挂在院中蜡梅树枝上呢？太阳怎么还挂在院墙外枯干的丝瓜藤上呢？

这个死太阳，怎么忘记走了呢？你倒是快点儿走开啊。罗大娘算是彻底体会到了度日如年的滋味。

记不清是第五天还是第六天，拉了一会儿呱之后，甜甜的声音忽然说，妈妈，我想换个新手机，钱不太够，您汇两千元钱给我吧，这个月工资一发，我就还您。妈妈，您找个笔，记下我的银行卡号⋯⋯

早上，罗大娘从黄泥湾赶到了竹园镇农行储蓄所。她往窗口里递进去一张尚未到期的定期存折，说，取两千元钱。

营业员雷玉梅认识这位头发花白的罗大娘。她在这个储蓄所工作四年多了，无数次见到罗大娘来存钱，从未见她取过钱。像这样提前支取定期存款，对于罗大娘来说，真是破天荒。

大娘，您的存款没到期，这样取钱，损失太大了。雷玉梅和气地说。

你别管，给我取了吧。罗大娘固执地说。

您急需用钱吗？雷玉梅关切地问。

罗大娘拿出一张纸，说，我这里有个账号，你帮我把钱取出来，打到这个账号上。

雷玉梅接过那张纸，看了看，又问，您这是给谁汇钱？平时不都是您的孩子们给您汇钱吗？

罗大娘顿了顿，说，给我女儿汇钱。

女儿？您有女儿？过去我只听说您有儿子，没听您提过女儿啊。雷玉梅有些纳闷。

罗大娘脸红了，支支吾吾地说，你别管，只管给我汇就是了。

沉默了一会儿，雷玉梅说，大娘，我们必须对储户负责。您说实话，到底汇给谁？现在骗子多，您可别上当。

罗大娘的眼泪一颗一颗淌了出来。她擦擦眼泪说，我也不傻，我还能不知道她是骗子？可是她天天给我打电话，天天喊我妈妈，天天陪我拉呱。我被她骗了，我情愿。

雷玉梅温言细语地说，大娘，反正今天也没有别人办业务，您能给我讲讲详细情况吗？

罗大娘竹筒倒豆子般，一五一十地讲起来：我确实没有女儿，只有三个儿子，他们都在外地打工，老婆、孩子都带了出去。家里只剩下我一个孤老婆子。为了联系方便，他们给我装了电话。开始的时候，还有人隔三岔五往家打个电话；后来，十天半月，电话偶尔响一次两次；再后来，一两个月都没有人打电话来……

罗大娘讲完了，雷玉梅已噙满两眶泪水。她哽咽地说，大娘，骗子的声音再甜，毕竟是骗子，她对您好，不是诚心对您好，是她骗钱的手腕。咱们可不能上这个当，让骗子阴谋得逞。停顿一会儿，她平静下来，诚恳地说，大娘，您不是没有女儿吗？如果您不嫌弃，从今往后，您就拿我当您的女儿。您把您家电话号码告诉我，我以后每天晚上给您打电话，好吗？

罗大娘从窗口伸进手去，雷玉梅把自己的手递过来，任她握住。罗大娘泪眼婆娑地说，闺女，你说的话当真吗？

雷玉梅抿嘴笑了，甜甜地说，妈妈，当真！

（原载《昆山日报》2017 年 5 月 14 日）

　　　　　　　　　　　　　　　　炊烟袅袅

拖累

初冬的早晨，太阳还没有出来，薄薄的雾气笼罩着黄泥湾，整个村庄一片朦胧。老爹叼着烟袋锅儿，挽着竹筐，慢腾腾地往家走。一粒火星在雾气中若隐若现。缕缕青烟从嘴角和鼻孔里冒出来，很快融进雾气中去了。

竹筐里装着几个大萝卜、几棵青菜和几撮水葱。这些都是老爹平时在菜园子里一勺水一勺粪浇出来的。老爹一大早拔了菜，在小溪里洗净了，提回家里，就够一天吃的了。毕竟上了岁数，走到家门口，老爹有点儿气喘吁吁的。

老爹记得出门的时候，院门是掩上的。他看到院门敞开着，有一丝惊讶。风把院门吹开了？院子进野狗了？他走进院子，看到房门也是敞开的。他急忙扔了竹筐，将烟袋锅儿举在手上，朝房子走去。房里有一个晃动的人影，背朝着外面，正在翻箱倒柜。老爹站在门口，听到一阵乒乒乓乓的乱响。难道家里遭了贼娃子？

老爹稳稳神、壮壮胆，用烟袋锅儿猛敲一下房门，喝道，哪个？

晃动的人影不晃了，还转过身来，朝门口走了两步，站住了。老爹不由自主地后退了两步，趔趄一下，赶紧扶住了门框。

爹，是我。

原来是儿子宝根。老爹悬在嗓子眼儿的一颗心猛地落进了肚子里。

你死哪儿去了？几天几夜不着家。

我还能去哪儿？在朋友家里呗。

哼，老爹重重地哼了一声，说，朋友，你那都是些什么朋友？

话不能这么说，要饭的还有几个知心人呢。

老爹走进屋，拉一下灯绳，电灯唰地亮了，晃花了眼睛。他眨巴眨巴眼睛，嘟囔道，你吓死我了，怎么也不开灯？

你赶紧做饭去吧，都饿得前胸贴后背了。

你那朋友没请你吃四个碟子八个盘，你还要跑回家来喝稀饭？

我就怕回家，你能不能不啰唆？

老爹眼睛不花了，看到屋内几乎所有的箱子都打开了，所有的柜子都敞开着。

你翻什么翻？又赌输了吧？看你老爹的骨头值几分钱，你背到街上卖了吧。

谁又赌了？我们几个朋友想合伙做点生意，我不能不凑一份儿吧？

你哄鬼去吧，你和朋友做生意。

这回是真的，爹，你把钱藏哪儿了？给我几个呗。

老爹走到床前，在床帮子上坐下来，装好一锅烟丝，点燃了，慢悠悠地吸。青烟从他的嘴角和鼻孔里冒出来，弥漫在他和宝根之间。

我啊，迟早被你拖累死。

爹，你说这话我可不爱听了。咱俩到底谁拖累谁？如果不是你，我还留在这穷山沟里受罪？人家和我一般大小的，谁不是在城市打工？

打工？你还好意思说。人家打工挣回来金山银山，你打工，挣不挣钱不说，老婆还让别人拐跑了。

就她那样的女人，我呸！我是不想找，要是想找，什么样儿的女人找不到。

我就等着瞧，看哪个女人眼睛瞎了，会看上你……

父子俩你一言我一语，唇枪舌剑，互不相让，终于闹翻了。

老爹哆哆嗦嗦站起来，用早就熄灭了的烟袋锅儿指着宝根，吼道，你给我滚！如果不是你几个姐姐，我早就饿死了。我还能指望你？

滚就滚，我早就想滚了！

你滚就滚远点，再别回来了。这房子，地基是我年轻的时候打下的，房子是你几个姐姐出钱翻盖的，和你一毛钱关系也没有。

嘻，我稀罕你这破房子？别让人把大牙笑掉了！

宝根怒气冲冲地跑出房门，跑到院子里。老爹慢慢转过身来，看着宝根从身边跑过去。

你给我站住！

怎么，你后悔了？

我后悔什么？我一会儿就锁上门，上你姐姐家养老去。

那你喊我干啥？

干啥？你把大衣脱了，那是你大姐给我买的。

宝根飞快地脱了黑呢子大衣，扔到地上。

你把毛衣脱了，那是你二姐给我买的。

宝根又飞快地脱了灰色羊毛衫，扔到地上。

你把皮鞋脱了，那是你三姐给我买的。

宝根踢掉一只黑皮鞋，又踢掉一只黑皮鞋……

最后，宝根穿着一条短裤，光着脚丫，抱着膀子，站在院子里。

你滚啊，怎么还不滚？

宝根怨恨地瞪了老爹一眼，不说话了。

老爹蹒跚地走到院子里，叹了一口气，说，你几个姐姐凑钱雇你，让你专心在家照顾我，你倒好，几天几夜不着家，鬼影子都瞧不到。我要是死了，烂在屋里，都没人晓得。老爹说着，从地上捡起大衣，搭在了宝根的肩膀上。

（原载《小小说选刊》2019 年第 4 期）

磨人

吃过晚饭，我正准备收拾餐桌，爹忽然问我，老大，如果我得了重病，卧床不起，你能忍受我磨你几年？

爹在黄泥湾小学做了一辈子孩子王。本来他在老家自在惯了，不愿意进城，后来他年事渐高，行动不便，我就把他接进城来一起生活了。可能是职业的原因，爹经常把年过五旬的我当成小孩来逗乐，说一些在我听来没有正形的话。慢慢地，我也习惯了，只能顺着他的思路回应他。

没想到，这次他抛出了这么一个难以回答的问题。

您身体棒棒的，说这些话多不吉利。我果决地想堵他的嘴。

不怕一万，就怕万一，我只是假设。爹固执地说。

爹，您是不是要根据我的态度，来确定遗产分配方案啊？我笑嘻嘻地问。

别打岔，你先回答我的问题。

我想，我会悉心照顾您，直到永远。

我不信，我只相信，久病床前无孝子。你奶奶瘫在床上十八年，我虽然每天尽力照顾她，但是到了后来，内心的烦躁我自己最清楚。

既然您不信，又何必问我？

我最近看报纸，陈毅元帅的儿子陈小鲁和罗瑞卿大将的女儿罗点点成立的北京市生前预嘱推广协会，我觉得挺好的。老子今后如果有病了，也不想浑身插满管子，也想有尊严地走，你能答应我吗？爹混浊的瞳仁竟然透出两道光亮来，目光灼灼地盯着我。

我低下头，沉默不语。

爹继续轻声细语地说话，仿佛是对我说，又仿佛是自言自语。他说，我觉得，最理想的死法，就是头天晚上还喝了二两小酒，吃了一盘饺子，第二天早上你来喊我起床吃饭，我已经硬在了床上。

我假装没有听见，快速收拾了碗筷，扭头走出餐厅。我的眼泪不可抑制地涌出了眼眶。

我听见身后传来爹的一声沉重的叹息。

从那以后，爹再也没有和我聊过死亡的话题。我呢，也不愿意往深处想这个问题，感觉想一想都是罪过。爹活得好好的，想那么多干吗！一直好好活着就是了。

可是，天有不测风云。一次，爹大便以后，我帮他擦屁股，卫生纸上留下暗红的血迹。我想可能是爹的痔疮犯了，并没有在意，然而好几天过去了，爹的痔疮总是不见好……到医院一检查，爹患了直肠癌，直接住了院。

主治医生是我的高中同学。他冷静地对我说，伯父岁数这么大了，我建议你别折腾了，采取保守疗法。

什么意思？我不解地问。

开点药，接回家，慢慢调养，能撑多久撑多久。

做手术不行吗？

手术，放疗，化疗，太痛苦，老人承受不了，而且预后生存期不一定长，意义不大。况且，这种手术，还要人工造瘘，以后生活很不方便的。

别说专业术语，说人话。

就是做了手术，以后腰上要挂个屎袋子，还不一定活得更长。

权衡再三，想想爹曾经说过的愿望，我听从了医生的劝告，将爹接回了家。回家以后，爹躺在床上，抓紧我的手，问我，老大，我是什么病？

没什么大病，有点肠炎，已经基本治好了，再吃吃药就行。

我不信，你的脸色不对，骗不了我。

您这个老头，明明没有病，偏偏逼我说有病，这样有意思吗？我假装生气了，吵他。

他又重重地叹息一声。

去年大年三十晚上，我们全家人围坐在一起，边看春晚，边包饺子。我把爹抱出来，放到沙发上躺着，盖上踏花被，让他看着我们忙活。我们老家黄泥湾的风俗，大年三十夜晚十二点过后，每人吃一碗糖水煮荷包蛋，大年初一早上才吃饺子。电视上过年的钟声敲响的时候，我从厨房端一碗荷包蛋出来，把爹扶起来，准备喂他吃，他却冲我摆摆手。

老大，我想吃饺子。爹说。

我只好进厨房去煮饺子。饺子煮熟了，我盛在一个盘子里，蘸着香油蒜泥，喂爹吃。爹的食欲还真不错，吃了一个，又吃了一个……总共吃了十六个饺子，几乎将满满一盘饺子吃了一大半。

我冲爹竖了竖大拇指，给他擦擦嘴巴，把他抱回到床上，关了他卧室的灯，让他睡觉。

第二天一早，我们全家人都要吃饺子。饺子煮熟了，我先给爹盛一盘，送到卧室，喊他一声，他却没反应。我慌了，放下盘子，摸摸爹的脑袋，他的脑门竟然冰雪般凉丝丝的。

在爹的灵前，我摆上了饺子，斟满了三杯白酒。跪在爹的灵前，我哽咽地说，爹啊，您不是说走前要喝二两小酒、吃一盘饺子吗？怎么没喝两杯就走了呢？别说您像奶奶一样，磨我十八年，哪怕您磨我三年五载、让我心生厌烦之后再走也好啊！我长跪不起，哀号不止。

头七，五七，百天忌日……就这么一天天地在无尽的思念和悲痛中煎熬过去了。

端坐在爹的遗像前，我和他说说悄悄话。我说，爹啊，您走了以后，我心里的空白怎么总也填补不上呢，难道您这不算是磨人吗？

（原载花城出版社《2019中国小小说年选》）

吵人

娘幼年的时候读过私塾，粗通文墨，而且受过良好的家教，中国传统女性温良恭俭让的美德在她身上有完美的体现。远嫁到黄泥湾这处穷乡僻壤，她成为村里唯一不会吵架的女人。别的女人骂街，通常都是声嘶力竭，什么话丑就骂什么，白色的唾沫儿堆满嘴角，拍着屁股，一蹦三尺高，很是张牙舞爪。这一切，娘统统不会。每次我们在外面惹了祸，有人骂娘，娘不还嘴，总是劝：他大娘，都怪我；他婶子，消消火；他嫂子，对不住。实在劝不了，娘也只是低垂着头，惶惶离去，钻进自己家的茅草屋里。

在外面温软得像一只绵羊的娘，在我们家里，却是威风八面。

爹像一个炮仗，一点就着，爆炸以后就烟消云散，什么事儿也没有。我们兄弟姐妹表面上怕爹，如果做了错事，当时躲过去，就不怕算后账。我们却怕娘。娘在气头上，会责骂我们，甚至会动手打我们。等一切风平浪静了，娘还追问，晓得为啥骂你吗、为啥打你吗？只有我们真正搞明白了，表态以后不再这样做了，娘才放过我们。我读书以后，感觉娘像极了学校的班主任老师，总是对我们语重心长，苦口婆心。娘这一辈子，没做教师，做了农民，真是可惜了好材料。

仿佛一夜之间，我们长大成人。仿佛一夜之间，娘和我们的关系也倒过个儿来了。娘不再吵我们，我们却不时吵娘。

大学毕业那年，刚入秋，爹患病去世了。不久，我参加了工作，单位给我分配了住房。我怕娘在老家总伤心，对身体不利，让娘过来住一段时间，到城里散散心。娘来的时候，正是仲秋。娘住了没几天，单位派我出差，一周左右。那时候，我还没钱买电冰箱，平时吃饭，基本上是现买现做。我担心娘一个人吃不好，临走之前，去菜场里买了一条鱼，割了几斤肉，让娘炸了，我出差以后，让她自己兑点青菜、豆腐，烩着吃。谁知道等我出差回来，我发现，半盆子炸鱼、炸肉几乎一块未少，并长出细密的黑斑和白毛来。我端着盆子，要去倒掉，娘却扑过来抢夺，说，淘淘还能吃，你不吃，我吃。我一下子火了，吵了娘一顿。

那一次，应该是我第一次吵娘。我真的不是心疼那半盆变质的鱼肉，是痛心娘怎么熬过那一周清汤寡水的生活的。这件事过去快三十年了，至今记忆犹新。

我结婚以后，不久有了女儿。农闲的时候，我经常接娘到城里住些日子。按照我的思维，一家人一起过日子，不必客客气气，自自然然就好。娘却做不到。那个时候工资低，生活不富裕，每每家里吃饭，哪个是素菜，娘吃哪个，哪个是剩菜，娘吃哪个。一边是我的娘，一边是我的老婆孩子，我本来谁也不打算偏袒，吃饭嘛，谁想吃什么就吃什么。但是娘的一举一动我不可能不尽收眼底。我只能给娘叨菜，往娘碗里夹好吃的。娘呢，总是抱着碗，往一边躲。一来二去的，我憋不住了，吵了娘一顿。

后来，女儿慢慢长大了，她悄悄告诉我，奶奶说，你爸什么都好，就是脾气太坏，喜欢吵人。

我心里咯噔一声，愣了一下。

我不是不明白，孝顺，一孝二顺，是两个概念。我决心改掉我的臭毛病。

我再回老家接娘，娘总是不肯来。我拉着她的手，笑着说，我知道，您怕我吵您。以后，儿子再也不敢了。您就是放火把房子点了，儿子也不吵您，行不行？要不，您打我两下消消气？

娘到城里以后，故态复萌，旧习不改。我不敢再吵娘了。这个时候，我们生活上不困难了，每次做菜的时候，我都故意多做一些，并且声明，我们家不吃隔夜菜，今天吃不完的，晚上一定要倒掉。娘这才不再谦让，该吃什么就吃什么。

娘年事渐高，害怕死在城里被火化，不敢轻易进城，即使勉强接她来了，住不了三五天，便吵吵嚷嚷要回老家。我

炊烟袅袅

也只能由着她了，将她送回去。只是这样一来，我们回老家看望她的次数就多了起来。

每次回老家，哥哥和嫂子都告娘一大堆的状：你们给娘买的新衣服，她舍不得穿，新衣服都放旧了；给娘买的保健品，她舍不得吃，有的都放过期了；给娘的钱，她舍不得花，都攒起来了……

我能怎么办呢？我红着眼圈儿对哥哥和嫂子说，她爱怎么的就怎么的吧，一切都要顺着她老人家的性子来！

每次临走的时候，娘总是抓住我的手，将我送了一程又一程，边走边说，下次再回来，啥也不要买，娘什么都不缺。

我真想对娘说，该穿的，您一定要穿；该吃的，您一定要吃；该花的，您一定要花。但是我憋住了。我温顺地说，知道了，娘。

回到城里，想了想，我给哥哥和嫂子打了个长长的电话，将娘的生活耐心安排一遍：将娘的旧衣服一件一件藏起来，只剩下新衣服，她不穿都不行了；将娘的药品和保健品提前准备好，放到餐桌上，该什么时候吃，就提醒她什么时候吃；我以后不给娘现金了，不管娘缺什么东西，你们只管去买回来，到我这儿报销……

娘啊，儿的白发亲娘哟……今天，写这篇文章的时候，娘辞世快一周年了。我边写文章边流着滚烫的热泪，为曾经吵她的每一句话，深深地忏悔。

反叫爹娘

母亲已经去世两年多了，享年八十有六。她的遗像就挂在我家客厅的墙壁上。也许是因为工作繁忙，行色匆匆，也许是丧母的伤痛被时光洗礼，淡漠许多，我竟有一段日子没有恭敬地站在母亲的遗像前凭吊她老人家，甚至再没有仔细端详她的遗容。

昨天晚上，躺到床上，却翻来覆去，久久不能入眠，脑子里翻腾的竟然全部是母亲生前的一幕幕画面……

母亲是邻县平原上的人，因为父母死得早，无依无靠，流落到深山里，和一贫如洗的父亲成了婚。我们印象中的母亲，和北方女人没有丁点儿关联，白天，挑水，挑粪，挑柴火；夜晚，缝衣服，补裤子，做鞋袜，凡是山里妇女能干的事情，她照样干得有模有样。

大哥是父母的头生子。因为小时候体弱多病，父母就按照黄泥湾祖祖辈辈流传下来的风俗，让他反叫爹娘——就是把父亲喊娘，把母亲喊大。据说，这样喊以后，孩子好养。把母亲喊大，大哥也就喊了，把父亲喊娘，却有些拗口，后来大哥对父亲有个折中的喊法，喊伯。我们这些弟弟妹妹出生以后，沿袭大哥的喊法，都对父亲喊伯、对母亲喊大了。

父亲性格暴躁，对我们张口就骂，举手就打，我们都有些怕他，平时都躲他远远的。母亲却是我们心灵的依靠。只要从外面回家，无论碰到家里的谁，我们的口头禅就是，俺大呢？母亲或者在厨房做饭，或者在喂猪喂鸡，或者在飞针走线，仿佛从来没有闲下来的时候。可能也没有走到她跟前，也没有喊她一声，更没有跑到她跟前撒撒娇，只要看到了她忙碌的身影，哪怕远远看母亲一眼，心里立即就踏实了。

当然，母亲也揍过我。小时候，记不清楚我因为什么闯了祸，被人家找到家里来告状，正好父亲不在家，母亲赔了一堆不是。告状的人走了，母亲怒不可遏，在我两个哥哥的帮助下，开始揍我，揍了老半天，我既不挣扎，也不躲避，更没有掉眼泪。一个哥哥笑了，说，这货中，长大了当地下党，不会叛变。另一个哥哥说，狗屁，他是因为俺伯不在家，如果俺伯在家，他犟一个试试看。最后，母亲打累了，哭着说，祖宗，你认个错，就饶了你。我却充耳不闻，不置一词。后来这个事情怎么收的场，时间太久了，我也模糊了。

母亲的亲戚很少，只有一个被别人收养、后来嫁在县城的妹妹，还有一个困守在她老家、吃了上顿没下顿的侄儿。他们两家都过得很艰难，母亲无力照顾他们，便很少串亲戚。记得有一次，母亲去小姨家住了几天，那几天，我和我的兄弟姐妹都仿佛成了无头苍蝇，内心的焦急无以言表。每天放学回到家里，第一件事就是询问，俺大回来了吗？

其实，母亲对我们的爱，就像美味汤汁里的盐，也许很多时候我们忽略了它，平时看不见它，但是它又无时无处不在，随时随地呵护着我们，如果生活缺了它，就会变得像是没有放盐的汤汁一样索然无味。

母亲对我的爱抚，印象最深的一次，是我高中毕业那年的夏天。我们农村高中，那时候是两年制。我本来就贪玩，性格又调皮，成绩不是太好，参加高考预选，落榜了。不得已回家，和父亲一起干农活。一来缺乏锻炼，没有力气；二来不事稼穑，五谷不分，经常招致父亲的打骂。薅秧的时候，我分不清楚哪是秧苗哪是稗草，父亲气急，一边痛骂"你有个啥球用"，一边用薅秧棍劈头盖脸地打我，直到把那根竹棍打得四分五裂，打得我皮开肉绽、满头肿包。母亲闻讯赶来，从父亲的惩罚下拖走了我，抱着我，坐在田畹旁边的草地上。母亲一边轻轻抚摸着我的伤痕，一边放声大哭，我趴在母亲的怀抱里，小声啜泣。我们娘儿俩哭够了，母亲说，儿啊，你在家里哪有活路啊？还是去学校读书吧！

那年秋天，我返回学校复读，其实就是读高三。从那个时候起，我知道用功读书了，一举考上了大学。我们家乡人都说，我是薅秧棍打出来的大学生。

早晨醒来，站在母亲的遗像前，我驻足良久，毕恭毕敬地鞠了三个躬。我眼含泪花，说，大，您在那边还好吗？儿子想您了！一语未竟，我的热泪奔涌而出。大啊，我的白发亲娘啊！虽然明明知道已经不再可能，可是儿还是希望能够再次依偎在您温暖的怀抱里，什么都不想，什么都不做，什么都不说，什么都不要，就那样默默地依偎着您，儿就已经知足了。儿的天，儿的地，儿的整个世界，就满满的了。

在上班的路上，我忽然想起来了，昨天晚上临睡之前，我翻看手机，看到这样一条视频：有个年近九旬的父亲要喝酒，遭到年已六旬的儿子的阻挠，老父亲恼了，不依不饶地捶打儿子。很多网友留言，说这一幕多么温馨，多么感人，一个人即便活到老年时代了，还能挨老父亲的揍，该是多么幸福啊。后来我就关了手机，休息了，结果却失眠了。

我也奇怪，看到老子打儿子的视频，即使心有所悟，我也应该思念我的父亲，为什么脑海里翻腾出来的，却全部是母亲生前的一幕幕画面呢？

渡河

　　黄泥湾西部是一座大山，山那边还是山，连绵不绝的群山，隔绝了往西出行的可能；东部是宽阔的洗脂河，与竹园镇遥遥相望。往东走，是出村的必由之路。

　　由于河面太宽，河上一直没有像样的桥，交通极为不便。枯水季节，村民用几块木板搭在河水狭窄处，建起一座临时的木桥，勉强可以过河；到了雨季，河水暴涨，木桥会被提前拆掉，两岸居民只能望河兴叹，没有急事便不再过河。

　　小时候，村里只有小学，初中、高中都在竹园镇上。我读高中的时候，弟弟读初中，每次遇到洪水泛滥，只能由父亲泅水，将我们背过河去。

　　河滩上一览无余，没有其他人，只有我们父子三个。爹总是把自己脱得赤条条的，又让我们也脱得光溜溜的，先一趟又一趟背我们过河，再将我们的衣物顶在头上，送过河来。

　　有一年冬天，居然下了大雨，洗脂河涨水了。负责看护

　　　　　　　　　　　　　　　炊烟袅袅

木桥的村民早将桥板拆掉了，扔在河滩上。我们不能被隔在家里，必须要到学校去。好在河水并不太深，挽挽裤腿可以蹚过去。

我们一行四个人。娘好像要到河对岸亲戚家送礼，也必须要过河。爹脱了鞋，挽起裤腿，说，一个一个来，我背你们过河。

我自告奋勇地说，我背弟弟，爹背娘。

爹狐疑地看看我，问，你行吗？

我自信地说，没问题。

爹点点头说，那我背你娘先过河了。

我说，好的。

我脱了鞋，让弟弟拿着，挽起裤腿，弯腰背起了弟弟。我背着弟弟，赤脚走在沙滩上，大大小小的鹅卵石和沙子硌得脚底板生疼。我咬着牙，一步一步挪到河边。河边结着薄薄的冰。一脚下去，冰层咯咯吱吱乱响着，被踩得支离破碎的。碎冰似一把把尖利的锥子，感觉脚板要被刺得千疮百孔了。冰冷的河水从沙子和碎冰缝里涌出来，似一只只小鼠噬咬着我的脚板和脚趾，更加疼痛难忍。我背着弟弟，站住了，犹豫了片刻。想一想，刚才牛皮已经吹过了，不能自己反悔吧？于是，继续咬紧牙关，迈步朝河里走去。我刚把双脚放进水里，冰冷的河水立即裹紧了我的脚和腿，似一把把锋利的刀刃，割着我的肌肤。我冻得直打哆嗦。身上干瘦的弟弟仿佛突然重了起来，似一块沉甸甸的铅块压着我，我都快喘不过气来了。我一步也迈不动了，觉得随时都会连弟弟带自己一齐倒进河水里。

弟弟惊慌得大喊起来，哥，赶快退回去，放我下来。

好在我只向河里迈了一步。我稳稳神，转过身体，慢慢退了回去。刚踏上沙滩，我就控制不住自己的身体了，和弟弟双双倒在了沙滩上。

这个时候，爹已经将娘背到了对岸。爹放下娘，看到我们的狼狈样子，大喊一声，别动，等着我。

爹很快蹚水过来了。他没好气地说，你都多大了，连弟弟都背不动？

我想说，不是我背不动他，是河水冰冷刺骨，我受不了。我一眼瞥见爹的双腿冻得红通通的，像两只巨大的胡萝卜，嘴巴张了张，便识趣地闭上了。

爹背起弟弟，向河里走去。我跟着他，也下了河。没有了弟弟这个沉重的包袱，我虽然被河水冻得龇牙咧嘴的，还是顺利过了河。

许多年一晃就过去了。

我和弟弟先后考上了大学，大学毕业以后，分别在城里安了家。有时候，爹娘也到城里来，陪我们住一段时间。

人老腿先老，爹的衰老就是从腿开始的。他的腿是老寒腿，不仅静脉曲张，而且有风湿关节炎。偏偏我家住在六楼，没有电梯。爹每次上下楼，都极为不便。我只能背爹上下楼，开始爹不愿意。我说，爹，我们小时候就是在您的背

炊烟袅袅

上长大的，现在您老了，该我们背您了。

娘像爹的守护神，小心翼翼地跟在后面，老怕我背不动爹，让他摔倒了。我背爹的时候，她的双手总是扶着爹的后背。

我笑着说，娘，您放心，我背得动。

娘依然扶着爹的后背，一直说，慢点，慢点。

弟弟家有电梯。爹娘在我家住不久，弟弟就借口我家上下楼不方便，将爹娘接走了。

但是，爹娘每次进城，总是住个十天半月的，便闹着要回去。他们不放心老屋，不放心菜园，不放心寄养在邻居家的鸡和猪，不放心院子里的石榴树。总之，不放心老家的一草一木。如果我们不同意他们回去，他们俩就拿着自己的小包袱，坐在门口，嚷嚷，如果你们不送，我们就自己摸回去。

现在，洗脂河上终于有了一座钢筋水泥桥。每次回故乡看望爹娘，开车走在大桥上，我总是不由自主地想起小时候爹背我们过河的情景，更难忘那次过冰河时爹那冻成胡萝卜似的双腿。我准备捎给爹娘的，除了生活费、衣物和美食，还有专治爹的老寒腿的膏药。

跑反

日寇一路势如破竹，所到之处，烧杀抢掠，鸡犬不宁。

山外逃难的人流潮水一样往山里涌来。

在山里有亲戚的，不管关系亲疏，不管有多少年没有走动了，都一窝蜂似的投奔而来。最要命的是在山里没有熟人的人家，只好住在深山老林里，如果能找到一处石洞落脚，自然是喜出望外。

黄泥湾地处大别山腹地，家家户户都挤满了七大姑八大姨，有些八竿子都打不着的山外亲戚也都赶来了，一时间，人满为患。家里实在住不下了，有个牛棚、猪圈栖身，大家也能将就。

当地把躲避匪患兵灾所过的背井离乡、流离失所的生活，叫"跑反"。躲避凶残的日本鬼子，当然更在"跑反"之列。

三五成群的跑反队伍里，有一个挺着大肚子的孕妇。这个人就是根生娘。

那个时候，根生还在他娘的肚子里。从他们家到山里根

　　　　　　　　　　　炊烟袅袅

生爹的远房表兄家，足足有七八十里山路，而且都是羊肠小道，崎岖难行。也不知道根生娘踮着三寸金莲，肚子里揣着即将瓜熟蒂落的胎儿，是何等艰难一步一步挪到黄泥湾的。根生爹一根扁担挑着两个箩筐，一个箩筐里是全部家当，另一个箩筐里挤着根生的哥哥和姐姐，一路上大汗淋漓、气喘吁吁，完全照顾不了根生娘。

好不容易赶到表兄家，表兄家早被别的亲戚捷足先登，连个立锥之地都没有了。

还有个牛棚闲着，你们住不住？表兄无奈地问。

住，住，住。根生爹鸡叨米似的连连点头。

有些话先要说好了，兄弟媳妇快生了，可不能生在屋里，牛棚也是我家的屋，千万不能生在牛棚里。表兄黑着脸说。

这个当然，俺们晓得的。根生爹飞快地答应了。答应迟了，恐怕连牛棚都没得住了。

当地流传着一句古训：宁可借屋停丧，切莫借屋留双。夫妻不能在别人家同住，更不能在别人家生儿育女，连嫁出门的闺女都不行。不知道这是哪辈子传下来的规矩。这么喜庆的事情，一旦发生在别人家里，怎么就不吉利了呢？也不知道老辈子人怎么想的。

村口有一棵三人合围才能抱住的高大的枫香树，树根粗壮，中心略空。在背风的一侧，根生爹在树下用竹竿和松枝搭了个窝棚，窝棚里铺了厚厚的稻草。

根生娘开始阵痛的时候，根生爹就把全家仅有的铺盖都抱到窝棚里，再把根生娘抱了过去。从表兄家，到窝棚里，根生爹一趟又一趟地跑来跑去，光是为了随时备用的热水，他就跑了无数个来回。烧热的水，打出来，端到窝棚里，不一会儿就被冷风吹凉了。他只能烧了又凉，凉了又烧，不厌其烦。还有产妇需要的草纸、增加营养与力气的红糖和鸡蛋、婴儿用的襁褓和尿布、用于剪断脐带的在火上燎过的剪子……这一应物品，他都没有，都得麻烦表嫂帮忙，在家里翻找。

　　窝棚本来就四处透风，这一趟趟的出出进进，早把里面仅有的一丝热气全都放跑了，窝棚里冷得像冰窖。

　　那个无眠的午夜，村口突然响起一阵婴儿的啼哭声。根生终于出生了。

　　根生爹抹着头上的冷汗，叹口气，说，这个苦命娃在树根旁出生的，就叫根生吧。

　　隆冬季节，寒风刺骨，雨雪霏霏，根生娘就在那四面透风的窝棚里坐月子。根生满月了，根生娘得了严重的月子病，头痛，关节痛，浑身酸软，四肢无力。过去，她是一个风里来雨里去风雨无阻的铁打的女人，从那以后，不能见风，不能碰凉水，变成了病秧子。

　　好在日本鬼子只是路过，到底消停了。根生爹仍是一根扁担挑着全部家当和一双儿女，后面跟着怀抱婴儿的根生娘，全家人结束了凌乱而又苍白的跑反的日子，迤逦回到了

220

家里。与来时稍有不同的是，回家的时候，多了一个沿途啼哭的根生，和根生娘一身的病痛。

一晃许多年过去了。

根生长大成人了，根生的爹娘都老了。爹临死前夕，不放心娘，拉着根生的手，伴着细若游丝的呼吸，叮嘱根生，你娘跑反的时候在外面生了你，落下一身病，你要是不孝顺你娘，我到了那边，也不饶你。

根生噙着热泪说，爹，您放心吧，俺要是不孝顺俺娘，天打五雷劈！

根生娘偏瘫在床。夏天的每个傍晚，根生都要给娘洗热水澡，换上干净衣服；冬天的每个夜晚，根生将娘的老寒腿抱在怀里，睡在娘的脚头。娘尿湿了被褥，根生就和娘换位置睡觉，自己睡在尿窝里，用身体把被褥焐干。根生娘瘫在床上十八年，身上没长过指甲大的疮。一个凌晨，她悄无声息地走了。

根生的姐赶过来奔丧，看娘最后一眼。娘满脸安详，两边嘴角微微往上翘着，一副笑眯眯的模样。她大放悲声，边哭边念叨，这么多年，可苦了俺的根生好兄弟啦！

爱情蛊

汪继先打得一手好算盘。在黄泥湾高级农业生产合作社里，大家见识过他的真本领。两个社员分别报数，他在同一把算盘上，分左右两个区域同时拨打算盘珠子，大家只听到此起彼伏的报数声和算盘珠子噼里啪啦滚动的声音混杂在一起。人家的数报完了，他的算盘也打完了。事后经过仔细核算，他打出的结果居然毫厘不爽。

合作社里缺少识文断字的人，更何况他打得一手好算盘。汪继先就成了合作社的会计。

村人对他外出多年的经历比较好奇，闲聊中，也有人询问过他。他只是淡然一笑，说，战乱年代，还能干啥？瞎混呗！

"文化大革命"爆发了，作为地主的后代，大队革委会不仅将他的会计职务撤了，还要严格审查他的历史问题。好在他有一纸发黄的解放军某部的退伍证明，但是，有些细节问题，还是有必要让他交代清楚的。

说，解放前在外头弄啥呢？

炊烟袅袅

我参加了解放军，全国解放以后，没仗打了，我就退伍回来了。

说，参加解放军之前，你弄啥呢？

我……我在国民党部队里。

说，你是怎么混进革命队伍的？

解放军攻打南昌，我们部队一枪未放，向解放军投诚了。

说，你为啥要参加国民党部队？

那时我在汉口读书，国民党部队在汉口招兵，说是要抵抗日本侵略者，我就投笔从戎了……

这还得了！

汪继先参加过国民党反动派的部队，后来虽然投诚，参加了解放军，最终不是脱离革命队伍了吗？他简直是反动派加叛徒，双料敌人！从此以后，他被革命群众打翻在地，并踏上了一只只脚，许多年都没能翻过身来。

其实，汪继先自己心里最清楚，如果当初他不主动离开解放军部队，他的人生命运就会改写，起码不会回到黄泥湾务农。而这一切，都是为了妻子阿梅。人这一生，总会得到一些东西，失去一些东西。多少年过去了，他扪心自问，他这么选择，应该说问心无愧，无怨无悔。

武汉保卫战时，汪继先担任国军某部少尉排长。他和他的部队并未见到日本人的影子，在北方国土大片沦陷的时候，奉命撤到了长江以南，后来驻扎在湘西。驻地周边有一些少数民族村寨，闲着无聊的汪继先偶遇了苗家妹子阿梅。阿梅的脸蛋像天上的云朵一样洁白，阿梅的眼睛像夜空的星星一样晶亮，阿梅的身姿像春风里的柳枝一样婀娜。他的眼睛一下子直了。

有意无意的，汪继先在苗寨附近多次碰到阿梅，慢慢地，两个人就熟悉了。一天，他问阿梅，你愿意嫁给我吗？

阿梅说，你晓得我们苗家的规矩吗？

汪继先说，略知一二。

阿梅点点头，说，明天你到我家来提亲吧。

第二天，汪继先带着礼物，找到阿梅家，见过了阿梅的父母。阿梅端出一碗热气腾腾的米粉，对他说，这碗米粉被我下了蛊。你真的想娶我，就把这碗米粉吃了。

汪继先端起碗来，就要吃，却被阿梅拦住了。

阿梅说，你可要想好了，只要你吃了下去，就必须一辈子对我好，如果你今后变心了，会断肠吐血而死的。

汪继先轻轻推开阿梅，正要吃那碗米粉，阿梅将碗打翻在地。

阿梅说，吃了这碗米粉，你今后必须经常和我在一起，离开我七七四十九天，你照样会死的。

汪继先愣愣地看着阿梅。

阿梅说，你身为军人，军令如山，部队说开拔就开拔了。如果你离开了我，怎么保证四十九天之内回到我身边？

汪继先喃喃地说，反正我要娶你，那你说怎么办？

炊烟袅袅

阿梅说，等打败了日本人，你再来吧，我等你。

汪继先沉重地点了点头。

抗日战争胜利不久，内战爆发。汪继先所在的部队后来驻防南昌，稀里糊涂地被解放军包围了。他们团集体向解放军投诚，被编入了解放军队伍。全国解放以后，他谢绝部队挽留，拿了退伍证明和返家路费，辗转来到湘西，找到苗家村寨，见到了望眼欲穿的阿梅，一口气喝下了阿梅再度亲手调制的一碗拌有爱情蛊的米粉。后来他带着阿梅，千里迢迢回到了故乡黄泥湾。

阿梅生孩子的时候，大出血。儿子出生了，阿梅只剩下半条命。她挣扎着挪到厨房里，端出一只碗来，递给汪继先，让他喝下碗里的汤水。

汪继先问，这是什么？

阿梅说，你喝了，蛊就解了。我死了之后，你一定要好好抚养大我们的儿子。

汪继先泣不成声地说，我不喝！你要是死了，我情愿七七四十九天之后也死掉，在地下，我也要和你在一起。

阿梅的眼泪一颗一颗掉下来。她凄然一笑，说，继先，为了儿子，你必须喝下去。我求求你啦……

汪继先给儿子起了个女性化的名字，叫汪念梅。他的后半生，一直守着儿子生活，再未娶亲，一个人艰难地拉扯大了儿子。

指飞机

　　和平正在独自玩耍，远远看到三爷爷肩扛尖担，腰别柴刀，一步一步地往村子后面的山上走，便蹦蹦跳跳地跑过来。

　　三爷爷，你上哪儿去？和平拽着三爷爷的衣襟，仰着脸问。

　　三爷爷笑眯眯地说，三爷爷去山上砍柴呀。

　　我也和三爷爷一起去砍柴，好吗？

　　你还小，不会砍柴。

　　我会捡柴，我爷爷砍柴，都让我去帮他捡呢。

　　那咱们说好了，一会儿三爷爷还要挑柴下山，可不能背你。你要是走得动，你就去。

　　我才不让三爷爷背呢。说着，和平松开三爷爷的衣襟，一溜烟儿地往山上跑去。

　　和平的爷爷是三爷爷的大哥，和平是三爷爷的侄孙。三爷爷自己有孙子孙女，也有外孙外孙女，都不在黄泥湾。三爷爷的儿女都挺争气：两个儿子考上了大学，毕业以后，在大城市安了家；唯一的女儿虽不是读书的材料，因为长相秀丽，外出打工的时候，被城里人娶走了。说起来，他的孙辈有五六个，却没有一个承欢膝下的。有时候太想孙子孙女了，他和老伴就去城里住一段时间，陪陪孩子们。每次离开的时候，儿女都拼命挽留他们，但是留不住。梁园虽好，不是久留之地；金窝银窝，不如自己的穷窝。在三爷爷和老伴心里，老家才是自己真正的家。只要回到黄泥湾这个老地界，呼吸也顺畅了，睡觉也安稳了。因为自己的孙子辈都不在身边，三爷爷老两口一直对和平分外疼爱，做什么好吃的，都少不了和平一口。三爷爷每次上竹园镇赶集，脖子上总是坐着和平，回来的时候，和平兜里总是塞得满满的，吃的、玩的都有了。和平呢，也是小人精，仿佛是三爷爷的影子，三爷爷到哪儿，他黏到哪儿。

爷孙俩翻过一道岭，来到三爷爷家的自留山。三爷爷砍柴，和平跟在后面捡。捡了一会儿，和平发现树枝上落着一只彩蝶，他蹑手蹑脚地走过去捉蝴蝶，蝴蝶飞走了，他又看到树林间有一只红蜻蜓……

三爷爷摇摇头，呵呵笑了，说，和平，山上有野物，你别离三爷爷太远。

和平说，晓得了。说着，他追红蜻蜓去了。

三爷爷将砍下的柴捡到一起，拢成两堆捆好，出了一身汗。他坐在柴担上歇息，看着不知疲倦地在山间小路上跑来跑去的和平，又笑了笑。

和平看到三爷爷歇息了，赶紧跑过来，问，三爷爷，你累了吧？

三爷爷说，不累，砍点柴，累不着三爷爷。

和平说，你头上都淌汗了。说着，伸出小手给三爷爷擦汗。

三爷爷抓紧和平的小手，说，好孩子，不用擦，一会儿挑柴下山，三爷爷还得出汗呢。

和平说，那好吧。说着，偎到了三爷爷怀抱里。

山风似有若无，从树丛间穿过，吹拂到爷孙俩的身上，通体舒坦。

忽然，和平说，三爷爷，天上有一架飞机。

哪儿呢？三爷爷怎么没看到？

它刚刚还在天上，这会儿，钻到云彩眼里去了。

哦，三爷爷眼睛不中用，看不到。

过了一会儿，和平又说，三爷爷，飞机钻出云彩眼儿了。

哪儿呢？三爷爷还是看不到。

和平离开三爷爷的怀抱，跑到树木稀疏的空地上，小手捏成手枪的样子，指着飞机，嘴里模仿着射击的声音：叭——叭——

三爷爷急忙站起来，向和平冲过去，嚷道，和平，不准指飞机。

和平仿佛没听见，依然指着飞机，模仿着射击的声音：

炊烟袅袅

叭——叭——

三爷爷冲到和平身边，一把将他伸向天空的手臂搂住，一把捂住他的嘴，凶巴巴地说，你这孩子，怎么不听话呢？

和平从未见三爷爷这般凶过，愣了一下，哇地大哭起来……

等到三爷爷挑着柴担赶回家，和平的爷爷牵着和平的手，堵住了他的去路。

和平的爷爷质问道，老三，这天空是你家的，还是天上的飞机是你家的？孩子指一指怎么啦？你还不让指！

三爷爷扔下柴担，气冲冲地说，小兔崽子，再敢指天上的飞机，老子还要揍他屁股呢。

和平的爷爷说，瞧把你能的，白活六十多岁啦，和五岁的孩子置什么气？

三爷爷叹一声，说，我的儿子媳妇女儿女婿，都经常坐飞机在天上飞，说不定就在刚才那架飞机上呢，我就是不准他指。

和平的爷爷噢了一声，低头对和平说，以后不准再指飞机！如果不听话，不仅三爷爷要揍你，连爷爷也要揍你。

和平仰着小脸，看看爷爷，又看看三爷爷，噘着嘴，点了点头。

第三辑　动物情深

炸鱼

如果在黄泥湾偶遇某个人，隔老远就闻到对方一身的鱼腥气，没错，这个人一定是胡大炮或者他的老婆、孩娃。

胡大炮天生会逮鱼，他家饭桌上一年四季就没断过鱼，因为缺少足够的油盐和烹调必备的作料，吃多了这种寡淡的鱼肉，他们浑身上下就不可避免地有了浓郁的鱼腥气。哪一天他们家人脸上长出鱼鳃、身上生出鱼鳞来，村里人应该都不会感到稀奇。

胡大炮的眼睛非常毒，他能准确知道洗脂河里的鱼群在何时出现，在何处出现。他能透过绿莹莹的水面，看到水潭里游动的是凶猛的鳍划鱼还是温驯的螺蛳青，是箭一般穿梭的翘腰还是焦炭一样乌黑的火头。只要他往河边走，一群男人就尾随他，往河边走去。胡大炮站在高高的岩石上，若无其事地吸烟，偶尔眯着眼睛瞟一瞟绕岩石而流逝的河水。大家也像胡大炮一样看河水。河水波光粼粼，绿绸缎似的水面上不时涌起白色的浪花，浪花碎了，泡沫似一朵朵白色的小花朵在水面上盛开。除了这些，大家什么也没有看出来。

胡大炮轻轻地说，鱼来了，这群鱼是胖头鲢子，那条二十多斤的白鲢是我的。

说着，他猛吸两口烟，左手从嘴角拿下明晃晃的烟头，右手从裤兜里掏出墨水瓶做的炸药包。说时迟，那时快，大家刚刚嗅到一丝引线燃烧的火药味儿，炸药包就在水潭里爆炸了，腾起丈余高的水浪。水面立即漂起一片耀眼的白，有的鱼被炸死了，有的鱼被炸晕了。大家下饺子似的扑扑通通跳进了河里，多多少少都有收获。当然，那条最大的白鲢没有人去动。胡大炮不紧不慢地一个猛子扎进水潭，浮出水面的时候，怀里已经抱住了那条大白鲢。

不就是用墨水瓶装点儿炸药，埋上雷管，接上引线，往水里一扔吗？然后就是跳进水里捞鱼。这没有什么难度嘛！有人不服气，也去河里炸鱼，炸了三五回，连个鳞片也没捞上来。

胡大炮知道了，就嘿嘿地笑。笑够了，他说，你以为鱼像你一样傻？它们精着呢。你的引线恨不得有一拃长，等炸药包响了，鱼早跑没影儿了。

大家这才明白，胡大炮不仅眼睛毒，而且胆子大。他做的炸药包引线极短，几乎是一出手，扔进水里就爆炸，鱼群即使想逃跑，也没有机会。

这个火候太难掌握，也太冒险，大家知难而退。尾随胡大炮，捡一两条小鱼，拿回家打打牙祭，是黄泥湾其他男人的唯一选择。

洗脂河下游，有一座水库。水库管理局在水库里放养了很多鱼苗，平时用铁丝网将鱼群拦住。天长日久，有的鱼长得很大。夏天洪水泛滥的时候，有些大鱼就跃过铁丝网，一路往上游而来。每年的这个时候，便是胡大炮大显身手的时候。即使洪水浑浊，胡大炮依然能够准确无误地判断出鱼群游走的方位。

有一年夏天洪水暴发，胡大炮又在河里放炮了。这一次，他炸翻了一条三十多斤的螺蛳青。他跳进水里捞鱼，却扑了个空。浮出水面一看，有个陌生的年轻面孔先他一步，抱住了大青鱼。这个愣头青喜滋滋地将大青鱼拖上了岸。

你给我放下！胡大炮的儿子胡小炮喝道。

凭什么？愣头青扭头瞪了胡小炮一眼。

你不懂规矩是吧？胡小炮质问。

谁逮住了，就是谁的。说着，愣头青扛起大青鱼，狂奔而去。

胡小炮手提鱼叉赶了上去。赶了一会儿，眼看追不上，他飞起鱼叉，一叉将愣头青叉翻在路上。

大家都提着自己捞的鱼，团团将愣头青围住。胡大炮也走过来，劈手扇了胡小炮一耳光。他蹲下身子，一把拔掉了愣头青腿上的鱼叉。鲜血泉水似的从伤口里流出来。胡大炮从汗褂上撕下一个布条，将愣头青的伤口紧紧包扎住。

原来，这个愣头青是来黄泥湾走亲戚的，陪姑父一起到河里捞鱼，确实不懂当地规矩。他姑父黑着脸，责骂了他几句，又转脸对胡大炮说，你家小炮下手也忒狠了！

胡大炮替儿子小炮赔了一堆不是，他说，这条螺蛳青我们不要了，送给他了。我们现在送他上医院，医药费算我的。

作家冯骥才说，能人全都死在能耐上。胡大炮虽然没有死在能耐上，却残疾在能耐上。有一次炸鱼的时候，他没有来得及将炸药包扔出去，炸药包就在他的手中爆炸了。一声震耳欲聋的轰响之后，河边冒起一股白烟，胡大炮倒在了血泊中……

失去了右手的胡大炮从此以后再也没有在洗脂河里炸过鱼，他和他的老婆、孩娃便很少吃鱼了。说来也怪，他们身上浓郁的鱼腥味儿竟然慢慢消退了，后来一点儿也闻不到了。

（原载《百花园》2019 年第 9 期）

捡河

洗脂河就像一只阔大得无边无沿的聚宝盆。

黄泥湾很多人都在河里捡过螺蛳、蛤蜊，剁碎了，喂鸡喂鸭。也有人在河里罩麻虾、摸泥鳅、抓小鱼，可以解解馋。最近这些年，经常有城里闲人大老远开车过来，在河里翻捡鹅卵石。

在这些捡河的人里面，顾老八是个例外。

他居然能在河里捡脚鱼。

脚鱼，是我们黄泥湾的叫法，它的学名叫鳖，各地有不同俗称，分别为甲鱼、水鱼、团鱼、鼋鱼等，用它骂人的时候，又叫作王八。

别人逮脚鱼，一般都是在池塘里。他们往往手拿一个装了长长木柄的铁盆或铜盆，站在池塘边，将盆口朝下，一下又一下猛烈地叩击水面。剧烈的震荡惊动了脚鱼，有的受不了，浮出水面；有的即使不浮出水面，也会在塘底吐出一串串气泡来。一鱼叉抛过去，准能叉起一只四爪乱扑腾的脚鱼来。

顾老八却不必费这些事儿。他腰里掖个布袋，到洗脂河里走一趟，就能逮到脚鱼。河边水草丛里、泥巴窝里、石头缝中，哪里有脚鱼，他都了如指掌。脚鱼藏身的地方，仿佛是他家三间歪歪斜斜的草房，角角落落他都一清二楚。他哪里是逮脚鱼，分明是捡脚鱼，像在河里捡那些死板板地卧着不动的螺蛳、蛤蜊一样手到擒来。所以，黄泥湾人都当然地把顾老八列入捡河的那类人里。

三年困难时期，只要家里断顿了，顾老八就到洗脂河里走一遭，家人就有了填肚子的食物。后来情况好转了，粮食可以糊口了，顾老八也时不时地去河里捡脚鱼，自己吃一些，更多的是悄悄提到竹园镇饭店里卖掉，挣个油盐酱醋、针头线脑钱。

有一次，顾老八在河里一处石头缝里，愣是掏出一布袋脚鱼。大的像菜盆，小的只有马蹄那么大，大大小小数十只。他将布袋背回家，将脚鱼倒出来的时候，一屋子的脚鱼满地乱爬。左邻右舍都来看稀奇，这个拿走两三只，那个拿走两三只。那天晚上，黄泥湾几乎家家户户都喝上了脚鱼汤。

常在河边走，哪能不湿鞋？谁也没料到，总是白手拿鱼的顾老八居然马失前蹄，被脚鱼死死咬住了左手食指。

咬住顾老八左手食指的是一只超大的脚鱼，几乎有洗脸盆那么大。他腰里掖的布袋不见了，脚上的一双草鞋也仅剩了一只，怀抱着洗脸盆一样大的脚鱼，踉踉跄跄地回了家。

大家都说，要想脚鱼松口，除非天响炸雷，或者驴子号叫。这青天白日的，天上怎么可能打雷呢？只有找头驴来了。

　　黄泥湾没有人家养驴。有人说，隔岭刘湾好像有一头小黑驴。顾老八的儿子忙不迭地翻山越岭，往刘湾跑去。他果真牵了一头小黑驴回来。驴是牵回来了，可是小黑驴无论如何也不叫，打它骂它，它只是一个劲儿地尥蹶子。

　　顾老八脸色苍白，满脸豆大的汗珠往下滚，哎哟哎哟地叫个不停。

　　没辙了，只有剁掉脚鱼头了。大家死死将脚鱼按在地上，让顾老八忍痛往外拽手指，将脚鱼的头从鳖盖里扯出来。顾老八的儿子拿着菜刀，比画一下手指的长度，看准位置，对准脚鱼的长脖子，手起刀落，剁掉了脚鱼头。大家七手八脚地使劲儿掰，终于将脚鱼头掰了下来。顾老八的手指头上留下了几个深深的血洞。

　　当天夜晚，顾老八发起高烧，在床上昏睡了几天几夜，水米不进。有时候他醒过来，也是处于谵妄状态，不是双手乱挠自己的胸脯，将皮肉挠得血淋淋的，就是恶声恶气地破口大骂，仔细一听，分明是骂他自己——

　　顾老八，你个狗日的！你没有粮食吃，逮几个脚鱼度饥荒，我不怪你……

　　顾老八，你个狗日的！你没有油盐花销钱，逮几个脚鱼卖点儿钱，我不怪你……

千不该，万不该，你不该将我一窝子孙老老少少逮光逮净，想让我们绝种吗？

…………

听的人都惊呆了，这哪里是顾老八骂自个儿，分明是脚鱼王在骂顾老八。

那个脸盆大的脚鱼王没有人敢吃。顾老八的儿子把它的头和身子放在一起，提到河边，埋在了沙滩里。

顾老八病好以后，再也不下河捡脚鱼了。

说来也怪，过去，洗脂河里不时有野生脚鱼现身，特别是太阳出来的时候，沙滩上、草丛里、石头边，总有脚鱼出来晒盖；最近这些年，脚鱼值老鼻子钱了，野生脚鱼都能卖出天价了，反而难得一见。

顾老八的孙子在外面打工，挣不了多少钱。有人点拨他，你让你爷爷教你捡脚鱼，想发财，还不是简单的事情？他就回来缠爷爷，让他讲讲如何捡河，如何辨识脚鱼的踪迹。顾老八耷拉着眼皮，死活不开口。孙子就拼命摇晃他的肩膀，逼他。逼急了，顾老八就瞪着牛蛋一样大的白眼珠子，怒吼，你给老子滚一边去！

（原载《微型小说选刊》2019 年第 22 期）

搭料

　　黄泥湾坐落在大别山腹地，山高林密，田窄路陡，只能靠牛耕田耙地。

　　大集体的时候，黄泥湾始终喂养着五六头耕牛，有黄牛也有水牛。生产队里并没有集中的饲养室，也没有统一的饲养员，这些牛往往散养在家里有老人、孩子放牛的人家。队里给养牛的人家记一些工分，到了年底分红，可以比别人家多分一些粮食。所以社员们争着抢着替生产队养牛。

　　我家兄弟姐妹多，吃闲饭的人多，放牛就有人手。记得我家一直都为队里养着牛，有时候是一头，如果养的是母牛，母牛下了崽，就养两头。

　　春、夏、秋三个季节，牛不干活的时候，我们小孩们就牵着牛，到山坡上、田埂边、小溪旁放牛，让牛尽情地吃青草。什么时候牛的肚子变得圆滚滚的了，才能将牛牵回家。

　　冬天到了，野草枯死，不用放牛了。冬天养牛倒简单了许多。每天，日上三竿时分，要将牛从牛圈里牵出来，到池塘边饮水，然后将牛拴到一处背风朝阳的地方，让牛晒太阳；到了中午，再将牛牵到池塘边饮水；太阳即将落山的时候，牛还要饮一次水，然后将牛牵往牛圈里拴起来；晒场里有稻草垛，要扯一捆稻草，背到牛圈里，放进牛槽，牛就可以进食了。一般情况下，一头牛一夜要吃一捆稻草。

可能是干稻草没有新鲜野草有营养，牛在漫长的冬季里往往容易掉膘儿。一头瘦骨嶙峋的牛，来年春上怎么有劲干活呢？所以，牛在过冬的时候必须搭料，搭的就是泡好的黄豆。

每年冬天，父亲都会从生产队里背回来一口袋黄豆。每天早晨，父亲舀一碗黄豆出来，用水泡上，傍晚，用稻草将泡好的黄豆包裹了，喂给牛吃。父亲喂牛喂得很仔细。有时候从稻草缝里、牛咀嚼的嘴巴里掉出一粒半粒黄豆，父亲都会弯腰捡起来，填到牛嘴里。看的次数多了，有时候父亲有事了，我也能给牛搭料喂黄豆，也学着父亲的样子，把掉在地上的黄豆捡起来，填到牛嘴里，不浪费半粒黄豆。

有一年，我叔家也养了一头牛，比我小两岁的堂弟四清经常和我一起去放牛。冬天不用放牛了，我们还结伴去山上砍柴。在去砍柴的路上，四清掏出几粒炒得焦黄的黄豆，递给我。我吃了一颗，满口喷香，又吃了一颗，香气扑鼻。

我问四清，你哪儿来的炒黄豆？真好吃。

四清警觉地看看四周，小声告诉我，我娘炒的，我娘让我在家里吃，不让我带出来。我偷偷藏了几颗，留给你吃。

当天晚上，我缠着娘，也要吃炒黄豆。娘说，队里分的

　　　　　　　　　　　　炊烟袅袅

几升豆子，还要留着过年打豆腐呢。现在炒吃了，过年怎么办？

我悄悄指指墙角的口袋，那里还有大半口袋黄豆。爹每天早晨从口袋里舀一碗黄豆出来，泡给牛吃，少泡一把半把的，又能怎么样呢？

娘为难地说，我可不敢动这口袋里的黄豆，这可是你爹的心头肉，你爹小心着哩，少一颗他都会知道。你要吃炒黄豆，你自己和你爹说。

爹从外面回来了。我忸怩再三，终于挪到爹的跟前，和爹说了。

爹的眼睛一下子瞪得比铜铃还大，他凶狠地嚷道，你把喂牛的黄豆吃了，来年春上牛没劲儿，犁不动田耙不了地，把你套上去犁田耙地？

我嘴巴一咧，啼哭起来。

娘一把把我扯过去，揽在怀里，嘀咕道，孩子不是嘴馋吗？他叔家的四清今天就给他吃了几颗炒黄豆。他家能炒，俺家就炒不得？

爹伸手点着娘的鼻子，骂道，他家是他家，俺家是俺家。你个熊女人，要是胆敢动一颗公家喂牛的豆子，看我怎么收拾你！

看到爹对娘也发了火，我知道炒黄豆肯定是吃不成了，再闹下去，恐怕我要吃爹的拳头了。我知趣地停止了哭闹，躲到一边去了。

不过，在后来的日子里，我还是好几次吃到了炒黄豆。都是在结伴去山上砍柴的路上，堂弟四清偷偷塞给我的，有时候是五六颗，有时候是七八颗。我一颗一颗慢慢地吃完炒黄豆，那浓郁的香气总会伴随我整整一天。几十年过去了，现在回忆起来，那股香气仿佛还萦绕在鼻端。

春天到了，队里召开全体社员大会。养牛的人家都把牛牵到会场上，接受公开评比，然后根据牛的喂养情况，集体决定谁家继续养牛、谁家不再养牛。我家养的牛膘肥体壮，走路嗵嗵响，大家一致通过我家继续养牛；我叔家养的牛瘦得像一片枯叶，似乎一阵风就能吹倒，他家就失去了继续养牛的资格。

我叔极不情愿地松开了牛缰绳，扔到了地上。生产队长捡起来，递到一个迫不及待的吴姓老汉手里。那老汉急忙将牛牵走了。

（原载《百花园》2018 年第 10 期）

熬冬

在冬季漫长的一天里，陈彩凤奶奶除了做两顿饭，吃两顿饭，就是把一窝鸡放出来，给它们喂食。她一共饲养了八只鸡。每天早晨，她在院子里撒一把稻谷，八只鸡瞬间将稻谷抢食一空，然后到野外觅食。天煞黑的光景，她在院子里撒一把稻谷，咕咕咕地唤鸡回来，看看鸡把稻谷吃光了，又撒一把稻谷。顶多撒三把稻谷。

大雪应该是在半夜时分开始降临的，早晨起来的时候，陈彩凤奶奶打开大门，站在自家廊檐上，看见黄泥湾宛如一只小小的船，淹没在漫天漫地的白雪之中，都分不清哪是房子哪是树了。从早到晚，她开门望了好几次，大雪都没有停下来的意思。她怕滑倒，便一天没出门。

这样的天气，即便把鸡放出来，它们也无法去野外觅食，只能龟缩在廊檐上，还得在地上屙一堆堆鸡屎。陈彩凤奶奶懒得放它们出来。快到晌午的时候，鸡群在鸡埘里乱扑腾，一只只脑袋都贴在竹编的鸡埘门上，尖嘴从门缝里露出来。显然，它们已经饿坏了。她只好把它们放出来，在廊檐上多撒了几把稻谷。

傍晚，陈彩凤奶奶又在廊檐上撒了几把稻谷。几只鸡应该都吃饱了，鱼贯进入鸡埘。陈彩凤奶奶堵了鸡埘的门，却发现廊檐上还有一只鸡在啄食。她咕咕唤了两声，那只鸡非但没有向她走来，反而怯生生地往后退，退几步之后，又笨拙地跳下廊檐，跳到白雪皑皑的院子里。在白花花的积雪照耀下，院子里亮光光的，她看清楚了，这是一只麻褐色的鸟儿，比她的鸡形体小了许多。

这个小可怜，恐怕是大雪封山，无处觅食，饿极了，才落到院子里偷食吃。陈彩凤奶奶蹑手蹑脚地进了家，轻轻关上门。她从门缝里往外看，那只鸟儿又飞到廊檐上，寻觅吃的。鸡群几乎把地上的稻谷吃光了，鸟儿好不容易才从地缝里啄食一粒两粒被鸡们遗落的稻谷。她看了一会儿，急忙到谷仓里抓了一把稻谷，轻轻拉开门，将稻谷撒在鸟儿面前。鸟儿吓得慌忙飞到了院子外。过了片刻，它又飞到廊檐下，尽情啄食起来。

第二天晌午，雪停了，天气却变得分外寒冷。陈彩凤奶奶出来喂鸡，不禁哆嗦一下，又哆嗦一下。她扬手撒了一把稻谷，鸡们一下子往稻谷撒落的地方扑去。她突然发现鸡群里多了一只黑褐色的鸟儿。这下，她彻底看清楚了，这是一只斑鸠。斑鸠的羽毛稀拉拉的，有些潮湿凌乱。它挤在鸡群中间，依然怯生生的，躲在鸡的身旁，不时啄上一口。

显然，这是一只苍老的斑鸠，一只在野外无法觅得足够食物的老斑鸠。这天晌午，陈彩凤奶奶比平时多撒了好几把稻谷。鸡们都吃饱了，四散走开了，只有老斑鸠还在啄食。这会儿，它才不再那么矜持了，啄食的速度明显加快。

从此以后，每天早晨，每天傍晚，这只老斑鸠总会适时出现在廊檐上，和鸡群一起进食。陈彩凤奶奶怀疑它没有飞远，可能就躲在她家旁边的山坡上，守望着她的小院。否则，它怎么可能那么准时地不请自到呢？有一次，它不知怎么来晚了，陈彩凤奶奶隐隐约约有些失落。等它出现的时候，鸡群已经把地上的稻谷吃光了。她赶紧又往它身边撒了一把稻谷。这一次，它没有惊慌逃走，和一只喂了很久的鸡一样镇定站立着，开始进食。

每天除了给自己做两顿饭，给鸡喂食，陈彩凤奶奶多了一件事情，就是给这只老斑鸠喂食。

转眼间，要过年了。儿子开车回村里来接她，要把她接到竹园镇，和他们一起过年。陈彩凤奶奶捡了一筐鸡蛋，让儿子带走，带给孙子孙女吃，她却不愿意离开村子。

儿子说，娘，平时您说在镇上住不惯，要留在村子里，我也依您了。过年您再不去镇上，您自己一个人怎么过呢？

陈彩凤奶奶说，我走了，没人给它喂食，它会饿死的。

还像去年一样，我把鸡也逮走，您就放心吧。

我说的不是鸡。它像我一样，七老八十了，老了，不中用了。我一走，我怕它熬不过这个冬天。我哪里也不去，我得陪着它，帮它把冬天熬过去。陈彩凤奶奶说着，叹息了一声。

这一声叹息，让儿子实在捉摸不透。儿子追问，娘，您说吧，到底是啥，咱们带它一起走。

斑鸠，一只老斑鸠，你带不走它，我也撇不下它。你别管我了，你走吧，你们自己好好过年吧。有它陪我过年，挺好。

儿子半天无语，不知怎么劝慰她。和一只老斑鸠一起过年，这老太太，真是越老越糊涂了。

（原载《小小说选刊》2017 年第 20 期）

卖牛记

分田到户时，黄泥湾生产队那几头四牙六齿的水牯、黄犍被人哄抢了，剩下这头老口的黄口没人要。吕恒忠叼着烟袋锅儿，围着孤零零的老黄口转一圈儿，又转一圈儿，终于把它牵回了家。

吕恒忠的心从此就扑在了老黄口身上，对老婆孩娃也没有对它那么好。他每天半夜起来，给它加料，喂它半碗人都舍不得吃的泡好的黄豆；每天天蒙蒙亮，牵它去田埂地头吃鲜嫩的露水草。这样尽心尽力喂养它半年，它枯皱的一身老皮竟然变得油光水滑起来，摸上去，绸缎一般柔顺。更为难得的，它居然枯木逢春般发情了，来年产下一头愣头愣脑的小牛犊。

小牛犊长出对牙了，吕恒忠牵着它们娘儿俩，来到了一年一度的春季拉耕大会上。交易地点就在与黄泥湾隔河相望的柳林里。他牵着牛赶到的时候，柳林里已经人欢牛叫，好不热闹。他盘算好了，老黄口还能勉强犁两三年田，他先把小牛犊卖了，弄些现钱，救眼前的急，等老黄口再产一头小牛犊，最好产一头小黄口，他就不卖了，好好养起来。他的大儿子考上了大学，二儿子、小儿子都在读中学，光靠他种田、打零工，日子实在难过。他指望着老黄口维持家里的生计呢。

有人看上了吕恒忠的小牛犊，喊牛行户过来打价。牛行户歪着头看看小牛犊，围着它转几圈儿，掰开嘴唇看看它的牙口。最后，他在它光溜溜的脑门上擦擦手，拍拍它的脊梁，对买牛大哥笑笑说，喂到秋里，就能下田了。

牛行户走近吕恒忠，伸出左胳膊，手掌缩在祆袖里。吕恒忠伸手到他的袖筒里摸，摸摸他的手指头，摇了摇头。牛行户又让买家摸，买家也摇头。三个人都不说话，就如此这般摸了几番，终于都点头了。

买牛大哥笑着对吕恒忠说，这位大哥，你这牛犊还没扎圈头，光有这笼头，我恐怕拽不走它。还得麻烦你牵上黄口，送俺们回家。

这个没问题。吕恒忠满口答应。

买牛大哥家住黑河村，十多里地光景。老哥俩牵着牛，一边走一边聊着家长里短春种秋收，越聊越热乎，慢悠悠赶到家，已经响午了。吕恒忠帮买牛大哥将小牛犊关进牛栏，牵着老黄口要离开，买牛大哥死活不依。

怎么也得吃了响饭再走，再说，也让人家娘儿俩在一起多待一会儿。买牛大哥极力挽留着。

吕恒忠只得留下来吃响饭。买牛大哥让老婆煮了一刀腊肉，和萝卜一起炖了，炒了鸡蛋、豆腐，烫了一壶酒。老哥俩像多年的老朋友一样对酌起来。酒足饭饱了，吕恒忠才牵着老黄口离开。老黄口往前走一步，勾头回望一眼，哞叫一声；老黄口每叫一声，小牛犊也清脆地回应一声。拐出村庄好几个弯了，他还听得到小牛犊的叫声。

大约是第四天凌晨，吕恒忠起来放牛，听到牛栏那边传来长一声短一声的哞叫。他三步并作两步跑过去，发现牛栏外边站着小牛犊，老黄口从牛栏里伸出头来，不时舔舔小牛犊，母子俩你一声我一声不停地叫着。

吕恒忠打开牛栏的门，小牛犊迫不及待地钻了进去，脑袋在老黄口脖子上拱，在它两腿间蹭，亲热得不得了。吕恒忠发现，小牛犊的鼻孔有新鲜的血迹丝丝缕缕流出来。很显然，它刚刚被扎上了圈头，而它又挣脱了圈头。吕恒忠暗暗叹了一口气。

日上三竿时分，吕恒忠放牛回来，整个黄泥湾都知道了他前几天卖掉的小牛犊自个儿跑了回来。不少人涌到他家牛栏门口来瞧稀罕。大家七嘴八舌地说：

这真是有福之人不在忙，该你发财；

这下，孩子学费不用愁了。

趁人家还没找过来，送到亲戚家，赶紧把它藏起来。

吕恒忠笑一笑，没有吱声。

吃罢早饭，吕恒忠牵上老黄口，老黄口屁股沟子上贴着小牛犊，一起往村外走去。还没走出村口，村子里咕咕咚咚跑出一个人来，风风火火地跑到了他和牛的前面。

是吕恒忠的老婆曾广勤。她气喘吁吁地问，你这是要去哪里？

吕恒忠瞥她一眼，说，你说俺要去哪里？

你要去黑河还牛？俺不同意！

这牛是人家花钱买了的，就该还。

又不是俺们偷的抢的，是它自个儿跑回来的，还什么还！曾广勤张开双臂，拦住了他的去路。

你说的是屁话！吕恒忠说着，使劲一拨拉，曾广勤一屁股坐到了地上。吕恒忠牵着牛，急匆匆绕过曾广勤，径直去了。曾广勤连珠炮似的骂声从身后传来：你这个老挨千刀的，一辈子穷人命，送上门的财你都不要，你是痴了还是呆了……

吕恒忠边走边嘟囔着，我就是穷人命，就是痴了呆了，但是人要讲理。他的脑海里翻腾着买牛大哥那张和他一样黑苍的脸，翻腾着那天晌午买牛大哥家满桌子冒着热气的酒菜。将心比心，这会儿，买牛大哥不定急成什么样子了呢！

太阳一点儿一点儿向中天攀爬着。吕恒忠不知不觉加快了步伐，隐约感觉脊背出了汗。他想，要是这样一直赶路，兴许还能赶上买牛大哥家的晌饭呢！

（原载《小小说月刊》2017 年第 3 期）

观鸟台

三十年河东，三十年河西。洗脂河流出黄泥湾地界的时候，本来是沿着河道北侧的山嘴逶迤而去，可是最近十多年来，河床竟不知不觉间改道了，向南移动半里地。北侧的山嘴下面，过去是一个深潭，现在变成一片沙洲和湿地。

湿地上慢慢长满了水草，茂密的草窠间，成了各种水鸟的栖息地。每到傍晚，水鸟们披着霞光归巢，整片湿地上好不热闹。

黄泥湾是个典型的贫困村。村里也想脱贫致富，只是苦于没有门路。

竹园镇党委书记李绍杰来到黄泥湾调研，转了一天，有了重大发现。他点着村支书崔玉山的鼻子说，你呀，就是捧着金饭碗讨饭吃。

李书记一句话，让崔支书蒙了。他眨巴眨巴眼睛，紧紧盯着李书记的脸。

李书记大手一挥，说，我的同志，人长着脑袋，可不能光为了每天吃三顿干饭！你也动动脑筋好不好？你说说，现在城里人喜欢干啥？就是往乡下跑，亲近大自然。你们村有这么一大片湿地，有这么多鸟儿，如果让城里人知道了，还不将路挤断了？这就是你们的聚宝盆啊！

李书记亲自策划，计划在黄泥湾建筑湿地观鸟台。观鸟台将建在山嘴上。在观鸟台落成、游客如织之后，再建几处农家乐餐馆和宾馆，吸引城里人来消费。

这处山嘴是刘老汉家的自留山。村里要在他家山场上开工建设观鸟台，开始他不同意。后来，崔支书和其他村干部轮流登门做他的思想工作，答应观鸟台建成之后，所收游客的门票，给刘老汉按比例分成，并且承诺，刘老汉家享有在观鸟台周边优先开办餐馆或宾馆的权利。

刘老汉这才笑盈盈地答应了。

建设湿地观鸟台的工程开始施工了。

这处山嘴上，稀稀拉拉长了几棵松树和一些杂木。把树木伐掉以后，挖掘地基，才发现山体全部是坚硬的石头，一锄头挖下去，直冒火星。难怪树木长得不茂盛，这山上根本没有多厚的土层。这样一来，用锄头挖地基肯定行不通了。可行的办法，就是在石头上凿上眼，装上炸药，放炮炸石头，把地基一点点炸出来。但是，如果真的炸石头，还不把鸟儿都吓跑了？

崔支书一筹莫展，进退两难。

李书记来视察工程进展情况，很不满意。

你以为鸟儿都和你一样死脑筋？现在炸石头，肯定会把

炊烟袅袅

鸟儿吓跑了，等观鸟台建成了，咱不再炸石头了，鸟儿还不又都飞回来了吗？李书记责怪崔支书。

崔支书一想，也是这么个理儿。他摸摸自己的后脑勺，嘿嘿笑了。

果然，在隆隆的炮声和四散飞溅的碎石中，水鸟们不敢归巢了。头几天，还有几只鸟儿在湿地上空盘旋，但是久久没有落下，盘旋一会儿之后，又振翅飞走了。几天以后，湿地里连鸟儿的影子都看不到了。

观鸟台工程进展得很顺利。地基开好以后，山嘴上建起了大约两层楼高、篮球场那么大的一处水泥台。水泥台上建了一圈围栏。凭栏看去，沙洲和湿地尽收眼底，如果视力好的话，还能依稀看到鸟儿们脱落的羽毛凌乱地点缀在水草间，甚至还能看到掩映在草窠间的一些空空的鸟窝。

李书记广泛邀请各路媒体朋友，前来采访报道。站在宽阔的观鸟台上，李书记豪情万丈，大谈特谈他因地制宜、精准扶贫的思路。一时间，黄泥湾的观鸟台和李书记的光辉形象在报纸上、网络上、电视上爆红了，全省人民都知道了，在大别山腹地，有个一心扑在群众脱贫事业上的乡镇党委书记，眼光独到，足智多谋，使偏僻的山村脱贫致富变得举重若轻、事半功倍。更重要的是，省、市、县各级领导都知道了。

全省扶贫攻坚现场会在竹园镇成功召开，李书记在会上介绍了扶贫开发工作经验，尤其是他活灵活现地介绍了如何顶着各种困难和压力在黄泥湾村建设观鸟台的成功经验。

可是，会议召开之后的一个月，两个月，湿地里再也难觅鸟儿的影子；一年过去了，两年过去了……始终没有一只鸟儿飞回来。

李书记因为敢想敢干，政绩突出，早就被提拔到了县里，当了副县长。崔支书替村里借了一屁股债，建筑了这个观鸟台，后来天天被人上门逼债。无奈，他只好扛起行李卷进城打工，希望挣些钱，早日把欠债还上。

刘老汉有事没事，总喜欢爬上山嘴，在空空荡荡的观鸟台上走一走，看一看。他看看湿地，湿地里没有一只鸟儿；他又仰望天空，偶尔，天空会有一只两只鸟影，但是，鸟儿们飞得也太高太快了，它们疾速掠过湿地上空，仿佛是一道闪电一晃而过，瞬间就融入蓝天白云里面去了。

日复一日，年复一年，洗脂河一直向南滚滚而去，湿地的面积更加宽广了，湿地上的水草也更加茂盛。看着水草肥美的湿地，刘老汉痴痴地想，鸟儿们，你们究竟去了什么地方，还要等到什么时候才肯飞回来？

（原载《天池》2017年第9期）

炊烟袅袅

扶贫猪

爹，您到底有什么事儿？电话里说说不行吗？陈涛小心翼翼地问。

我和你娘要死了，你赶紧回来给我们收尸！爹咆哮着，挂断了电话。

陈涛瞥了一眼女朋友余茜。她的脸色已经变成暴风雨前的天空，阴森森的。余茜说，和你谈朋友真是倒霉。每个周末你都没完没了地加班，今天好不容易休息了，你爸又来凑热闹。

陈涛为难地说，我有两三个月没回老家看望父母了，也确实应该回去看看了。要不，你自己开车出去玩，我……

余茜打断他的话，气哼哼地说，我孤魂野鬼一个，去哪里？得了，陪你回乡省亲吧。

车是余茜的父母几年前给她买的，平时她开车上下班。虽然陈涛最近也拿到了驾照，毕竟是个新手，回老家黄泥湾又多是绕来绕去的盘山公路，余茜不放心让他开车。余茜开着车，走出十几里地了，陈涛才觉得她的脸色缓和下来。余茜是干部子弟，又是独生子女，她的大小姐脾气陈涛是领教过的。她虽然学历不太过硬，在县人民医院当会计，但是追她的人还比较多。她看在陈涛是985高校毕业生，又在县政府当差的分儿上，将来应该有点前途，才答应和他谈朋友的。

回到老家，父母立在院子门口，正翘首盼望呢。娘一眼看到余茜，欢喜地说，哎呀，太好了，茜茜也来了。

余茜来过黄泥湾好几回，和陈涛的父母早就熟悉了。她笑嘻嘻地说，我不是要给他当司机吗？

原来，爹想让陈涛出面找村干部说情，给家里弄个贫困户当当。爹说，贫困户看病基本不要钱，逢年过节，隔三岔五，上面领导还来慰问，不是送米面肉油，就是给现钱。人不争食眼争食。当不上贫困户，这损失也太大了！

陈涛迟疑地说，就咱家，我哥陈波在大学里当老师，我在县政府工作，这条件，能评上贫困户吗？

爹轻蔑地说，你烧得不轻！你和你哥，一个小办事员，一个穷教师，能挣几个钱？再说，你们的户口不是早就迁走了，家里光剩下我们老两口吗？咱村里吴大头你认识吧？人家在苏州当老板，不比你哥儿俩有钱？他爹娘的户口不照样和他分开了，评上了贫困户？

陈涛惊叫起来，什么？吴大头的爹娘也是贫困户？

怎么，你还不相信吗？咱村里有头有脸的人家，谁不给爹娘弄个贫困户当当！

　　　　　　　　　　　　炊烟袅袅

陈涛经常在县政府办公室起草扶贫文件，对政策吃得很透，他根本想不到村里这样开展扶贫工作。他惊讶地盯着爹一张一合的嘴，愣住了。

　　余茜本来想去厨房帮忙，被陈涛他娘"撵"了出来。她在旁边听了一会儿他们父子俩的对话，悄悄走出了院子。

　　陈涛的手机嘀嘀响了两声。他看了看，是余茜发来的短信：陈涛，别丢人现眼了，如果你替家里争取贫困户，咱俩就吹。陈涛将手机装进兜里，默默点点头。

　　爹还在陈涛耳边喋喋不休地絮叨，陈涛一句也没往心里去，但是他也不敢走开，一边做出倾听的样子，一边考虑如何让父亲打消这个念头。正不知如何是好呢，村支书崔玉山进了院子。

　　崔支书伸出手来，热情地和陈涛握手，说，我从您家门口路过，看到院外停着车，想着就是陈主任您回来了。

　　陈涛的父亲对崔支书笑了一下，重重地朝陈涛使个眼色，进厨房去了。

　　陈涛搬把椅子，请崔支书在院子里坐下。两人天南海北地聊一会儿天，崔支书感觉陈涛有些心不在焉，便问，陈主任有什么心事？

　　陈涛憋不住，到底把爹的想法说了。最后，陈涛说，崔支书，我不想为难你。你看这样好不好，往后，咱村贫困户有什么，你也给我家同样搞一份。钱嘛，我会悄悄还给你的。我爹就是认死理，我只能哄他高兴。

崔支书一拍大腿，说，陈主任，咱村正好有一个贫困户，全家都在城里打工，每次通知他们回来领东西，他们死活不愿意回来。这不，上级刚送来几十头猪，别人都领走了，就他家的猪还关在村部里，我正发愁呢。要不您现在开车过去，把猪逮回来？

余茜在村里转悠一圈儿，回到陈涛家里，陈涛不在家，她的车也不见了。她正纳闷呢，陈涛开车回来了。陈涛将车停好，将车子的后备箱打开，拎出一头嗷嗷乱叫的小猪来。陈涛冲她笑了一下，拎着猪进了院子。

余茜去关车子后备箱的盖子。一阵刺鼻的屎臭尿骚味儿兜头兜脑地冲她扑过来，她的爱车仿佛变成了臭烘烘的猪圈。

她赶紧躲到一边，不管不顾地尖叫起来，陈涛，你给我出来！

陈涛出来了，他的父母也出来了。三个人立即明白了眼前发生的事情，手忙脚乱地打来一盆清水，找来一块抹布，奋力将小车收拾干净。

余茜不再说话，打开车门，上了车，一溜烟儿地将车开走了。

（原载《四川小小说》2019 年第 1 期）

落水羊

春末的一天，高永清驾车翻山越岭，不远数百里，一路颠簸开到了黄泥湾，开始了他驻村第一村支书的生活。

黄泥湾村地处大别山腹地，又闭塞又落后。别的方面，他都能将就，就是每天忙罢了，晚上却无法痛痛快快洗个热水澡，只能用木柴烧一壶热水，擦擦身子，让他极不适应。他毕竟在城里生城里长，没有农村生活经历。

好在夏天很快到来了，他这个棘手的生活问题迎刃而解。

依傍着黄泥湾村的，有一条大河，名唤洗脂河。河水清澈见底，河底是白亮亮的细沙，水中可见三五成群的银色小鱼游来游去。每天吃过晚饭，高永清就来到河边，换上泳裤，欢欢实实地在水潭里游几个来回，既清洁了身体，又解乏。

到这个水潭里游泳的，除了他，还有村里一些半大的孩子。这些山里的孩子只会狗刨，不会正规的游泳姿势。高永清和他们混熟了，就演示蛙泳、蝶泳、自由泳等给他们看，还手把手纠正他们不到位的动作。一来二去，这些孩子也游得有模有样了。

有一天，高永清因为工作忙，来晚了，他到达的时候，水潭里已是一片欢腾。他脱掉长裤，背转身换泳裤的时候，孩子们一起哄笑起来。

你们笑什么？他好奇地问。

一个大一点的孩子说，我们这里的人，都是光屁股游泳，穿裤头游泳的，过去只在电视上看过。

高永清也笑了，他将泳裤扔到沙滩上，光着身子扑腾一声跳进了水潭里，温润的河水一下子彻头彻尾地包围了他的每一处肌肤，舒服极了。还别说，这裸泳的感觉就是好。

高永清能和村里半大的孩子们很快打成一片，和村里的成年人更不用说啦。这些村民都没拿他当外人，工作范围内的，工作范围外的，能说的，不能说的，什么事情都会和他说。高永清既感到欣慰，有时候不免也有些烦躁，但是，他一想起来上级的要求，"群众利益无小事"，就静下心来，洗耳恭听，能出主意、想办法解决的，当然没问题，实在无能为力的，也温和地安慰几句。

很快到了梅雨季节。高永清第一次见到山洪暴发的场景。上午连续下了两个多小时的暴雨，风停雨住的时候，平时温驯如猫咪的洗脂河，俨然变成了一匹奔腾的野马，一条翻滚的巨龙。他和许多乡亲一起伫立在岸边看洪水，但见洗脂河洪水奔涌，浊浪滔天。他真的没想到山洪暴发的时候，一条小小的溪流居然有了大江大河磅礴的气势。

突然，一个老头拖着哭腔在不远处喊起来，快救救我的羊，快救救我的羊啊！

高永清循声看去，是村里的贫困户老吴头。说话间，老吴头已经跌跌撞撞跑了过来，直接跑到了他的面前。

老吴头紧紧抓住高永清的手，慌乱地说，高书记，快救救我的羊啊！

高永清说，吴大叔，您别急，慢慢说，您的羊怎么了？

老吴头说，在河里，掉河里了。

高永清往河里一看，只见一个白色的羊头在洪水浊浪里若隐若现，从面前湍急的水流中急速漂过去。

老吴头催促道，高书记，快啊，晚了就来不及啦！

高永清搓搓手说，吴大叔，这水也太大了，恐怕我也没办法救您的羊。

老吴头说，听孩子们说，你不是会游泳吗？

高永清苦笑着说，那和现在不一样啊。

水流裹挟着老吴头的羊疾驰而去，不一会儿，羊就没影儿了。

老吴头抹着眼泪，转身走开，一边走，一边嘀咕，我的羊，我的羊……

高永清有些不忍心，想了想，冲着老吴头的背影说，吴大叔，一会儿您和我一起到村部去，我赔您的羊。

高永清随身携带的现金也不是很多。到了村部住处，他打开行李箱，取出皮夹子，掏了一千元出来，递给一路跟过来的老吴头。

老吴头没有任何迟疑，双手接过去，蘸着唾沫，点了点钱，然后闷声不响地走了。既没有道一声谢，也没有说一声再见，就那么心安理得地走了。仿佛他吴某人是债主，高某人欠了他的债一样。

高永清的心突然被针刺似的猛然痛起来。

村支书崔玉山闻讯，跑过来问他，你赔老吴头一千元钱，是真是假？

高永清点了点头。

崔支书说，高书记，你傻不傻啊？你也不问清楚，他的羊有多大，几斤几两，就着急忙慌地赔他。据我所知，老吴头被冲走的是刚生下来不久的一只小羊羔，根本值不了什么钱。

哦。高永清淡淡地应了一声。

高永清本来有雷打不动的午休习惯。整个中午，他坐在办公桌前纹丝不动，内心却翻江倒海。好在被洪水冲走的只是一只羊而已。如果是一头价值近万元的牛呢？他赔不赔？如果家家户户都有牲畜被冲走呢？他赔得起吗？如果，再如果，今天洪水冲走的是一个活生生的人呢……

（原载《奔流》2020 年信阳卷）

狗恋蛋

小时候，黄泥湾家家户户都很穷，但是，记忆中狗却特别多。不知道为什么那么多家庭都要养狗。看家护院？家里又没有值钱的东西。何况，人都吃不饱，哪有多余的粮食喂狗呢？

好在狗并不择食。孩子们拉屎，一不用蹲茅坑，二不用纸擦屁股，拉完了，当娘的拉长腔调，一声吆喝——狗喔喔，几乎整个村庄的狗都闻声而来，不仅呜呜地低吼着抢完地上的屎，甚至连小孩的屁股都舔得一干二净。

那个年代，粮食不够吃，吃肉更是奢望，多数人家一年到头不见荤腥。但是，我们沾了邻居吕苔的光，偶尔也能打打牙祭。

吕苔是我出了五服的堂叔，和我家隔一条狭长的弄堂。他是一个老光棍，家徒四壁，门裂着缝，窗户用草绳绑着，居然也养了一条狗。不过，他养的是母狗。母狗到了发情期，整日整夜狂吠不止，令人心烦。有时候，母狗在前面跑，一群公狗在后面追，追到麦田里，把麦苗压倒一片；追到菜园里，把青菜萝卜踩得东倒西歪的。村里人形容男女之间情投意合，有一个粗俗的词，叫狗恋蛋。小时候，我不懂是什么意思，长大了才明白，狗到了发情期，谈恋爱谈得惊天动地的，就叫狗恋蛋。

吕苔将弄堂的一头堵严实，让大家暂时绕路走，将他的母狗拴在弄堂深处。母狗的叫声往往能把附近村庄的公狗都招了来。一旦公狗迫不及待地跑进弄堂，也不管它和母狗的婚配进展如何，整个村庄的男人都如临大敌，拿扁担的拿扁担，抄挖锄的抄挖锄，个个奋勇争先，将弄堂的另一头也严严实实堵上了。吕苔身先士卒，冲到最里面。随着几声惨叫，公狗就被打翻在地。

吕苔倒提着被打死或打昏的公狗，笑嘻嘻地走出弄堂，得意地说，这个胆大包天的强奸犯，被我正法了！

黄泥湾有个说法，狗肉不上席。人们嫌弃狗不择食，不让狗肉上自己家的灶台，不用自己家的碗筷吃狗肉。狗肉大餐只能在户外进行。

公狗被吊在村口那棵枫香树下。大家一起动手，有人给狗剥皮开膛破肚，有人搬土坯垒临时锅灶，有人将家里煮猪潲的大锅刷干净扛来，有人挑来井水，有人抱来劈柴，有人去菜园里拔了葱蒜摘了辣椒，有人折了树枝当筷子，有人捡了瓦片当碗盏……集体吃一顿狗肉大餐，整个村庄仿佛过年一般热闹。

只要吕苔的母狗发情期没过完，总能吸引附近村庄的公狗闻声而来。每年黄泥湾的老老少少就能吃几次狗肉尝尝荤腥。

吃完最后一块狗肉，喝完最后一口肉汤，大家又一起动手清理战场，尽量抹去杀狗吃肉留下的任何蛛丝马迹。

有一年春上，吕苕的母狗又发情了，一只干瘦的黑狗颠巴颠巴跑进我们村的弄堂，未及和母狗成就好事，就被吕苕带领着老少爷儿们将它就地"正法"了。

天下没有不透风的墙，纸毕竟包不住火。

邻村刘湾丢了一只黑狗。刘湾的人手执家伙，浩浩荡荡赶到黄泥湾查找。他们在村口枫香树下找到一撮黑狗毛和几根新鲜狗骨头，就立在村口痛骂，什么丑骂什么，把黄泥湾人的祖宗十八代都翻来覆去骂了许多遍。

黄泥湾人做贼心虚，几乎家家户户都关紧门户，躲在家里，没有人敢出头辩解。还是吕苕壮了胆子，嬉皮笑脸地跑到村口，说，各位老表，到家里坐坐，喝杯茶。

伸手不打笑脸人，何况都是乡里乡亲的？但是，刘湾有个人喊了一声，打这个王八羔子！大家一拥而上，将吕苕团团围在了中间……

自始至终，黄泥湾都没人再露头，听任刘湾人将吕苕打个半死，又将吕苕的母狗打死，抬了回去。

吕苕气息奄奄地躺在村口，低声呻吟着。

傍晚时分，回娘家借粮度春荒的赵寡妇扛着半布袋粮食，路过村口，看见吕苕躺在路中间头破血流一动不动，迟疑一下，停下了脚步。赵寡妇独自抚养五个孩子，生活艰难，想改嫁，没有人家养得起那么多张嘴，没有人敢应承。也有人撮合她和吕苔，吕苔也愿意，但是，赵寡妇平时连正眼都懒得瞧他，绝情地说，我宁愿一家子都饿死，也不会进他的门。

赵寡妇放下布袋，蹲在吕苔身边，问他，你怎么了？怎么躺在这里？

吕苔将肿胀的双眼睁开一条缝，气若游丝地说，黑狗……是……刘湾的……他们……找来了……打的……

赵寡妇一下子蹦了起来，拍着屁股，恶声恶气地骂，黄泥湾的人都死绝了吗？你们有屁眼子嘴吃人家的狗肉，怎么没有人帮他一把……

吕苔在床上躺了半个月没下地干活。黄泥湾人轮流给他送饭，伺候他；生产队里研究决定，吕苔属于工伤，没有算他缺勤，给他补记了半个月的工分。

说来也怪，吕苔能够下地以后，居然把家里的被褥卷巴卷巴，把锅碗瓢勺归置到一起，搬到赵寡妇家去了。从那以后，两个人同出同进，说说笑笑，好得像一个人。

村里人背后都捂嘴笑，说他们俩是弯刀遇到瓢切菜，好得跟狗恋蛋一样。

（原载《小小说选刊》2019 年第 11 期）

猫叫春

　　宁静的午夜，住宅附近如果有一只叫春的猫，简直就是灾难。林承安老师难以理解，一只小小的猫，在呼唤爱情的时候，何以叫得如此丧心病狂，完全可以称得上惊天地泣鬼神了。

　　黄泥湾秋天的午夜就笼罩在这种躁动不安和没羞没臊的气氛之中。

　　林老师退休之后，本来是回故乡黄泥湾寻找宁静的。

　　年轻的时候，因为家庭出身好，在生产队参加集体劳动又特别积极，更因为大队支部书记是他亲姑父，他便被推荐读了义阳师范学院。他们这些工农兵大学生，很多人文化基础差，在大学期间，除了学习毛主席著作和学工学农，并没有学会多少专业知识。好在他读中学的时候，成绩还不错，多少有一些文化底蕴，大学毕业以后，分配到县高中教书，他边教边学，教学相长，艰难地将高中语文教师这一工作应付下来，总算没有误人子弟。熬到退休那一天，他草草收拾一点行李，回到了乡下父母留下的红砖黑瓦的老式平房里。

父母去世之后，这座房子门鼻子上就常年挂着一把锁。这样的平房，趴在黄泥湾林立的小楼中间，显得特别破败，门锁锈死了，门前长满了蒿草。他找邻居小凤借来斧头，砸开了门锁，又借来锄头，将蒿草刨掉了。他原本是土生土长的黄泥湾人，他的乡间退隐生活虽然开始得有些草率和将就，他倒也能坦然处之。不像他老伴，人家本来就是城里人，陪他到故居粗略看一眼，借口要接送孙子上学放学，就着急忙慌地逃回了城市。

他的瞌睡轻，动不动就失眠。他万万没有料到，入住的第一个夜晚，就被叫春的猫给搅了，被折磨得痛不欲生。他用两团卫生纸塞住耳朵，猫叫春的声音从纸缝里钻进大脑；他用被子蒙住脑袋，猫叫春的声音从被子角落里钻进大脑。该死的猫无休无止地嚎了一夜，林老师在硬板床上翻腾了一夜。

第二天清早，林老师站在小凤面前的时候，眼眶像极了大熊猫。小凤是他的远房堂侄媳妇儿，带着一双儿女住在他家旁边的两层小楼里。她曾经在县高中念过书，只是成绩不太好，没考上大学，后来嫁到了黄泥湾。林老师没有直接教过小凤，小凤有时候喊他林老师，有时候按家族的排行喊他五叔。

五叔，您没有休息好吧？小凤问。

谁家的猫吵了一夜，烦死了。林老师说。

谁知道呢，也许是一只野猫。

我去找找，找到了，活活打死它。

炊烟袅袅

林老师手持擀面杖，在黄泥湾的角角落落里寻找夜晚叫春的猫，居然难觅踪迹。到了夜晚，猫叫春的声音再度裂石穿云而来。

　　故乡仿佛不太欢迎林老师。林老师遭遇的更大的烦恼是在入住老屋的第三个午夜开始的。淅淅沥沥的秋雨在午夜不期而至。开始的时候，林老师也没在意，只是觉得有些湿意，有些薄寒。到了后半夜，秋雨竟然越下越大，雨水从年久失修的瓦缝间滴落下来。前窗滴水，林老师用洗脸盆接了；墙角滴水，林老师又用洗脚盆接了；床头处滴水，床尾处也滴水，林老师没有容器接了，只好披着被子，坐在床帮上，听任雨水滴答个不停……这哪儿还是家呀，简直就是水帘洞。

　　五叔，五叔，林老师，林老师……门外响起敲门声和呼唤声。

　　林老师开门一看，小凤打着雨伞站在门口。

　　小凤说，五叔，您先搬到我家住吧，您这房子，等天晴了，找人捡捡瓦，不漏雨了再住。

　　林老师说，打扰你，那多不好意思。

　　一笔难写两个林，谁让我们是一家人呢？

　　那好，我去抱被子。

　　您还抱什么被子啊？我家什么都不缺。

　　就这样，林老师在午夜淅淅沥沥的秋雨中搬到了小凤家里。

　　猪嘴扎得住，人嘴扎不住。这个消息在黄泥湾不胫而走，瞬间传播了出去。

林承安，你这条老骚狗，你给老娘滚出来！黄泥湾秋日的宁静被这声暴喝打碎了。

小凤到镇上学校接孩子去了。林老师打开门，老伴手叉着腰，气势汹汹地站在小凤家门口。老伴是县麻纺厂下岗女工，多年来一直在集贸市场卖水果，不仅历练得嗓门大，而且词儿多。

咱家旧房子漏雨，不能住，人家好意收留我，你别狗咬吕洞宾。

我宁愿房子倒了，来给你收尸，也不愿你到外面放浪发骚。

林老师咬紧嘴唇，忍了又忍，才极力将一句"你怎么像猫叫春呢"咽进了肚子里。他扯起老伴的胳膊，说，你快别胡说八道了，我马上搬出来。今天有点晚了，咱们只能在老房子里凑合一夜，明天一早，我跟你回县城。

老伴终于留在老房子里住了一宿。

当天夜晚，猫叫春的声音如期响起。林老师原本鼓了一肚子气，对老伴带搭不理的，听到猫叫春的声音，忽然心有所动，朝老伴偎了过去……

老伴朝他腰眼上不轻不重地砸了一拳，嗔怪地说，你个死老头子！骂过了，又忍不住哧哧笑了。

（原载《山西文学》2019年第9期）

鸡抱窝

那只芦花鸡是姜大娘家鸡屁股银行的超级大股东。别的鸡下蛋，都是每隔两三天，歇一天，它一天下一个蛋，从不间断。姜大娘亲昵地称它为花花。每次花花下了蛋之后，拍着翅膀从鸡窝里跳出来，在院子里"个个大个个大"地叫嚷着邀功请赏的时候，姜大娘总是多喂它一把稻谷，让它吃得饱饱的。

姜大娘总共喂了十多只母鸡和一只公鸡。这十多只母鸡下的蛋积攒够半篮了，姜大娘就会抗着篮子去一趟竹园镇，把鸡蛋卖了，买回来油盐酱醋、针头线脑。

每年夏天来临的时候，总有一只母鸡率先停止下蛋，趴在鸡窝里不出来觅食，发现鸡蛋就往翅膀下面扒拉。它开始抱窝了。抱窝似乎是一种极强烈的传染病，很快在母鸡中间流行，一只又一只母鸡开始抱窝。

当然，这是绝对不被允许的。每年孵小鸡的任务只能由一只母鸡来完成，别的母鸡只能打消这种天真的念头。

黄泥湾的女人们打消母鸡抱窝念头的做法大同小异。先是打。胆子小的母鸡，被打一两回，基本就正常觅食、正常下蛋了。也有比较顽固的母鸡，怎么打都打不醒，沉浸在当母亲的欲望中不能自拔。这就需要采取进一步的措施了，用水淹。倒提着母鸡，按在水塘里浸，浸个半死，放开之后，羽毛干爽了，也就好了。实在好不了，就用一根细麻绳拴住它的一条腿，倒吊半天，它扑腾累了，也就好了。

姜大娘对付抱窝的母鸡无外乎也是这几种办法，反正在她的手下，还没有顽抗到底的母鸡。一年又一年，她摆治好了不少幻想抱窝的母鸡。

这年，姜大娘的母鸡纷纷又要抱窝了。孵小鸡讲究的是母鸡具有超强的责任心，不能一时兴起，半途而废。她还是选择让那只大黄鸡继续抱窝。别的母鸡被她分别采取打、淹、吊等办法，都纷纷醒了。大黄鸡耐性好，总是趴在鸡蛋上纹丝不动，能够将二十一天左右的趴窝时间坚持到底，在它温暖羽翼的守护下，鸡蛋孵出鸡仔的成功率极高，几乎没有寡蛋。它孵了几年小鸡，积累了丰富的经验，深得姜大娘信任。

令姜大娘意外的是，她的花花也停止下蛋，抱窝了。这怎么可以呢？花花的任务是不停下蛋嘛。何况大黄鸡已经正式抱窝，不可能再让花花抱窝。

姜大娘打花花，一天打几遍，见它趴在鸡窝里，就往外轰；姜大娘淹花花，一天淹几遍，它身上的羽毛几乎没有干爽过；姜大娘吊花花，将它一吊大半天，只要解开麻绳，它就往鸡窝里扑去……

养了大半辈子鸡，姜大娘还真没见过如此冥顽不化的母鸡。花花坚持不懈，不改初衷，姜大娘不厌其烦，打、淹、吊等手段轮番使用，但是收效甚微。

花花和姜大娘之间的斗争旷日持久。大黄鸡已经孵出一堆毛茸茸的小鸡仔，每天咯咯咯地呼唤着，领着小鸡仔们，在房前屋后乐呵呵地刨蚯蚓、啄虫子吃了，花花还在极力挣扎着要当母亲。

夏末的一天上午，姜大娘的弟弟来探望姐姐。爷亲有叔，娘亲有舅。在黄泥湾，舅舅是顶顶尊贵的亲戚。因为家里穷，每次弟弟来了，姜大娘顶多去集上买块豆腐招待他。有一次，钱不凑手，姜大娘用豆腐渣炒韭菜招待了弟弟。

这件事传了出去，湾里的孩子们编了一段顺口溜，嘲笑姜大娘两口子：走亲戚，走自家，莫走湾里老姜家；老姜家弄碗豆腐渣，这个亲戚莫走他！

他舅来了，我去街上买块豆腐吧？姜大爷问姜大娘。

算了，你去杀只鸡。姜大娘沉吟了一下，对姜大爷说。

杀哪只？

还能杀哪只？别的鸡都在下蛋呢。

杀花花？你舍得？

它自己那么死性子，怨不得别人。

别的鸡都外出觅食了，只有花花趴在鸡窝里。姜大爷一把按住花花，掂到厨房，一刀杀了，扔到洗菜的瓦盆里。姜大娘已经烧好一锅开水，将开水均匀地淋到花花身上，从头到尾淋了个遍，趁着热乎劲儿，大把大把地拔鸡毛。

中午，姜大娘将满满一盆热气腾腾的炖鸡端上餐桌以后，头一低，悄悄走了出去。弟弟看一眼桌上那盆炖鸡，看一眼姜大娘的背影，迷糊了。这不年不节的，姐姐怎么舍得杀鸡呢？这可是破天荒头一次。莫非有什么事情？

姐，你怎么不吃饭？不知什么时候，弟弟出现在姜大娘身边。他拿一个鸡腿，往姐姐手里塞。

姜大娘正坐在厨房灶台边抹眼泪呢，眼圈儿泛红，欲言又止，没有接鸡腿，果决地冲弟弟摆摆手。

姐夫欺负您了？

姜大娘摇摇头。

外甥们不孝顺您？

姜大娘又摇摇头。

那您到底怎么了？

姜大爷走过来，一把扯住妻弟，说，走，趁着有好菜，咱们再去喝几盅。你姐呀，你别管她，过一会儿就好了。她这会儿正心疼她的芦花鸡呢。

芦花鸡怎么啦？

姜大爷拍拍自己的肚皮，哈哈笑了，说，芦花鸡再也不能怎么样了，它在咱哥儿俩的肚子里呢！

猪拉窝

俗话说，穷不离猪，富不离书。多少年来，黄泥湾家家户户都养猪。非洲猪瘟流行的消息突然传遍祖国各地，也传到了黄泥湾。村里各家各户散养的猪杀的杀，卖的卖，仿佛是一夜之间绝了踪迹。

村里有个养猪场，养了几百头猪。场长是老吴的儿子，他真是做梦也没有想到，这个该死的非洲猪瘟，让他那办得风生水起的养猪场办不下去了。他也只能赶在非洲猪瘟袭击之前，将所有的猪杀的杀，卖的卖。他的曾经红红火火的养猪场变得空荡荡的了。想到花费多年的心血，落了个竹篮打水一场空，他真是欲哭无泪，欲笑无声。无奈，他只有选择到城市去寻找新的发展机会。临行之前，他把猪场里面剩下的最后一头猪交给了他的父亲老吴。他对老吴说，这是一头配种的老公猪，卖不掉，就是杀掉了，肉也煮不烂，没有人吃。让老吴暂且养着吧。

黄泥湾人把配种的公猪叫脚猪。有的男人骚情，喜欢犯贱，好撩拨女人，人们就骂他是脚猪。

儿子送来的这头老脚猪，足有三百多斤重，走起路来一摇三晃的，肥厚的肚皮几乎拖到了地面上。这头老脚猪可让老吴吃尽了苦头。它太能吃了。

虽然儿子办了个养猪场，家里不可能缺猪肉，但是，老吴每年自己还要养头猪，到过年之前宰杀了，留着全家人自己吃。养猪场的猪都是吃掺了添加剂的饲料长大的，那样的猪肉，老吴是不吃的。自己家养的猪，用剩饭剩菜、米糠麸皮喂大，猪肉吃起来味道香，也放心。过去，喂一头猪，当猪还是猪娃子的时候，三天煮一锅猪潲；慢慢小猪长成大猪了，两天煮一锅猪潲；到年跟前的时候，大猪长成肥猪了，顶多一天煮一锅猪潲，也就够它吃的了。

娘的，这头老脚猪也太能吃了，煮一锅猪潲，不够它吃一顿的。一桶，两桶，三桶……老吴就像个辛勤的搬运工，一趟趟往猪圈外面的石槽里提猪潲。老脚猪头埋在石槽里，不住气地吃。这边一桶倒下去，它那里三口两口就吃完了。它的肚子就是个无底洞。少给它吃一口，它就像要杀它似的嚎叫，叫声让人瘆得慌。

老吴家里的米糠麸皮让它吃光了，红薯南瓜让它吃光了，菜园里的萝卜青菜几乎也让它吃光了。老吴后来真的一点儿办法也没有了。就是这样，它每天依然饿得拼死拼活地叫，叫声塞满黄泥湾的每个角落，四处流窜。老吴没好气地用扁担夯它，挨了打，它叫得更欢实了，叫声穿透黄泥湾的每寸天空，声震八荒。

老吴受够了，打电话给儿子，声称要挖个坑，把老脚猪活埋了。

　　儿子不同意，说，先想想办法养着吧，万一我在城市待不住，等非洲猪瘟过去了，我还要回村里东山再起的。

　　好在村里没人养猪了，老吴就大量收购各家各户的米糠麸皮，好歹将这头老脚猪养活了。

　　黄泥湾人形容什么东西贵，喜欢说一声，像吃肉一样。这下子，真让人说着了，竹园镇上猪肉的价格驴打滚似的往上翻，最后涨到了过去的三倍以上。这样的情况下，养猪必然成了赚钱的好门道。可是，猪娃子却稀罕得不得了。人们又发现，养母猪，下猪崽，更是赚钱的好门道。

　　家家户户几乎都逮回来一头猪娃子，而且无一例外，都是小母猪。三五个月过去，小母猪纷纷长大了，陆续进入发情期。开始的时候，村里的人赶着母猪，找到老吴家来，让老脚猪配种；后来，四邻八乡的人闻讯，赶着母猪都来了……于是黄泥湾形成一个奇观：通往老吴家的小路上，人和猪络绎不绝，车水马龙。

　　老吴心里乐开了花，赚钱的机会竟然就这样轻轻松松地到来了。可是，老脚猪毕竟年岁大了，它的种子又不是水龙头，拧开立即就有，每天配了两三回种之后，再有母猪过来亲热，它就一个劲儿地往旁边躲避。

　　老吴只好提高老脚猪配种的价格，从每次五十元，涨到一百元，再涨到两百元……虽然如此，还是供不应求，每天等待配种的母猪排成一眼看不到头的长龙，没完没了。

老吴堂弟家的母猪发情晚了几天，正赶上母猪配种的高峰，几次预约，都没有排上号。老吴呢，也是无奈地摊摊双手。

有天晚上，堂弟趁老吴睡了，偷偷把自己家的母猪赶进了老吴家的猪圈，让母猪独自享受一下老脚猪完整的夜晚。第二天早上，老吴收了别人的钱，准备让老脚猪开工干活，它竟然懒洋洋地躺在窝里，死活不起来。老吴拿根棍子进了猪圈，准备把老脚猪赶出来，却惊讶地发现，它的背后，紧紧依偎着一头母猪。两头猪头挨头地躺在一起，一对一声地打着呼噜呢。

母猪临产前夕，喜欢往窝里衔草，猪圈外面，干枯的稻草、麦秸、植物藤蔓，甚至小树枝，都能被它衔讲猪圈，铺在猪窝里。俗称"猪拉窝"。

堂弟家的小母猪受孕四个多月以后，一边往窝里衔草，一边不停哼哼，这就表明，它要下崽啦！可是堂弟高兴不起来。已经有人家开始出售小猪崽，等他家的猪崽养大了，肯定稀屎烂贱的，黄花菜早凉了。

驴走草

我们黄泥湾人饲养的牲畜，有牛羊猪；饲养的家禽，有鸡鸭鹅。驴真的很少见。

大哥十七八岁开始，经生产队同意，出门搞副业。其实就是到湖北麻城一个采石场拉料石。麻城和我们河南省殷城县田搭头地搭界，都坐落在大别山区深山里。长大以后，我去过麻城，感觉那里的山川河流、一草一木和我们这边几乎一模一样，也是一眼望不尽的绵绵群山，也是崎岖蜿蜒的山道弯弯。

有一年，大哥拉着架子车回来了，令我们惊奇的是，他竟然带回来一头小灰驴。大哥把小灰驴拴在洗脂河边的草坡上，让它啃草皮，自己拉着架子车回了家。他对我们说，你们放牛的时候，把我的驴也牵去放一放。

我们一窝蜂似的跑到河边，看小灰驴。它只顾埋头啃草皮，懒得搭理我们。由于缰绳拴着它，限制了它的行动自由，它只能啃身体周边的草皮，那一块的草皮几乎被它啃得露出土层来，它还在一口接一口起劲地啃着，好像饿惨了的样子。偌大的草滩一片绿茵茵的，拴驴的地方仿佛是秃子的头顶，光秃秃的。

小灰驴啃草皮的专注样儿让我心生爱怜，我想摸一摸它。刚走近它，它却突然掉转身体，后半身腾空，一双后蹄向我弹来。幸亏我躲得快，才没有弹到我。

二哥说，这个小东西，还会尥蹶子呢。

三哥说，咱们拔点儿青草喂它吧。

我们每个人都去河沟里拔了一把青草，摇晃着青草走近小灰驴的时候，它文静了许多，张开大眼睛看看我们，一口一口吃掉了我们手里的青草。

小灰驴这就算认可了我们。我们放牛的时候，也牵着小灰驴，到山坡上，到河堤上，一起放牧。我感觉小灰驴比牛好放多了，它老实，不到处乱跑，也不瞅冷子偷嘴吃庄稼苗，你把它撂在哪里，它就在哪里安静地吃草。它就像一个勤恳的剃头匠给老大爷剃光头一样，把它嘴边的青草吃得一根不剩。

这个时候，我们不仅可以摸摸它光溜溜的脊梁，摸摸它大扫帚似的尾巴，摸摸它竖起来的一对大耳朵，走在平路上，还可以爬到它的背上，骑一骑它呢！

有一次，大哥带着小灰驴回来的时候，我们又去放牧它。可是，它竟然不安分起来，变得不像是从前的它了，再也不文静地吃草了，而是漫山遍野地瞎跑，还哎儿哎儿地胡乱叫唤。难道把它和牛一起放，狡猾的牛将它带坏了？

傍晚，我们回家了，对大哥一说，大哥赶紧跑到河边去看他的驴，回家对爹娘说，糟了，小灰驴走草了，咱们这儿没有公驴，我得赶紧带它走了。

我年龄小，不懂得什么是走草，更不懂得小灰驴为啥要走草。问二哥、三哥，他们不回答，只嘻嘻地笑。

过了两个多月，大哥又带小灰驴回来了。大哥说，你们多拔些嫩草喂它，出去放它的时候，不要走太远，更别让它爬高上低的。

我们没有细想，答应大哥一声，就赶紧跑去看小灰驴。小灰驴已经和我们成了好伙伴，睁开湿漉漉的大眼睛看看我们，摇晃着大脑袋，两只耳朵竖起来，冲我们撒欢儿，还咴儿咴儿地叫，舔我们的手，亲热极了。

我们拔了很多嫩草，堆在小灰驴身边，让小灰驴吃个痛快。小灰驴安静地吃着草，我们就围在它的周围，摸一摸它，抱一抱它，守护着它。偶尔也抓起青草来，喂它吃。我们三个手里都拿着青草，站在它面前，看它吃谁的，小灰驴有时候从左边吃起，有时候从右边吃起，仿佛对我们一视同仁、不偏不倚，逗得我们快乐地笑起来。

喂了一会儿驴，二哥说，咱们骑驴吧。

三哥说，我也想骑驴了。

二哥先爬上驴背，坐稳以后，三哥也爬了上去。我也要骑驴。他们手忙脚乱地把我也拉了上去。长大以后，我才明白，我虽然人小体瘦，却成了压垮小灰驴的最后一根稻草。

我刚坐到二哥和三哥中间，还没在驴背上坐稳，小灰驴突然趴了下来，我们三个一起从驴背上滚了下来。歇了好久，小灰驴才慢慢站起来。

第二天，大哥从河边拴驴的地方愤怒地回到家，给我们一人一巴掌，呵斥我们，你们昨天到哪儿放驴了？

娘忙问，怎么啦？

大哥眼圈儿都红了，他说，小灰驴流产了。

爹说，怎么会这样呢？

大哥叹口气，说，我省吃俭用买了这头驴，你们知道它帮了我多大忙吗？替我多拉了多少石料吗？这两个月它怀上了，我都不敢拉太多，生怕累着它。昨天回来的时候，我还告诉你们几个，放驴的时候，别让它走太远，别让它爬高上低的，你们肯定没听我的话。

我们三个低垂着头，不敢吱声，更不敢承认，我们三个昨天一起骑驴了。

那次离开家的时候，大哥自己拉着架子车，孤零零地走了，将小灰驴留在了黄泥湾。娘交代我们，你们三个每天要多拔嫩草喂小灰驴，别牵着它出去放了。

我忙问，怎么啦？

娘说，小灰驴小产了，要坐月子呢。

　　　　　　　　　　　　　　炊烟袅袅

牛跑圈

黄泥湾的联产承包责任制落实起来，真的好难。田地好不容易分到户了，又要分犁耙等大型农具，还要分耕牛。

不管分啥，都要费一番口舌。田地有肥有瘦，农具有新有旧，耕牛有公有母，有老有小。怎么分，都有人觉得吃亏。最后只能抓阄，各凭天命，抓到啥是啥。

刘德良做梦也没有想到，他和刘德志、刘德才三家共同抓到了一头大水牯。牛是好牛，但是和他们两家共同分到一头牛，刘德良高兴不起来。在一个村庄住了大半辈子，谁什么德行，彼此都清楚。

好歹轮流使用水牯耕种了一季庄稼，刘德良坚决要退出来。

姑且不说他们两家农忙季节都争着抢着先用牛，从不知道让牛歇一歇，也不说他们两家连给牛遮风挡雨的牛圈都没有盖，在墙后根儿瞎对付，刘德良实在看不惯他们虐待牛。小时候放过牛，长大以后替生产队养过牛，他总是拿牛当自己的孩子一样疼爱，见不得亏待牛的人。他总是说，这些哑巴牲口，嘴上不会说话，其实比有些人都聪明，它们一辈子替咱们卖力气，亏待它们，丧良心呢。

刘德志脾气暴躁，耕田时，稍不如意，就一鞭子接一鞭子地抽牛，将牛屁股抽得伤痕累累的。刘德才只知道用牛，不知道将牛喂饱，别说泡黄豆搭料给牛上膘了，夜晚连稻草都舍不得给牛吃一整捆。

和这样的人搁伙计，刘德良觉得伤脑筋。退出来，他落个眼不见心不烦。

他们两家按照生产队分牛时评估的价钱，将刘德良的那一份买了下来，水牯往后就成他们两家的了。他们都准备看刘德良的笑话。你刘德良没有牛了，来年春上再犁田耙地，难道你用手刨不成？要想借我们两家的牛使唤，门都没有。

每年春季农闲的时候，竹园镇耕牛交易大会都在洗脂河东岸的柳树林里如期进行，当地人称之为拉耕。卖牛的，赶着牛去；买牛的，装着钱去。一时间，柳树林里挤满了人和牛。

过去，大集体时代，黄泥湾生产队趁拉耕时买牛卖牛，除了队长和会计前往，还有一个人必须去，那就是刘德良。他卖牛不吃亏，买牛不走眼，是个懂牛的行家。这年，刘德良独自去参加拉耕，他想自己买一头牛。

其他村里买牛的，卖牛的，包括帮助买卖双方交易的牛行户，大家都是老熟人。刘德良和老朋故交打过招呼以后，往旱烟袋锅里装一撮烟末，点着火，在一棵柳树裸露的树根上坐了下来，悠闲地吸烟。

一连三天，刘德良都是去得早，回得晚。但是，到了之后，偶尔抬头瞥几眼牛，也不细看，仿佛他是专门跑到那里去抽烟的，一袋接一袋地抽。

第四天一大早，刘德良又去了。

牛行户还不忙，问他，看好了吗？

差不多啦。

看中哪头牛了？

那头老水牛。

牛行户不信，问，你没开玩笑吧？

刘德良举起左手，大拇指和食指互相拈了拈，说，没办法，这个不够。待会儿牛来了，你多照应。

快晌午的时候，有个老头牵着那头老水牛，果然又来了。刘德良远远就看见了，头一低，依然不紧不慢地坐在树根上抽烟。

天煞黑的光景，刘德良站起来，将旱烟袋别在腰里，朝老头凑过去，笑着问，老哥，几天了，还没卖掉？

老头叹口气，说，这牛老了，和人老了是一样的，招人嫌啊。

要不咱俩商量一下？

你说真的？那咱们找牛行户吧！

牛行户忙了一天，累得头昏眼花的，过来了。他一边走一边说，两位老哥都是明白人，天不早了，咱真人面前不说假话，都踏实一点，别瞎磨牙，好吗？

老头说，还是走个过程吧。

老头将手伸进牛行户袖筒里，两人开始摸价。牛行户摇了一下头，再摇一下头，最后说，看人家怎么说吧！

牛行户转过脸来，对着刘德良，刘德良也将手伸进牛行户袖筒里摸价。刘德良摇了一下头，再摇一下头，最后说，我顶多出这个数！

一个愿打，一个愿挨，就那么走了一个回合，双方就顺利成交了。

刘德良交了钱，牵着牛，慢慢往家走。路上，先碰到刘德志，刘德志说，大哥，你这是打哪儿弄回来一头牛祖宗？又碰到刘德才，刘德才说，今年过年，咱村有牛肉吃了。

刘德良瞪他们每人一眼，没有接腔。

那个冬天，刘德良恨不得天天待在牛圈里，陪他那头老牛。家里还有几升黄豆，过年的时候，人都没有舍得吃一粒，每天泡半碗，全部喂了牛。两个月过去了，瘦骨嶙峋的老牛居然长出了一身膘，毛色也油亮亮的了，走起路来，虎虎生风，耕起田来，犁耙水响的。

更令人惊奇的是，夏天的时候，老牛跑圈了，再也不好好吃草，拴在圈里，在圈里挣扎，在野外放牧，疯了一样撒欢儿，尾巴竖得老高，像举着一面旗帜，引得一村没有骟过的公牛嗷嗷叫……来年，它老树开了新花，生下了一头小牛犊。

第四辑　魔幻传说

磨坊

　　张亚东做梦也没有想到，爹和娘竟然在半年之内前后脚地离开了人世。过去，总听人说，树欲静而风不止，子欲养而亲不待，他都不以为然。他觉得爹娘再活个十年八年，一点儿问题都没有。谁知天不遂人愿，爹突发心梗，娘突发脑溢血，都走得那么快。

　　他虽然也多次将爹娘接到城里共同生活过，但他们每每住不到半个月，就吵着闹着要回老家黄泥湾。一来呢，他们住不惯高楼，小区里的人大多不认识，认识几个城里的老头老太太，彼此又说不到一起去；二来呢，张亚东和妻子工作都忙，孩子读书，平时家里就剩下老两口四目相对，住在儿子家里，仿佛坐监一样，令他们寝食难安。每一次，只要张亚东答应送他们回老家，他们都是老虎期待归山、鱼儿渴望入水似的喜悦，早早收拾了自己的衣物，坐在客厅门口等待出发。

　　张亚东心里明白，爹娘住在城里憋屈得慌。他们在乡下生活了一辈子，在山上转转，到地里溜达溜达，拾掇一下菜园子，扫个院子，择个菜，端着饭碗串串门，东家长西家短地拉拉呱，无拘无束，自由自在。这才是他们想要的生活。还有一个深层次的原因，城里人死后要火化，爹娘都怕死在了城里。后来，张亚东只好由着爹娘的性子，听任他们住在老家，和哥嫂生活在一起，自己逢年过节抽空回老家陪陪他们，尽可能多地给他们带些东西撒点钱。

爹去了，张亚东感觉天塌地陷似的，多少天才缓过劲儿来；娘又去了，天和地重新塌陷了一回。他怎么都想不通，一个活生生的人，为啥说走就走了，潜意识里觉得爹和娘都还好端端地活着，他感觉得到他们的存在，嗅得到他们的气息，甚至能听到他们呼唤自己乳名的声音。有一天傍晚，哥嫂将饭菜端上桌，招呼大家吃饭，他不假思索地脱口而出，喊咱爹咱娘啊。话一出口，他自己愣了，大家都愣了。他心里明白，自己真的不是作秀，几十年了，只要老老少少一大家子人一起吃饭，只要爹娘没坐到桌旁，他总会习惯地说一句，喊咱爹咱娘啊。只有爹娘坐在桌旁，端起饭碗，他才肯动筷子。这一次，再也等不到爹娘一起吃饭了，他的眼泪唰唰唰地顺腮滚落下来。生命怎么如此脆弱，在死神面前不堪一击。

夜深了，张亚东一点儿睡意都没有，满脑子堆满爹和娘。他悄悄披上外衣，推开门，走了出去。

秋天的下半夜，半个月牙儿挂在苍蓝的天空上，像瞌睡人似睁似闭的眼睛。张亚东走在昏暗的村庄里，引起几声潦

炊烟袅袅

草的狗吠。他散漫地走在爹娘走了一辈子的村道上，小时候和爹娘一起生活的场景，长大以后爹娘给自己送行的场景，一幕一幕清晰地浮现在眼前……

爹娘曾经靠打豆腐维持生计，四乡八里的乡亲，都把爹称为张豆腐。逢年过节，家里来了客人，吃一块张豆腐制作的豆腐，是黄泥湾人的享受。爹擅长点卤、熬浆，做出的豆腐白嫩细腻，好吃极啦。爹和娘将豆腐坊建在了村旁的洗脂河畔。做豆腐用水多，对水质要求高，洗脂河水清冽甘甜，便于取用。还有呢，就是洗脂河岸是乡亲们出村进村的必由之路，方便大家来买豆腐。

张亚东几乎是在爹娘的豆腐坊里度过了自己的童年和少年时代。他是伴随着淙淙的河水流动的声音、爹推磨的吱吱呀呀声、娘烧豆浆的咕咕嘟嘟冒泡声长大成人的。每天晚上，喝一碗娘烧好的热腾腾的鲜豆浆，他才擦擦嘴巴去睡觉。早晨起床的时候，一匣一匣做好的豆腐冒着淡淡的热气，升腾起来，和河面飘起的水雾融汇到一起。

后来，爹娘年龄大了，不再做豆腐了，才搬回村庄里居住。曾经的豆腐坊年久失修，慢慢垮塌，竟然在一次洪水泛滥时被冲得荡然无存了。

不知不觉间，张亚东走到了洗脂河边，他恍然看到了河边的豆腐坊，豆腐坊里透出一团橘黄的煤油灯光。他往前走了几步，靠在豆腐坊门口，看到爹不慌不忙地在推磨，磨盘发出吱吱呀呀的声音；爹每推两圈磨，坐在磨前的娘就往磨眼里添半勺泡好了的黄豆，娘手中的铁勺偶尔碰到磨盘上，发出叮的一声脆响；白白的豆渣顺着磨盘往下滴落，落进磨架下面的大木盆里，黄豆的腥甜气味便飘散开来……

张亚东瞪大眼睛，痴痴地看着不慌不忙推磨的爹温和的面容，痴痴地看着一勺一勺往磨眼里添黄豆的娘安详的背影，舍不得眨巴一下。

突然，身后响起一个娇嗔的声音，这大半夜的，你怎么不睡觉？

是妻子。张亚东转过身子，手指放在嘴唇上，嘘了她一下。

尾随妻子而来的哥嫂家的大黄狗却汪汪汪地狂吠起来。

等他转回身子，豆腐坊消失了，橘黄的灯光消失了，爹和娘消失了……河岸上什么都没有了，只有河里淙淙流逝的水流。他有些气恼，想发作，却不知道说什么好。他沉重地叹口气，猛然发现，东边山峦上，天空泛起了一道鱼肚白。

（原载《海外文摘·文学版》2019 年第 6 期）

鬼附体

黄泥湾人打小都听说过鬼附体的故事，虽然说得有鼻子有眼的，但是，谁都没有亲眼见过。说得再多，再活灵活现，毕竟都是传言。没承想，有一年在天根家里，好几个人都亲眼看到了。

鬼是天根死去的爹，附的是天根的堂弟天明的体。

要说这天根的死鬼爹也真是奇了怪了，平时不附任何人的体，单等侄儿天明从大学放假回来，到他家串门，探望大娘，天根的死鬼爹就附了天明的体了。

天明呢，被死鬼大伯附过体之后，往往要恍惚好半天，待他清醒过来，盘问他刚才怎么了，他都是一脸迷茫，一问三不知，总是说突然感觉好困乏，刚刚眯瞪了一会儿。

天明第一次被死鬼大伯附体，还是他大伯刚死不久的时候。

大伯死了，天明在大学读书，没有赶回来。放了寒假，他一放下行李，和爹娘简单拉几句家常，茶没喝一杯，饭没吃一口，拔腿就往大娘家跑去。大伯不在了，他总得看望一下大娘吧。况且，堂哥天根最近正在和大娘怄气，要和寡居的大娘分家，让大娘单独过日子呢。听爹娘说，堂哥天根只听媳妇的话，不听村里许多长辈劝解，执意要把他娘扫地出门，撵出他家新盖没几年的小楼，撵到过去的老宅子里。老宅子东倒西歪的，早改成牛圈了，怎么住人呢？万一房倒屋塌，出了人命，又怎么办呢？

那天，天明一进大娘家，刚拉着大娘的手，陪大娘在沙发上落座，堂嫂泡的茶还没端上来呢，天明就忽然倒在了沙发上，双目紧闭。大娘和堂嫂吃了一惊，正不知所措，瞬间，天明陡然坐了起来，身体挺得直直的，眼睛瞪得圆圆的。天明猛地一拍茶几，把茶几拍得震天响，吼道，天根这个狗日的呢？赶紧给老子滚出来！

天明这是怎么啦？平时多么温顺，见到天根，都是哥长哥短的，怎么突然骂起他来了呢？大娘和堂嫂对视一眼，面面相觑。

天明又猛地拍一下茶几，依然把茶几拍得震天响，继续吼道，天根家里的，赶紧让天根那个狗日的滚出来！

这回，大娘和堂嫂听清楚了，天明发出的声音不是他平时温软的腔调，而是非常古朴沧桑，像老人家的声音。而且这声音极为耳熟，分明是死去不久的老爷子的声音。

堂嫂惊惶不已，双膝一软，不由自主地跪了下来，跪在婆婆和天明面前。她哆哆嗦嗦地拖着哭腔喊，天根，快出来。

天根正在屋里睡懒觉。听到堂弟天明来了，急忙起床，衣服还没穿好呢。客厅里的动静，他听得一清二楚，就那么敞着怀，趿拉着鞋子，慌忙出来了。

天明指着天根的鼻子，吼道，混账东西，还不跪到你娘面前！自然，天明的声音和腔调在天根听来是那么熟悉，好像不是天明发出来的，分明是爹的声音。

天根的头发根根直立，愣了一下，顺从地跪在了媳妇旁边。

天明继续吼道，不，天根他爹的声音继续吼道，你个兔崽子，老子才死几天，你胆敢容不下你娘！这楼是老子拼死拼活盖的，你娘不住，谁能住？

天根伏地磕头如捣蒜，结结巴巴地说，爹，你别吓我们了，我改，我不敢了！

今天当着你娘和你天明兄弟的面儿，你俩做个保证，往后能不能孝顺你娘？天根，你说。

爹，我能！

天根家里的，你说。

爹，我们能！

你们两个猪狗不如的东西，我在天上看着呢。如果做不到，看老子不砸烂你们的狗头！

说完最后这句话，天明身体一歪，忽然又倒在了沙发上……

家丑不可外扬。天根和他娘从未对任何人说起过这件诡异的事情。天根媳妇憋了很久，到底和一个关系不错的小媳妇说了，这件事就此在村里传得沸沸扬扬的。不过，从那以后，天根和他媳妇真的变了，对娘孝顺得不得了。

村里人都想亲眼看看天明被鬼附体的稀奇事儿。天明可能也知道了这件事儿，轻易不上大娘家去了。

有一年过大年，正月初一早晨，晚辈要给长辈拜年。有几个人悄悄躲在附近，看到天明迈进了大娘家的院子，就尾随他进去了。

果不其然，天明和大娘、堂哥、堂嫂寒暄几句，刚一落座，突然身体一歪，双目紧闭，瞬间又坐了起来，眉开眼笑地说，你们对你娘还不错，我就放心了。说完这句话，天明又倒在了沙发上。

大家都看得真真切切，听得真真切切，天明嘴里发出的声音，千真万确，就是天根死鬼爹的声音。

人们总是说，离地三尺有神灵。过去，大家还将信将疑，这下，不得不信了。从那以后，黄泥湾家家户户都争着比着孝顺父母公婆，忤逆不孝的人几乎绝迹。

许多年以后，大娘在颐养天年之后，撒手归西，天明回来奔丧，这才和爹娘说了实话。原来他在大学里学会了口技，能够模仿任何人的声音，他到电视台参加模仿秀大赛，还拿过名次呢。

（原载《短篇小说》2019 年第 12 期）

鬼打墙

夏天，山里的天气就是小娃儿的脸，说变就变。

傍晚，吕四毛开车驶出县城的时候，西边天空还晴朗得像着了火。按照正常速度行驶一个小时左右，他就可以赶回老家黄泥湾参加父亲的七十大寿晚宴。老婆是中学教师，儿子是大学生，都正在享受暑假，娘儿俩上午已经回到老家了。如果不是下午县里有个扶贫攻坚大会，不允许请假，他也不会挨到傍晚才动身。

走到半路，瓢泼大雨倾盆而下。雨刮器虽然拼命摇摆，吕四毛的视线依然受阻，浓密的雨帘在车辆前方布下了层层迷雾，他不得不减速慢行，像一只蜗牛爬行在盘山公路上。

天擦黑的光景，风停雨住了，吕四毛终于赶到了竹园镇。从镇上到黄泥湾，隔一条洗脂河，河上有一座漫水桥。他把车开到河边，下车一看，桥面淹没在滚滚洪水之中，什么都看不见了。无奈，他将车停在镇上，步行往家里走。他从小练就一身好水性，这点洪水根本挡不住他。他将衣服顶在头上，涉水过了河。

如果走大路，他需要走一个多小时，才能到家。他从小在山里长大，在这里放牛、砍柴、打猪草，知道山间有条羊肠小道，直通他家屋后。只要翻过一道大岭两道小岭，他就到家了。他决定不走大路，走小时候闭着眼睛也能摸回家的小路。

　　暮色越来越浓。近年青壮年大都外出务工，这条小路少有人行走，柴没人砍，树枝旁逸斜出，小路上还长出灌木和荆棘，将路面遮掩。吕四毛一路走得跌跌撞撞，出了一身臭汗。

　　终于，剩下最后一道岭了。他只要顺着这道岭下去，就能平安到家。突然，路中间闪出个老头来。吕四毛也没在意，想从老头身边绕过去。可是，他往左边走，老头闪到左边，他往右边走，老头又闪到右边，他站住不走了，老头挡在他的正前方。他有点儿纳闷，抬头看看老头，夜幕之下又看不分明，似曾相识，一时间又想不起来他是谁。

　　他让开路，站在一边，对老头说，老人家，您先走吧。

　　老头嘿嘿一笑，并不回答，也不挪动。

　　吕四毛有点儿急了，说，老人家，我还得赶路呢，您要是不走，请您让开。

　　老头依然不理他。

　　吕四毛往前走了两步，走到老头跟前，准备将老头拨拉到一边去。老头竟然飞快地扬起手中长长的旱烟袋杆儿。他只好讪讪地缩了手。

吕四毛气恼地说，你这老头，怎么回事？

老头嘟囔了一句。

吕四毛没听清楚，追问，你说什么？

老头说，叫我一声爹。

这次，吕四毛听清楚了。什么，叫他一声爹？且不说自己的爹还健在，还在家里等他回去庆祝七十大寿，就是自己没爹了，哪有在荒郊野岭随便认爹的？他顿时火冒三丈，心想，就凭你一个老头，能挡了我的道？你既然如此无理，我也就不客气了。他不管不顾地朝老头冲撞过去。老头并不退让，又扬起手中长长的旱烟袋杆儿，朝他劈头盖脸地扫过来。吕四毛只好慌忙往后跳，躲了过去。

吕四毛站稳身子，怒吼道，你这个老头，到底想干什么？

老头又嘿嘿一笑，说，叫我一声爹。

吕四毛冷笑一声，说，你就死了这条心吧。

老头说，那你就过不去……

两人几乎僵持了一夜，吕四毛最终还是被老头挡在了山间小路上。真是老夫当关，壮夫莫开。

山下村庄里传来一声公鸡的啼鸣。一鸡叫，众鸡应，公鸡的啼鸣声瞬间响成一片。东边天际像沉睡的人将眼睛睁开了一条缝，在山顶上现出一片鱼肚白。天要亮了。

老头仿佛会隐身术，猛地不见了。

吕四毛揉揉眼睛，四处探视，再没发现老头的踪影。他活动活动站得酸痛的四肢，迈步朝前走，惊讶地发现，老头站立一夜的地方，居然是悬崖的边缘，新鲜的泥石痕迹从悬崖下方，延伸到很远的山脚下。原来，昨天傍晚的暴雨，让这里发生了滑坡，泥石流把原来的道路冲毁了。

吕四毛愣在悬崖边上，老半天没有动弹，猛地想起来了。这个老头是赵五爷，村里的五保户，无儿无女，死了，没人愿意摔老盆。还是自己临时当了一回孝子，给他摔的。后来，村里清理他的遗物，在他床席下面发现八块银圆，卖了钱，给吕四毛读大学用了。

吕四毛长嘘一口气，感慨地想，亏得赵五爷救了自己一命！

回到家里，吕四毛说了夜晚发生的一切。

爹笑着说，你遇到鬼打墙了。咱做人得凭良心。赵五爷不是想让你喊他一声爹吗？我这当爹的不反对。你抓紧去买些香蜡纸炮，到他坟前拜一拜，认下他这个爹吧！

（原载《短篇小说》2019 年第 12 期）

鬼压床

小时候，林山画就长得格外漂亮，仿佛真的从画上走下来的人儿一般。女大十八变，越变越好看，林山画长成了花枝招展的大姑娘。整个黄泥湾的男孩子没有一个不喜欢她的，都做着将她娶回家当媳妇儿的美梦。

随着林山画一点点长大，男孩子们的美梦就纷纷破碎了，大都对林山画死了心。

林山画的大姐出嫁的时候，她爹娘收了男方五万元的彩礼，用这笔钱给她大哥娶了媳妇儿；她二姐出嫁的时候，她爹娘收了男方八万元的彩礼，用这笔钱给她二哥娶了媳妇儿；她爹娘早就放出话来，要用林山画出嫁的彩礼钱给她弟弟娶媳妇儿。

近些年，农村的彩礼钱水涨船高，打着滚儿往上翻，况且林山画又长得那么出众，没有一二十万，能将她娶回家？

但是，谁也没有料到，画儿一样好看的林山画年初离开家乡南下打工的时候，还是一朵水灵灵的鲜花，年底回到家乡的时候，却如一片饱经风霜的树叶一样色泽暗淡。这朵正在盛开的鲜花似乎要枯萎了。

你到底怎么了？娘摸着她黄皮寡瘦的脸，不安地问。

林山画悄悄告诉娘，也不知道怎么的，最近一段时间以来，晚上睡觉的时候，只要一睡着，就觉得好像有个人像个磨盘似的压在她身上，让她出不来气，翻不动身。

你打工的活儿太重了，累的吧？回来歇一歇，兴许就好了。娘松了一口气。

谁知道呢，但愿吧。林山画说。

回家的当天夜晚，爹娘被林山画的尖叫声惊醒了。他们赶紧披衣下床，跑到林山画闺房里，拽一下电灯绳。昏黄的灯光下，只见她双目紧闭，脑袋在枕头上摇来晃去，四肢在床上乱抖乱动，将被子都踢到了床下。

爹连忙喊，山画，山画，快醒醒。

娘赶紧拾起被子，给她盖上，扶她坐了起来。

林山画披头散发地坐在床上，整个人傻了一样，虽说眼睛睁开了，却是呆滞无神。

画啊，你这到底是怎么了？娘拖着哭腔问。

愣怔好半天，林山画才缓过神儿来，搂着娘的脖子，放声大哭起来。

画啊，这三更半夜的，别哭了。

娘，我在家里睡觉，还是一样，身上像压个磨盘。我好怕。

画啊，别怕，娘陪你睡。

几乎每天夜晚，林山画都在睡梦中发出瘆人的尖叫声，娘陪她一起睡也无济于事。整个人也越发憔悴了。

爹对娘说，这是鬼压床，肯定是在外面中了邪了。你带她去庙里烧烧香，求大和尚赐一道灵符回来，看能不能好些。

娘就带林山画去了一趟黄柏山的法眼寺，烧了香，磕了头，捐了功德钱，讨回来两道画在黄表纸上的灵符。一道烧化成灰，让她用温水吞服了，另一道用饭粒粘在她的床头。当天夜晚，林山画还是一如既往地在睡梦中发出尖叫声……

有一天夜晚，娘替林山画掖被子，手指从她的肚子上无意间划过，忽然感觉有些异样。娘趁她睡熟了，悄悄摸摸她的肚子，惊讶得合不拢嘴。

林山画的肚子竟然鼓起拳头大小的一个包来。

都是过来人，娘什么不明白？娘着急忙慌地把这一惊人的发现告诉了爹。

爹恼火地说，听说过鬼压床，没听说过鬼能把女人的肚子搞大的。

娘瞪爹一眼，说，现在不是找原因的时候。女大不中留，留来留去是个愁。还是找个人家，把她打发了吧。人有脸，树有皮。万一她在娘家生个私孩子，咱们一家老少的脸往哪儿搁啊？

话是这样说，可这一时半会儿的，哪有合适的男孩子呢？

爹娘正着急呢，说来也巧，黄泥湾有一户姓崔的人家央媒人上门提亲。老崔家的儿子倒是一表人才，和林山画年龄也相当，只是他家穷得叮当乱响。爹娘也顾不上挑剔了，也不要彩礼了，咬咬牙，狠狠心，迅速将林山画嫁了出去。

　　林山画结了婚，鬼压床的毛病竟然不治而愈，整个人重新变得水灵起来。更为难得的是，女婿居然不嫌弃她身怀六甲，对她千依百顺、呵护有加。结婚不到四个月，送她去镇上卫生院，生下了一个大胖小子。

　　女婿打来电话，欢天喜地报喜。爹娘跑到镇卫生院一看，气不打一处来。

　　怪不得女婿不嫌弃她呢。瞧瞧外孙的眉眼，和女婿像极了，仿佛是同一棵树上的两片树叶，只不过一片碧绿、一片青嫩罢了。

　　回家的路上，爹一边走一边骂，这死妮子，胳膊肘往外拐啊，分明是内鬼啊。肯定是小两口在外面早就串通好了，回来骗咱这当爹当娘的，什么鬼压床，原来是演戏。

　　娘也骂，狗日姓崔的，一分钱不拿，就白白地把我们家画弄走了。这笔账先给老娘记着。赶明儿她弟弟娶媳妇儿，他胆敢不出钱，老娘不扒了他的皮！

　　（原载《短篇小说》2019 年第 12 期）

鬼打闹

清明节前夕，黄泥湾周围的山上陆陆续续有人燃放烟花和鞭炮，爆炸声经久不绝，硝烟味经久不散，弥漫在村庄上空。家家户户都赶在这几天给祖先上坟，平时显得过于寂静的村庄顿时喧闹起来。

已经好多年了，老熊家的祖坟年年都是由熊文书、熊武书的媳妇去祭扫。兄弟俩常年在外打工，清明节也顾不上回家。别人家大都也是这样，男人们不在家，扫墓的重责大任只能落在女人们身上。其实他们兄弟俩还有几个姐妹，嫁得也不远。但是，黄泥湾是有讲究的，媳妇可以上坟，出嫁的姑娘绝对不能回娘家上坟。毕竟嫁出门的女，泼出去的水，要是姑娘们回来上坟，除非这家男人死绝了，否则，祖先会保佑姑娘家，要把滚滚财源带到两姓旁家去的。

今年不知道咋搞的，熊文书、熊武书兄弟俩在清明节前不约而同地回到了黄泥湾。这真是邪门了，也不晓得是哪股妖风把他们都刮了回来。

既然男人回来了，扫墓的事儿当然由他们兄弟去完成。

熊武书慢悠悠地往坟山走的时候，远远地看到前面有一个人影，他感觉这个背影似曾相识。那个人也慢悠悠地朝坟山走着。他暗暗加快了步伐，追了上去。追上去一看，果不其然，那个人是他一母同胞的哥哥熊文书。

老大，啥时候回来的？熊武书问。

昨天晚上到的屋。你呢？熊文书问。

巧了，我也是昨天晚上回来的。

怎么这个时候回来啦？

想家了呗。

是啊，不管走到哪里，总想老家这个破地方。

你也去给爹娘上坟？

好不容易回来了，赶上清明节，必须去啊。

兄弟俩一前一后慢悠悠走着，有一句没一句地聊着。熊武书拎着两刀火纸和一挂一万响的鞭炮，他瞥见熊文书手上拎着的塑料袋，明显比他拎的要小一号，估计里面顶多装了一刀火纸和三千响的鞭炮，突然有些不舒服了。他轻蔑地撇了撇嘴，瞪了瞪熊文书的后背。

走着走着，熊武书憋不住了，说，我说老大，咱好不容易回来一趟，就给老人家带这么点儿东西？

熊文书笑了笑说，这扫墓啊，不在乎烧多少纸放多少炮，心意到了就行了。

你就抠吧，难怪爹娘活着的时候，长年累月喝不到你家一口水。

　　　　　　　　炊烟袅袅

哟，好像你们多么大方似的。娘活着的时候，对我说，你们家包饺子，你们自己吃肉馅的，让爹娘吃素馅的。有没有这回事儿？

你要不说，我还就忘了，爹活着的时候，对我说，你家杀年猪，给邻居每家还送一碗肉呢，给他们老两口只送了一碗炖萝卜块子。

爹娘健在的时候，兄弟俩原本就为赡养爹娘多次闹过分歧，有很深的积怨，现在更是话不投机半句多。

呸！一个往地上吐一口，前头走了。

呸！另一个也往地上吐一口，坐在路边不走了。

熊武书在路边坐了一会儿，突然被蛇咬了似的跳了起来。他慌忙拎着东西，重新加快了步伐，追了上去。老大先去扫墓，爹娘先看到他，万一只保佑他怎么办？再说啦，自己买的火纸比老大的多，鞭炮也比老大的长，有比较才能有分别，谁孝顺谁不孝顺，总得让二老看得一清二楚明明白白吧？

到底比老大小几岁，腿脚麻利一些，熊文书前脚赶到坟地的时候，熊武书后脚也赶到了。兄弟俩互相不再搭腔，都默默地在爹娘坟前点燃火纸，燃放鞭炮。

熊文书跪在爹娘的坟前，毕恭毕敬地作揖，毕恭毕敬地磕头，一边跪拜，一边嘟囔，爹啊，娘啊，儿子看望你们来了。你们一定要保佑儿子全家老少平安，保佑儿子在外面多赚钱。

熊武书也跪在爹娘的坟前，毕恭毕敬地作揖，毕恭毕敬地磕头，一边跪拜，一边嘟囔，爹啊，娘啊，儿子看望你们来了。你们一定要保佑儿子全家老少平安，保佑儿子在外面赚钱比老大多一倍。

老二，你放的什么屁？熊文书站起来，怒不可遏地质问。

老大，你才是放屁呢！熊武书也站起来，毫不示弱地顶撞。

你还想反天了？看我今天不替爹娘教训教训你！

你哪只狗爪子想残废了，伸过来试试看……

兄弟俩终于动起手来，只打得天昏地暗日月无光飞沙走石山摇地动的。

附近山上还有别人上坟，但是没有一个人过来劝架。这些人回去以后，见人就眉飞色舞地说，往年光听说鬼打闹，没见过真的，今天算是开了眼啦，见到活鬼在山上打闹呢！

真的假的啊？听的人半信半疑，后悔没有亲眼看见这出好戏。

炊烟袅袅

鬼玩灯

正月十五闹元宵，又称闹花灯，民间又简称为玩灯，是我们豫南地区流传已久的民俗。不少村庄都有酷爱玩灯的人，大家穿红着绿，浓妆艳抹，吹吹打打，聚集在大街小巷，玩龙灯，舞狮子，踩高跷，划旱船，挑花挑，打花伞，不一而足，应有尽有，欢快极了；有些瘾头大的玩灯队伍，白天玩，夜晚也玩，甚至玩到龙抬头那天才散伙。

参加工作以后，我很少有机会在正月十五前后回到故乡黄泥湾，那种欢庆的场面多年未见了。

有一次，我却无意中撞见了玩灯的热闹景象。应该是在夜晚，我似乎站在山脚下，也不知道要干什么，突然从什么地方隐约传来锣鼓齐鸣的声音，还夹杂着人欢马叫的声音，仔细一听，又听不分明。我极目四眺，看到山坡上明晃晃一片，喧闹的锣鼓声、鼎沸的人声应该就是从那灯火通明的地方传来的。

我正好无所事事，又加上心存好奇，这是一个什么所在？为何夜晚如此闹哄哄的？便循声而去。

到了山坡上，发现是一群人在玩灯，周围都是观众，挤得密不透风的。我站在人群外面，兴致勃勃地欣赏起来。那群人在里面扭啊，跳啊，唱啊，笑啊，兴头十足，至于跳的是什么舞，唱的是什么歌，我既没看明白，又没听清楚。似乎和我小时候在家乡看过的花灯有些大同小异，又不完全一致。

看了一会儿，我有些兴致索然，离开人群，往更高的山坡上看去，发现上面还有一处处灯火通明的地方，似乎喧闹得更厉害。我不由自主地移步向更高的山坡上爬去……

反正整整一个夜晚，我都在不停地爬坡，欣赏了一处处不同的玩灯场面。我有些奇怪，这些人为何不在操场上玩灯，而是在整面山坡上闹腾。不过，每爬过一段山坡，总会出现一处宽敞的地方，自然聚集一群玩灯的和一群观灯的。感觉整个地势特别像山城重庆。

最后，我爬坡爬得累了，看灯也看得腻歪了，就想找个地方歇歇脚，然后回家。

这样想着，我一下子醒了过来。

原来是南柯一梦。

醒来以后，梦里的场景一幕幕我都记得分明。

我很好奇，我居然做了一个看灯的梦。

俗话说，日有所思，夜有所梦。我仔细回想一下，连日来，我既没有想过玩灯的事情，也没有看过类似的资料，更没有看过有关的文字和视频。

炊烟袅袅

我怎么无缘无故地做了这样一场大梦呢？难道我潜意识里思念家乡，怀念过去流逝的时光了？

我真的百思不得其解。

中午，姐姐打来电话，让我去她家吃饭。却之不恭，下班之后，我就去了。

饭桌上，我把昨天夜晚的梦境简要复述一遍。讲完了，我说，我就纳闷了，我怎么突然做这样的梦？

姐姐盯着我，有些吃惊的样子。

怎么啦？我问她。

姐姐说，昨天不是农历三月三吗？小时候，大人们不是经常说，三月三，鬼玩灯。害怕小孩子撞鬼，那天夜晚都不让出门。睡觉的时候，每个人的鞋头都对着床，不能对着外面，防止人睡着了，魂儿穿鞋走出去，看鬼玩灯去了。传说在过去，每到三月三晚上，老是有人的魂儿贪玩，不再回来了。后来观音菩萨显灵，托梦给一位老奶奶，让她三月三晚上蒸蒿子馍给子孙吃，子孙就再也不会晚上丢魂儿了。你忘了吗？过去咱娘三月三晚上总蒸蒿子馍给我们吃。

我笑了，说，原来我昨天晚上不是做梦，是魂儿看鬼玩灯去了。

姐姐说，幸亏你最后还想着回家，否则就麻烦了。

姐姐说得煞有介事的，我也半信半疑起来。

第二年春天，一天下午，姐姐突然给我打来电话。

我接通电话，问，姐，有事儿吗？

姐姐说，今天又是阴历三月三，我今天去野外掐了一大把蒿子，做了蒿子馍，晚上过来吃。

我爽快地答应了。

我想，姐姐真的关心我，一年前我随便说出的一个梦，她居然还记得，还专门为我做了蒿子馍。

好久没有吃蒿子馍了，野生蒿子的清香在齿舌间流淌。

临走的时候，姐姐提醒我，晚上睡觉的时候，一定要把鞋放好，鞋头对着床，千万放好了。

又是几年春草绿、桃花红，我却再也没做过鬼玩灯的梦。

今天，我把这件事情写出来，既不是为了揭示什么，也不见得有什么意义，仅仅是如实记录曾经的梦境罢了。至于创作动机嘛，那也只是我最近写了几篇关于鬼题材的小小说，顺便再凑上一篇，如此而已。

如果勉强说，我这篇文章有什么主题，那就是纵使做鬼，也要快乐。

我就是这么随口一说，你可千万别当真。

最后，我想说的是，我用人格担保，我写的这一切，是我的亲身经历，没有一点儿虚构的成分。

炊烟袅袅

鬼报恩

将军在外浴血奋战二十余年。自十四岁那年离开故里黄泥湾，投身革命，一直征鞍未卸、征尘未洗，等打完抗日战争、解放战争、抗美援朝战争，将军已经年近四旬了。

荣归故里那一天，将军近乡情更怯。他从军用吉普车里钻出来，伫立在洗脂河东岸，遥望河对岸曾经无数次思念过的、无数次梦见过的小村庄，久久无语。

爹娘可都健在？兄弟姐妹们可都儿女成行？乡亲们可都安好？这一切，将军都一无所知。由于年代久远，他只记得这个小村庄，只记得爹娘的姓名，甚至连他们的容貌，他都已经模糊了。

将军让陪同人员返回县城休息，三天后来河边接他。他要一个人回故里探亲。他脱了鞋子，挽起裤腿，背着行李，蹚过了洗脂河。

河边山坡上，有个须发皆白的老人在放牛。将军走过去，看一眼老人，老人也看着他。他觉得老人看起来特别亲切慈祥。

老大爷，放牛呢？将军和老人打着招呼。

是呢，老人说，这位当兵的大哥从哪儿来，要到谁家去？

我就是从咱这儿出去的人啊，二十多年没有回来啦！将军说。

听了将军此言，老人竟然揉起了眼睛，哽咽地说，回来好，回来好啊。我有个儿子也是离开家二十多年了，当时他正在放牛，红军队伍路过我们这里，他就把牛绳一撂，跟着队伍走了，至今音信全无，也不知道是死是活。

将军凛然一愣，忙问，您儿子叫什么名字？

老人说，小名叫狗娃，大名叫……

没等老人说完，将军赶紧扔掉行李，双膝扎地，猛地跪在老人面前，抱住老人的双腿，长号一声，爹啊，我就是您的狗娃啊，原谅不孝儿忠孝不能两全！

庆幸的是，娘也健在，只是头发都白了，也稀了。母子相见，又是一番抱头痛哭，诉说别后椎心泣血的思念。兄弟姐妹们都成了家，纷纷慌忙赶了过来，一一洒泪相认；乡亲们也围拢过来，拉着将军的手，嘘寒问暖。

入夜，将军挤在爹的床铺上，睡在爹的脚头，给爹暖被窝。他和衣半卧在床尾，问坐在床头的爹，有件事情，我迷惑了几十年，现在没有别人了，请爹如实告诉我，好吗？

啥事儿？你快说。爹说。

您这一生，成了几次家？我有几个娘？将军问。

炊烟袅袅

你这孩子，你以为你爹是地主老财呢？咱家祖祖辈辈穷得叮当响，我没打光棍就是万幸。爹呵呵笑了。

可是……将军沉吟着。

有什么迷惑，你就说出来。爹说。

将军叹口气，娓娓述说起来：自打从军以后，每次遇到危险，我的耳朵眼里总会提前响起一个陌生的女人的声音，警告我躲避。往左——我躲过了一粒子弹；往右——我躲过了挥来的刺刀；趴下——我躲过了炮弹的轰炸；跳过去——我躲过了草地的沼泽；往上绕——我躲过了雪山的崩塌；别吃——我躲过了特务的下毒；低头——我躲过了黑枪的袭击……战争中，枪炮不长眼睛，危险无处不在，可谓是险象环生，九死一生，无数战友倒了下去，长眠地下，我却安然无恙。危险过去以后，我曾经多次悄然询问，您是谁？为啥总是救我？开始的时候，没有回答，问得多了，那个陌生的女人的声音说，我是你娘！再不多说一句。我当时就怀疑，难道我娘已经死了吗？怎么她的声音不像是我娘的呢？回到家以后，看到我娘还硬朗，我就更纳闷了。

爹听完以后，沉默了一会儿。少顷，爹打开了话匣子：年轻的时候，我们山里的男人为了养家糊口，大都放过排、挑过脚。从这里将木头、竹棍扎成排，顺灌河往下漂，漂到史河，漂到淮河码头三河尖。在那里卖了木头、竹棍，再买些盐、铁、布、针头线脑的，沿河岸挑回来。有一年返回的路上，我们准备在河边树林里过夜，发现水里有个淹死的女人。大家晓得我胆大，就和我打赌：我要是敢把这个女尸捞起来，单独守着她在河滩睡一夜，这一趟他们几个挣的钱都归我。我那时候年轻，胆子就是大，真的照他们说的那样做了。第二天，我在附近村镇买了一口薄皮棺材，让大家帮忙把女尸埋了。你说的那个陌生的女人的声音，是不是就是她的？别的女人，天地良心，爹从未碰过。

将军听毕，轻轻点点头，说，还是爹做了善事，她报答在我身上了。

爹陪将军找到那处河滩，在山坡上，果然有一座坟，已经塌陷了，上面长满了灌木丛。将军命人将坟墓收拾清爽，亲自添了新土，还立了一块碑，上面竖着刻一行大字：感念义母慈恩。落款是不孝儿狗娃。

后来，乡亲们都传说，将军的爹无意中将那个淹死的女人葬在了风水宝地上，她才能保佑将军一生平安、荣华富贵。

鬼赶集

　　黄泥湾老张家有个儿子，小小年纪，却天不怕地不怕，山洞里掏狼窝，稻田里抓毒蛇，河湾里抠甲鱼，就没有他不敢干的事情。他本来有名字，大家都不叫，都叫他张大胆。

　　本来，张大胆虽然胆大，却没有为患一方，不至于天怒人怨。可是，他捅马蜂窝那件事情有些让人头大了。山路边，柳树杈上，有个马蜂窝，人从下面过，蜂在天上飞，本来相安无事。张大胆非要拿根长竹竿捅马蜂窝，捅又没捅掉，只是将马蜂窝捅了个窟窿，还斜挂在柳树杈上。马蜂却惊惶了，见人就蜇。受伤的人就骂张大胆，找他爹讨医疗费。

　　长大以后，张大胆跟随打工大军去江浙经济发达地区发展。他嫌进厂干活太累，还受拘束，就白天在出租屋睡觉，夜晚出去找钱。他撬路上的窨井盖，盗割电缆，引起警方的注意。在城市待不住了，他又溜回了老家。

　　有一次，张大胆在竹园镇和狐朋狗友喝酒，酒酣饭饱，已是午夜时分。朋友看他走路有些飘，挽留他在家里住一夜，他谢绝了。

喝这点儿酒就不能回家？放心，我离喝醉还差得远呢。他大着舌头说。

回家都是山路，有野兽，说不定还有鬼呢。朋友威胁他说。

我还盼望能遇到个把女鬼，正好捉回家暖被窝！他哈哈大笑地说。

那你慢点骑，注意安全。朋友叮嘱道。

推着自行车，出了朋友家院子，他摇摇晃晃地骑上车，歪歪扭扭地走了。

张大胆慢慢骑出了竹园镇，往家的方向骑去。尽管一路上人烟稀少，没有了照明，好在半轮弯月悬在空中。路两边有一些高高矮矮的树，月光从树枝间斑驳地洒下来，将乡间小路映照得影影绰绰的，倒也不耽误骑车。

骑到半道上，张大胆看到一位大姐蹲在路边歇脚，身旁有一堆杂七杂八的东西。

大姐招呼他，兄弟，捎我一截行吗？

张大胆下了车，问，这位大姐，这么晚了，怎么还一个人在路上啊？你不害怕吗？

我不是赶集买东西有些多，提不动吗？慢慢走着，就到这个时候了。

赶集？夜晚你在哪儿赶集？

大姐手往远处一指。

顺着大姐手指的方向，张大胆一看，遥远的山坳里，一片灯火通明。他有些好奇，问，我怎么不知道那儿有个夜市，什么时候开张的？

大姐说，你可能在外面发财，所以不知道吧。

张大胆便没有深究，说，时候不早了，你赶紧上车吧，我捎着你。

大姐上车以后，张大胆继续骑车前行。大姐带着那么多东西，坐上后座，他并没有觉得吃力，还是和他自个儿慢悠悠地骑车差不多。

骑了一会儿，张大胆问，你家大哥呢，他怎么不陪你一起去赶集？

大姐说，他出门了，不在家。

这深更半夜的，你带着孩子一起出来，也是个伴儿啊！

他们各人有各人的事儿，懒得麻烦他们。

骑了一会儿，张大胆又问，大姐，你是谁家的嫂子啊，我怎么从来没见过你？

大姐说，咱这附近的人，你都认识吗？

应该八九不离十吧。

你过去上学，现在在外地打工，多在外，少在家，不认识我也正常。

好像大姐认识我一样。

你不是姓张吗？从我家门口走了二十多年，我怎么不认识你？

闲聊间，大姐说她到家了。路边一处宅院隐约透出灯光来，就是大姐的家。

张大胆停下车子，让大姐下车。大姐下车以后，说声谢谢，双手拎着大包小包的东西，往家里走去。

月光下，大姐的背影很苗条，也很妩媚。张大胆突然有些口干舌燥，说，大姐，能去你家喝碗水吗？

大姐扭过头来，露出一张惨白的没有血色的脸，头发披散着，冲着他阴森森地笑。

张大胆吓呆了，妈呀一声号叫，双腿抖抖索索，竟骑不上车子了。他扔掉自行车，撒腿就跑。

张大胆的酒意早吓醒了，一路狂奔到家，钻进被窝里，惊魂未定，兀自颤抖不已。

他躺到床上不久，窗户外面有个女人说，兄弟，我把你的自行车送来了。

张大胆几乎一夜无眠。第二天早晨，太阳出来了，他推开门一看，他的自行车稳稳当当地停靠在门口。

张大胆去山路上仔细看一看，昨天晚上，那个大姐下车的路边，哪有什么宅院？只有一座孤坟。大姐指给他看的灯光通明的集市，哪有什么门面房和摊位？只是一个老坟场。

从那以后，张大胆仿佛变了一个人，再也不敢一个人走夜路了，更不敢随随便便和陌生女人搭讪，整个人仿佛变成了老实包。困守黄泥湾的时候，他就跟他爹一起下地，汗流浃背地干农活，后来出门去了广东，老老实实进厂，成了流

炊烟袅袅

水线上的工人。

有人再喊他的绰号张大胆，他苦笑着说，胆子太大可真不是什么好事儿，喊我张破胆吧，那天晚上，我的胆都吓破了！

底气

读初三的时候，第一学期期中考试，语文试卷作文题目是《清晨》，要求清楚记叙清晨发生的一件有意义的事，不超过 800 字。语文知识部分答完了，我准备写作文。

写什么好呢？我咬着笔杆，思索起来。

我回想着往日的清晨，脑海里翻腾出许多事情，可是又一想，这些事情都稀松平常，和同学们的日常生活应该没有什么两样，我又一一否定了。

我想写出别致的、新颖的发生在清晨的事情来。

突然，我想起来那天清晨上学路上发生的一件事，稍加思索，就写了起来：

清晨

初秋的一个早晨，天还蒙蒙亮，我离开家赶往学校。天色尚早，四周静悄悄的，山路上只有我一个人。我有些害怕起来。

走了一会儿，我隐约听到身后传来一阵脚步声。扭

炊烟袅袅

回头一看，我看见几十米开外有一个东西矮矮的，脑袋却很大，正急促地向我追来。我猛地想起大人们夏天夜晚乘凉时经常讲的鬼故事来，难道后面那个东西是大头鬼？不管那是鬼，还是怪，反正挺吓人的。于是我迈开大步，拼命跑起来。谁知道，我跑得越快，那个东西追得越快，离我越来越近了。跑着跑着，我累得气喘吁吁，有些跑不动了，脚步慢了下来。

惊慌之中，我忽然发现，我已经跑到解放军烈士墓旁边来了。当年，刘邓大军千里跃进大别山，在山里和敌人周旋，由于地形复杂，或者军情紧急，经常有战士掉队或者迷路，这些落单的战士，不少就被国民党民团残忍地枪杀了。新中国成立后，当地人民政府将牺牲在这附近的六位无名烈士的遗骨收拢到一起，安葬在路边山坡上，还立了一块青石碑，上刻"解放军无名烈士永垂不朽"。读小学的时候，每年清明节，学校都会组织我们少先队员来此缅怀革命先烈，给他们敬献我们在山上采摘的野花编织而成的花环。

跑到这里，我顿时平静下来。我想，不管后面追我的是鬼还是怪，这里有解放军叔叔，他们会保护我的。于是，我闪到路边，在烈士墓后面躲了起来。

那个东西跑过来了。我看清楚了，他既不是鬼，也不是怪，是我邻居家的孩子，也是独自赶往学校去的。我从山坡上跳下来，喊了他一声，告诉他："我刚才被你吓破了胆，还以为是大头鬼追我呢。"

他对我说："出门的时候，我感觉天气不好，害怕下雨，就戴了斗笠。我一个人走山路有些害怕，在后面远远地看见你在前面，想和你一起走，所以才拼命追赶你。"

原来是一场虚惊。

那天早晨，我们赶到学校的时候，竟然比平时早了许多，学校的大门都还没有打开呢。

考试结束以后，同学们三五成群地聚在一起，对答案。有些同学甚至连作文写了什么内容都说了出来。

我也说了我的作文内容。

一位男同学嘲笑我说，哈哈，你写跑题了！

我不服地问，怎么跑题了？

他振振有词地说，你写鬼写怪，宣扬封建迷信，当然跑题了！

是啊，肯定跑题了！旁边几个同学随声附和起来。

一时间，我感觉很沮丧。那个年代，每村都有自己的初中，作为我们黄泥湾村唯一考进镇初中尖子班的学生，我还心高气傲，想在这次考试中和来自全镇的同学们一较高下呢，毕竟，第二年夏天就要中招。谁知道初三第一次语文考试，作文居然跑题了！要知道，语文满分 100 分，光作文就占 40 分呢。

炊烟袅袅

考试结束的第二天，头两节正好是语文课。语文老师姓赵，是位女老师，又是我们的班主任。第一节课，赵老师讲解了试卷的语文知识部分；第二节课，赵老师评讲作文。

第二节课一开始，赵老师说，这节课，我先朗诵一篇咱班同学的优秀作文……天哪，我做梦也没有想到，她朗诵的居然是我的作文！

赵老师说，多数同学要么写清晨如何努力学习，要么写清晨如何帮助同学学习，要么写清晨如何帮助父母做家务。这样写，当然没错，但是，内容千篇一律，大同小异，流于俗套，不可能得高分。我教了这么多年的语文，让历届学生写过无数次《清晨》，说实话，都没有刚才我朗读的这篇作文想象力丰富。这篇作文观察生活细致，表现内容独特，起承转合得当，心理描写鲜活，确实不同凡响。尤其是这位同学巧妙地写道，他战胜害怕鬼怪心理的勇气，源于相信会得到解放军烈士叔叔的保护，这样，既缅怀了革命先烈，又深化了文章主题。所以，我给这篇作文打了满分。

那次考试，由于作文获得满分，我的语文成绩遥遥领先，所有功课的总分在班级里也名列前茅。

赵老师的一番鼓励，竟然让我迷恋上了写作，后来我一直坚持业余写作，直至今天。虽然始终没有取得骄人的创作成就，但是我有了这样的底气：要写，就写自己的独到发现、独立思考和独特见解，绝对不要人云亦云。